Aşk Tüm Zamanların İçinden Geçer - 1

Yakut Kırmızı

• Pegasus Yayınları: 645
Gençlik: 77

YAKUT KIRMIZI - Aşk Tüm Zamanların İçinden Geçer - 1
Kerstin Gier
Özgün Adı: Rubinrot - Liebe Geht Durch Alle Zeiten

Editör: Serpil Tütüncü
Düzelti: Duygu Bolut
Sayfa Tasarımı: Cansu Gümüş
Kapak Uygulama: Pınar Yıldız
Film-Grafik: Mat Grafik

Baskı-Cilt: Alioğlu Matbaacılık
Sertifika No: 11946
Orta Mah. Fatin Rüştü Sok. No: 1/3-A
Bayrampaşa/İstanbul
Tel: 0212 612 95 59

3. Baskı: İstanbul, Ekim 2013
ISBN: 978-605-343-078-0

Yayıncı Sertifika No: 12177
Pegasus Yayıncılık Tic. San. Ltd. Şti.
Gümüşsuyu Mah. Osmanlı Sk. Alara Han
No: 11/9 Taksim / İSTANBUL
Tel: 0212 244 23 50 (pbx) Faks: 0212 244 23 46
www.pegasusyayinlari.com / info@pegasusyayinlari.com

Kerstin Gier

Aşk Tüm Zamanların İçinden Geçer - 1

YAKUT KIRMIZI

Almancadan Çeviren:

Firuzan Gürbüz

PEGASUS YAYINLARI

Yazarken bana sadakatle eşlik eden geyik,
yunus ve baykuş için,
bir de beni tam zamanında mutlu eden küçük,
çift katlı kırmızı otobüs için.

Önsöz

Hyde Park, Londra

8 Nisan 1912

Genç kız diz çökerek ağlamaya başladığı sırada, o da dikkatle çevresine bakındı. Tahmin ettiği gibi günün bu saatinde park bomboştu. Koşuya çıkmak henüz moda olmamıştı, hava ise üzerlerinde gazeteyle banklarda uyuyan evsizler için bile fazla soğuktu.

Kronografı dikkatle beze sarıp sırt çantasının içine yerleştirdi.

Genç kız, Serpentine Gölü'nün kuzey kıyısındaki ağaçlardan birinin yanında çömeldi. Çimenlerin üzeri solmuş çiğdemlerle kaplanmıştı.

Omuzları titredi ve yaralı bir hayvanın çaresiz sesine benzer bir sesle hıçkırdı. Genç adam, buna pek dayanamıyordu. Onu rahat bırakmanın en iyisi olacağını deneyimlerinden biliyordu. Bu nedenle nemli çimenlerin üzerinde oturan kızın yanına çömelerek gözlerini suyun ayna kadar düz yüzeyine dikti.

Onu belki de hiçbir zaman tam olarak terk etmeyecek olan acının dinmesini bekledi.

O da kendini kötü hissediyordu ama toparlanmaya çalıştı. Kızın kendisi için endişelenmesini istemiyordu.

Genç kız burnunu çekerek ağlamaktan kıpkırmızı olmuş yüzünü ona çevirdi. "Kâğıt mendil icat edildi mi?"

"Bilmiyorum," dedi. "Ama sana adımın baş harflerinin işlenmiş olduğu temiz bir mendil verebilirim."

"*G.M.* Yoksa bunu Grace'ten mi çaldın?"

"Bana kendisi verdi. Rahatça sümkürebilirsin, Prenses."

Genç kız mendili geri verirken çarpık bir gülümsemeyle ağzını buruşturdu. "Berbat oldu. Üzgünüm."

"Ah, hadi! Bu zamanda mendili kuruması için asıp tekrar kullanıyorlar," dedi. "Önemli olan, artık ağlamaman."

Kızın gözleri hemen yaşlarla doldu. "Onu zor durumda bırakmamalıydık. Bize ihtiyacı var! Blöfümüzün işe yarayıp yaramayacağını bilmiyoruz ve bunu öğrenmek için asla bir şansımız olmayacak."

Sözleri kalbine bıçak gibi saplanmıştı. "Ölseydik, ona daha az yararımız dokunurdu."

"Keşke onunla birlikte yurt dışında herhangi bir yerde, sahte bir kimlikle saklanabilseydik, en azından o yeterince büyüyünceye dek..."

Genç adam başını iki yana sallayarak onun sözünü kesti. "Bizi her yerde bulurlardı, bunu binlerce kez konuştuk. Onu zor durumda bırakmadık, doğru olanı yaptık: Ona güvenli bir yaşam sağladık. En azından gelecek on altı yıl için."

Genç kız bir süre sessiz kaldı. Uzaklarda bir at kişnedi. Neredeyse gece olduğu halde West Carriage Drive'dan[1] sesler duyuluyordu.

"Biliyorum, haklısın," dedi sonunda. "Yalnızca onu bir daha göremeyeceğimizi bilmek canımı acıtıyor." Eliyle ağlamaktan şişmiş gözlerini ovdu. "En azından canımız sıkılmayacak. Er ya da geç, bizi yine bu zamanda da bulup muhafızları üzerimize salacaklar. Savaşmadan ne kronograftan, ne de planlarından vazgeçer."

Genç kızın gözlerinin macera tutkusuyla parladığını görünce güldü. Krizin şimdilik atlatılmış olduğunu anlamıştı. "Belki yine de ondan çok daha kurnazdık ya da öteki şey sonunda hiçbir işe yaramayacak. O zaman olduğu yere çakılıp kalır."

"Evet, bu güzel olurdu. Ama öyle olsa da, onun planlarını bozabilecek olan yalnızca bizleriz."

"İşte bu yüzden doğru olanı yaptık." Ayağa kalkıp kot pantolonundaki tozları temizledi. "Haydi gel, lanet olası çimen ıslak, kendine dikkat etmelisin."

Genç kızı, elinden tutup ayağa kaldırdıktan sonra öptü. "Şimdi ne yapacağız? Kronografı saklayacak bir yer bulabilir miyiz?" diye sordu kız.

Kararsızlık içinde Kensington Bahçeleri'ni Hyde Park'tan ayıran köprüye baktı.

---

1 Serpentine Gölü'nün güney tarafındaki köprünün ötesi, (ç.n.)

"Evet, ama önce muhafızların depolarını yağmalayıp para bulalım. Sonra Güney Hempton'a giden trene binebiliriz. Çarşamba günü Titanik oradan ilk seferine çıkıyor."

Genç kız güldü. "Demek senin *dikkat etmek*ten anladığın bu! Ama varım."

Tekrar gülebilmesine öylesine sevinmişti ki, onu yeniden öptü. "Ben aslında... Şey, kaptanların açık denizde nikâh kıyma yetkisine sahip olduklarını biliyorsun, değil mi Prenses?"

"Benimle evlenmek mi istiyorsun? Hem de Titanik'te? Delirdin mi?"

"Ama çok romantik olurdu."

"Buz dağına gelene dek." Başını onun göğsüne dayayarak yüzünü ceketine gömdü. "Seni öyle çok seviyorum ki," diye fısıldadı.

"Karım olmayı istiyor musun?"

"Evet," dedi yüzü hâlâ ceketine gömülüyken. "Ama tekrar Queenstown'da ineceksek."

"Bir sonraki maceraya hazır mısın, Prenses?"

"Sen hazırsan, ben de hazırım," dedi kısık sesle.

Kontrolsüz bir zaman yolculuğu genellikle
birkaç dakika,
bazen saatler, hatta günler öncesinde başlayan
baş dönmesi, bacak titremesi ve mide
bulantısıyla kendini belli eder.
Birçok Gen Taşıyıcı, şiddetli migren
ağrılarından söz etmiştir.
İlk zaman sıçramasına, İnisiyasyon
sıçraması da denir,
Gen Taşıyıcı'nın 16 ve 17 yaşları arasında
gerçekleşir.

Muhafızların Günceleri'nden
Evrensel Yasalar, Cilt 2

1.

Bunu ilk kez pazartesi günü öğleden sonra, okul kantininde fark etmiştim. Ansızın karnımda garip bir his oluşmuştu. Sanki lunaparktaki hız treninde en tepeden yokuş aşağı iniyormuşum gibiydi. Yalnızca iki saniye sürmüştü ama bir tabak dolusu soslu püreyi okul üniformamın üzerine dökmeme yetmişti. Tabağı, çatal ve bıçak gürültüyle yere düşerken son anda tutabildim.

Yerdeki pisliği temizlemeye çalışırken arkadaşım Leslie, "Zaten tadı yerden süpürülümüş gibiydi," dedi. Elbette herkes bana bakıyordu. "İstersen benim yemeğimi de bluzunun üzerine dökebilirsin."

"Hayır, teşekkürler." Gerçi Saint Lennox okul üniforması-nın gömleği de patates püresinin rengindeydi ama yine de leke gözüme batıyordu. Hemen lacivert ceketimin önünü ilikledim.

"Ah, küçük Gwenny yine yemeğiyle mi oynuyor?" dedi Cynthia Dale. "Sakın yanıma oturma, sakar şey."

"Sanki isteyerek senin yanına oturacakmışım gibi, Cyn." Ne yazık ki okul kafeteryasında yemek yerken, bu tür şeyler sık sık başıma geliyordu. Daha geçen hafta yeşil renkli puding, folyo kabından fırlayıp iki metre ötede oturan beşinci sınıftan birinin *spagetti carbonara*'sının içine konmuştu. Ondan önceki hafta da vişne suyunu dökmüş ve masadaki herkesin kızamık çıkarmış gibi görünmesine neden olmuştum. Okul üniformasının aptal kravatını kaç kez sosa, meyve suyuna ya da süte soktuğumu saymadım bile.

Ama bunun dışında hiç başım dönmemişti.

Belki de öyle olduğunu sanmıştım. Son zamanlarda evimizde baş dönmesinden çok sık söz ediliyordu.

Yalnızca sözü edilen baş dönmesi benim değil, her zamanki gibi kusursuz ve harika bir şekilde Cynthia'nın yanında oturmuş, patates püresini yemekte olan kuzenim Charlotte'unkiydi.

Tüm aile sürekli olarak Charlotte'un başının dönmesini bekliyordu. Leydi Arista, yani büyükannem, bazı günler her on dakikada bir, başının dönüp dönmediğini soruyordu. Charlotte'un annesi Glenda teyze de aynı soruları sorarak aradaki boşlukları dolduruyordu.

Charlotte her "hayır" dediğinde, Leydi Arista dudaklarını ısırıyor, Glenda teyze de iç çekiyordu. Bazen tam tersi de olabiliyordu.

Biz diğerleri; annem, kız kardeşim Caroline, erkek kardeşim Nick ve büyük halam Maddy gözlerimizi deviriyorduk. Ailede zamanda yolculuk yapabilecek bir genin olması, elbette heyecan vericiydi ama bu konu zamanla ilginçliğini yitirmişti. Bazen Charlotte'un çevresinde oluşturulan bu tiyatroyu fazla abartılı buluyorduk.

Charlotte ise gerçek duygularını Mona Lisa gülüşünün ardında bir sır gibi saklamaya özen gösteriyordu. Onun yerinde olsaydım bu bir türlü gerçekleşmeyen baş dönmesine sevinmem ya da öfkelenmem mi gerekirdi, bilmiyordum. Eh, doğruyu söylemek gerekirse herhalde sevinirdim. Ben, daha ödlek biriydim. Rahatıma düşkündüm.

Leydi Arista her gün, "Bu er ya da geç olacak, o an için hazırlıklı olmalıyız," diyordu.

Öğle yemeğinden sonra, Bay Whitman'ın tarih dersinde gerçekten de zamanı gelmişti. Kafeteryadan aç dönmüştüm. Üstüne üstlük vanilyalı puding ve üzüm kompostosundan oluşan tatlımın içinde saç bulmuş ve bunun bana mı, yoksa mutfak personeline mi ait olduğundan emin olamamıştım. Öyle ya da böyle iştahım kaçmıştı.

O gün Bay Whitman, geçen hafta yapmış olduğu tarih testini dağıttı. "Görünüşe bakılırsa, iyi hazırlanmışsınız. Özellikle de sen, Charlotte. Sana bir A artı verdim."

Charlotte yüzüne düşen birkaç kızıl saç telini eliyle arkaya atarken, sonuç sanki onun için bir sürpriz olmuş gibi, "Oo," dedi. En iyi notları her zaman o alırdı.

Leslie ve ben bu kez memnun olabilirdik. Bizim "iyi hazırlığımız", Cate Blanchett'li *Elizabeth* filmlerini izlemek ve beraberinde cips ve dondurmayla beslenmekten oluşsa da, ikimiz de A eksi almıştık. Kuşkusuz dersi hep dikkatle dinlemiştik, ancak bu durum diğer dersler için pek geçerli değildi.

Bay Whitman'ın dersi öylesine ilginçti ki, insan dinlemekten kendini alamazdı.

Bay Whitman'ın kendisi de ilginçti. Kızların çoğu gizliden gizliye ya da açıkça ona âşıktı. Coğrafya öğretmenimiz Bayan

Counter da öyleydi. Bay Whitman onun önünden geçerken, Bayan Counter kıpkırmızı olurdu. Bay Whitman çok yakışıklıydı, bu konuda herkes hemfikirdi. Leslie dışında herkes. Ona göre Bay Whitman, çizgi filmlerdeki sincaplara benziyordu.

"Kocaman kahverengi gözleriyle bana baktığında, içimden ona fıstık atmak geliyor," diyordu. Hatta bir keresinde fazla ileri gitmiş, parktaki sincapları, "Bay Whitman" diye çağırır olmuştu. Bu, mantıksız bir şekilde bulaşıcı bir durumdu yanı başıma bir sincap sıçradığında, ben de, "Baksana, küçücük, şişko bir Bay Whitman, ne tatlı değil mi?" demeye başlamıştım.

Bu sincap konusu nedeniyle Leslie ve ben, muhtemelen sınıfta Bay Whitman'a deli olmayan tek kızlardık. Tersini sürekli denedim (çünkü bizim sınıftaki erkeklerin hepsi çocuksuydu) ama hiçbir yararı olmadı. Sincap karşılaştırması geri döndürülemez biçimde beynime kazınmıştı. Kimse bir sincaba karşı romantik hisler beslemezdi!

Cynthia, Bay Whitman'ın öğrencilik yıllarında model olarak çalıştığı dedikodusunu yaymıştı. Kanıt olarak da gösterişli bir dergiden, Bay Whitman'a benzeyen bir adamı duş jeliyle sabunlanırken gösteren bir fotoğraf kesip getirmişti.

Cynthia'dan başka hiç kimse Bay Whitman'ın duş jeli erkeği olduğuna inanmamıştı. Çünkü fotoğraftaki adamın çenesinde bir gamze vardı ve Bay Whitman'ın gamzesi yoktu.

Sınıfımızdaki erkekler Bay Whitman'ı pek yakışıklı bulmuyordu. Özellikle Gordon Gelderman ona katlanamıyordu. Çünkü Bay Whitman, okulumuza gelmeden önce bütün kızlar Gordon'a âşıktı. Üzülerek itiraf etmem gerekirse, ben de... Ancak o zamanlar on bir yaşındaydım ve Gordon da çok sevimliydi. Şimdi ise on altı yaşında ve yalnızca aptal birisi. Ayrıca iki yıldır süren bir ses değişimi yaşıyordu. Bu dönüşümlü homurtu ve iniltiler ne yazık ki onun aptalca konuşmasına engel değildi.

Tarih dersinden aldığı F'ye çok öfkelenmişti. "Bay Whitman, bu gerçekten adil değil; en azından bir B'yi hak etmiştim. Yalnızca erkek olduğum için bana kötü not veremezsiniz."

Bay Whitman testi Gordon'un elinden tekrar alıp bir sayfasını çevirdi. *"I. Elizabeth öyle çirkindi ki hiçbir zaman evlenecek birini bulamadı. Bu nedenle herkes tarafından çirkin bakire diye adlandırıldı,"* diye okudu.

Bütün sınıf kıkırdadı.

"Ne olmuş? Bu doğru," diye kendini savundu Gordon. "Patlak gözler, asık surat ve iğrenç bir saç modeli..."

Ulusal Portre Galerisi'nde Tudor hanedanını ayrıntılı olarak incelememiz gerekmişti ve gerçekten de I. Elizabeth'in Cate Blanchett'le çok az benzerliği vardı. Birincisi, belki o zamanlar ince dudaklar, kocaman burunlar kesinlikle güzel sayılıyordu, ikincisi giysileri gerçekten de süperdi. Üçüncüsü de, I. Elizabeth'in kocası olmasa da, pek çok gönül ilişkisi olmuştu; içlerinde bir de Sör... Adı neydi? Filmde onu Clive Owen oynamıştı.

"Elizabeth, kendine *bakire kraliçe* diyordu," dedi Bay Whitman, Gordon'a. "Çünkü..." Konuşmasına ara verdi. "İyi misin, Charlotte? Başın mı ağrıyor?"

Herkes Charlotte'a baktı. Charlotte başını tutuyordu.

"Yalnızca... başım dönüyor," deyip bana baktı. "Her şey dönüyor."

Derin bir soluk aldım. Evet, artık zamanı gelmişti. Büyükannemiz kendinden geçecekti. Glenda teyze de tabii.

"Ooo, harika!" diye fısıldadı yanımdaki Leslie. "Şimdi *şeffaflaşacak* mı?" Leydi Arista'nın ailemizdeki bu olayla ilgili hiçbir koşulda kimseyle konuşmamayı küçüklüğümüzden beri bize tembihlemesine karşın, bu yasağı Leslie için yok saymaya karar vermiştim. Sonuçta o benim en iyi arkadaşımdı ve en iyi arkadaşlar birbirlerinden hiçbir şeyi saklamazdı.

Onu tanıdığımdan bu yana (tüm yaşamım boyunca) ilk kez Charlotte'un yüzünde çaresiz bir ifade vardı.

Ancak bunun için ne yapılması gerektiğini biliyordum. Glenda teyze bunu bana defalarca tembihlemişti.

Ayağa kalkarak Bay Whitman'a, "Bir sakıncası yoksa Charlotte'u eve götüreyim," dedim.

Bay Whitman'ın bakışları hâlâ Charlotte'un üzerindeydi. "Bu iyi bir fikir, Gwendolyn," dedi. "Geçmiş olsun, Charlotte."

"Teşekkürler," dedi Charlotte. Kapıya doğru giderken hafifçe sendeledi. "Geliyor musun, Gwenny?"

Aceleyle koluna girdim. İlk kez kendimi Charlotte'un yanında önemli hissediyordum. Değişim sırasında bana ihtiyaç duyması güzel bir duyguydu.

"Beni mutlaka ara ve her şeyi anlat," diye fısıldadı Leslie.

Kapının önüne geldiğimizde Charlotte'un çaresiz hali bir anda kaybolmuştu. Eşyalarını almak üzere dolabına yöneldi.

Kolunu sıkıca tuttum. "Bırak, Charlotte! Olabildiğince çabuk eve gitmeliyiz. Leydi Arista dedi ki..."

"Artık geçti," dedi Charlotte.

"Ne fark eder? Her an tekrarlayabilir." Charlotte onu başka yöne çekiştirmeme sesini çıkarmadı. "Tebeşir nerede?" Yürürken ceplerimi karıştırdım. "Ah, işte burada. Cep telefonu da. Evi aramalı mıyım? Korkmuyor musun? Ah, aptalca bir soruydu, üzgünüm. Çok heyecanlıyım."

"Tamam, sorun değil. Korkmuyorum."

Doğru söyleyip söylemediğini anlamak için onu yan gözle süzdüm. Yüzüne yine o küçük, kusursuz Mona Lisa gülümsemesini oturtmuştu, o yüzün ardında hangi duyguların gizlendiğini anlamak olanaksızdı.

"Evi aramamı ister misin?"

"Ne yararı olacak?" diye soruyla karşılık verdi Charlotte.

"Ben yalnızca, düşündüm ki…"

"Düşünmeyi bana bırak, lütfen," dedi Charlotte.

Birlikte James'in her zaman oturduğu nişe giden taş merdivenleri indik. Bizi görünce hemen ayağa kalktı ama ona yalnızca gülümsedim. James'le ilgili yaşadığım sorun, onu benden başka hiç kimsenin görüp duyamamasıydı.

James bir hayaletti. Bu yüzden yanımda birileri varken onunla konuşmaktan kaçınıyordum.

Yalnızca Leslie'nin yanında bu kuralı bozuyordum. O da James'in varlığından bir an bile şüphe etmemişti. Leslie söylediğim her şeye inanırdı ve en iyi arkadaşım olma nedenlerinden birisi de buydu. James'i göremediği ve duyamadığı için çok üzülüyordu.

Aslında bu durumdan hoşnuttum, çünkü Leslie'yi gördüğünde James'in söylediği ilk şey, "Aman Tanrım! Zavallı çocukta gökyüzündeki yıldızlardan daha çok çil var," olmuştu. "Acilen iyi bir beyazlatıcı losyon kullanmaya başlamazsa, kendine hiçbir zaman bir erkek bulamaz!"

Buna karşın onları tanıştırdığımda Leslie'nin sorduğu ilk şeyse, "Ona herhangi bir yere bir hazine gömüp gömmediğini sorsana," olmuştu.

Ne yazık ki James'in bir yerlerde saklı bir hazinesi yoktu. Leslie'nin ona bu gözle bakmasına da alınmıştı. Onu görmezden geldiğimde hep alınırdı. Aslında çok alıngandı.

Leslie ilk buluşmamızda, "Şeffaf mı?" diye sormuştu. "Ya da siyah beyaz mı?"

Hayır, James aslında oldukça normal görünüyordu. Elbette giysileri dışında.

"Onun içinden geçebiliyor musun?"

"Bilmiyorum, hiç denemedim."

"O zaman denemelisin," diye önermişti Leslie.

Ama James bunu denememe izin vermemişti.

"*Hayalet* mi, bu da ne demek? On dördüncü Earls von Hardsdale'in varisi olan James August Peregrin Pimplebottom, hiç kimsenin kendisine hakaret etmesine izin vermez; küçük kızların bile."

Birçok hayalet gibi o da artık bir insan olmadığı gerçeğini kabul etmek istemiyordu. Ne kadar uğraşsa da ölmüş olduğunu hatırlayamıyordu. Birbirimizi, Saint Lennox Lisesi'ne ilk başladığım günden bu yana, neredeyse beş yıldır tanıyorduk. James için, kulüpte arkadaşlarıyla bir el iskambil oynayıp atlardan, bantlardan[2] ve peruklardan konuştuğundan bu yana (bu arada her ikisini de takıyordu -peruk ve güzellik bandı- ama takmasa daha da iyi görünebilirdi), yalnızca birkaç gün geçmiş gibiydi. Tanıştığımız günden beri yirmi santim uzadığımı, diş teli taktığımı, göğüslerimin büyüdüğünü ve daha sonra diş telinden kurtulduğumu görmezden geliyordu. Babasının malikânesinin uzun zaman önce elektriği, suyu ve ısıtması olan bir özel okula dönüşmüş olduğunu da öyle. Zaman zaman ilgisini çekiyormuş gibi görünen tek şey, okul üniformamızın etek boyuydu. Herhalde yaşadığı devirde kadınların baldırları ve dizleri pek görünmüyordu.

"Bir hanımın, soylu bir beyefendinin yanından geçerken selam vermemesi pek kibar bir davranış değil, Bayan Gwendolyn," diye seslendi. Onu fark etmediğim için yine alınmıştı.

"Özür dilerim, acelemiz var," dedim.

"Herhangi bir şekilde yardımcı olabilirsem, emrinizdeyim." James kollarındaki dantelleri çekiştirdi.

"Hayır, teşekkürler. Hemen eve gitmek zorundayız." Sanki kabul etsem bize herhangi bir şekilde yardımcı olabilecekmiş gibi! Kapı bile açamazdı. "Charlotte kendini iyi hissetmiyor."

Charlotte'a zaafı olan James, "Ah, gerçekten çok üzüldüm," dedi. Leslie'yi, "Nezaketsiz çilli" olarak tanımlarken, kuzenimi özellikle "çekici ve büyüleyici biçimde zarif" buluyordu. Bugün

---

2 17. ve 18. yüzyıllarda birçok erkek ve kadın tarafından kullanılan, ipek, tafta ya da kadifeden yapılmış küçük siyah bant, (ç.n.)

de ağdalı komplimanlarını yapmadan duramamıştı. "Lütfen ona iyi dileklerimi ilet. Ona bugün yine muhteşem göründüğünü söyle. Biraz solgun ama bir peri kadar büyüleyici."

"Bunu ileteceğim."

"Lütfen şu hayali arkadaşınla konuşmayı kes, yoksa bir gün tımarhaneyi boylayacaksın," dedi Charlotte.

Tamam, bunu ona *iletmeyecektim*. Zaten yeterince kendini beğenmişti.

"James hayali bir arkadaş değil, sadece görünmez. İkisi çok farklı şeyler!"

"Öyle diyorsan," dedi Charlotte. O ve Glenda teyze, James'i ve diğer hayaletleri yalnızca ilgi çekmek için uydurduğumu düşünüyorlardı. Bu konudan onlara söz ettiğim için pişman olmuştum. Çocukken, binaların ön cephelerinde bulunan gargoylelerin[3], gözlerimin önünde canlanarak oradan oraya koşmalarından ve yüzlerini buruşturarak bana bakmalarından kimseye söz edememek bana çok zor gelirdi. Gargoyleler komikti ama daha korkunç görünen ve beni oldukça ürküten karanlık şekiller de vardı. Hayaletlerin insanlara kötülük yapamayacaklarını anlamam birkaç yılımı aldı. Hayaletlerin gerçekten yapabilecekleri tek şey insanları korkutmaktı.

Elbette James böyle değildi. O tamamen zararsızdı.

---

3 Gotik mimari örneğinde su tahliyesi için kullanılan çirkin yüzlü heykelcikler, inanışa göre gargoyleler gündüzleri taşken geceleri canlanan varlıklardır, (ç.n.)

James'in bizi artık duyup duymayacağından emin olmadan, "Leslie, James'in genç yaşta ölmüş olmasının iyi olabileceğini düşünüyor. Ona göre; Pimplebottom[4] soyadıyla zaten hiçbir kızı elde edemezmiş," dedim. "Kim isteyerek Pimplebottom soyadını almak ister ki?"

Charlotte gözlerini devirdi.

"Aslında kötü görünmüyor," diye devam ettim. "Ayrıca söylediğine bakılırsa çok zenginmiş. Ama parfümlü mendilini sürekli burnuna tutma alışkanlığı pek de erkeksi değil."

"Senden başka hiç kimsenin ona hayranlık duyamaması ne acı," dedi Charlotte.

Aslında ben de aynı fikirdeydim.

"Hem bu tuhaflıklarını ailenin dışında başka insanlarla konuşman çok aptalca," diye ekledi.

Bu Charlotte'un tipik iğnelemelerinden biriydi. Beni incitmeye çalışıyordu ve bunu başarmıştı.

"Ben tuhaf değilim!"

"Elbette öylesin!"

"Bunu aslında senin için söylemek gerekir, *Gen Taşıyıcı!*"

"En azından her yerde bu konudan söz etmiyorum," dedi Charlotte. "Oysa sen, tıpkı büyük halamız deli Maddy gibisin. O da vizyonlarından sütçüye bile söz ediyor."

"Çok kötüsün."

---

4 (İng.) Kabakıç, (ç.n.)

"Sen de safsın."

Tartışarak koridorda yürüdük, kapıcının kulübesinin önünden geçerek okul avlusundan dışarı çıktık. Hava rüzgârlıydı ve gökyüzü her an yağmur yağacakmış gibi kapkaraydı.

Eşyalarımızı dolaptan almadığımıza pişman olmuştum. Şimdi bir manto olsa iyi olurdu.

"Seni Maddy halaya benzettiğim için özür dilerim," dedi Charlotte biraz üzgün bir tavırla. "Sanırım biraz gerginim."

Şaşırmıştım. Charlotte pek özür dilemezdi.

"Anlıyorum," dedim çabucak. Özrünü kabul ettiğimi fark etmeliydi. Elbette onu anladığım falan yoktu. Onun yerinde olsam korkudan titrerdim. Gerçi ben de bu konuda heyecanlıydım ama bu ancak dişçiye gittiğim zaman duyduğum heyecan kadardı. "Ayrıca Maddy halayı severim." Bu gerçekten doğruydu. Büyük halamız Maddy, belki biraz geveze ve her şeyi dört kez söylemeye meyilliydi ama bana göre bu durum diğerlerinin gizemli telaşından bin kat daha iyiydi. Ayrıca Maddy hala bize her zaman bol bol limonlu şeker verirdi.

Elbette şekerler artık Charlotte'u ilgilendirmiyordu.

Caddeyi geçtikten sonra kaldırımda aceleyle yürümeye devam ettik.

"Bana öyle yan gözle bakıp durma," dedi Charlotte. "Merak etme, kaybolursam fark edersin. O zaman o aptal tebeşirle yere bir çarpı çizip eve koşarsın. Ama bugün olmayacak, bugün değil."

"Bunu hiçbir zaman bilemezsin. Nereye ineceğini merak ediyor musun? Demek istediğim hangi zamana?"

"Elbette," dedi Charlotte.

"Umarım 1664'teki büyük yangının ortasına düşmezsin."

"Büyük Londra yangını 1666'daydı," dedi Charlotte. "Bu kolayca hatırlanabilecek bir tarih. Ayrıca kentin bu bölümü o zaman henüz inşa edilmemişti bile. Yani burada yangın çıkmadı."

Charlotte'un "Oyunbozan" ve "Ukala" gibi başka lakaplarının olduğunu daha önce söylemiş miydim?

Ama pes etmedim. Belki hainlik ediyordum ama aptal gülümsemesini en azından birkaç saniyeliğine yüzünden silmek istiyordum. "Bu okul üniformaları çıra gibi yanar herhalde," dedim inatla.

"O zaman ne yapılması gerektiğini bilirim," dedi Charlotte çabucak ve hiç gülümsemeden.

Elimden onun bu soğukkanlılığına hayran olmaktan başka bir şey gelmiyordu. Bir anda geçmişte bir yere konma düşüncesi benim için yalnızca dehşet verici bir durumdu.

Hangi zaman olursa olsun, fark etmezdi; geçmiş yıllar korkunçtu. Bitmeyen savaş, çiçek hastalığı ve veba vardı; kadınlar yanlış bir söz söylediğinde cadı ilan edilerek yakılıyorlardı. Ayrıca tuvalet yerine büyük çukurlar vardı ve herkes bitleniyordu. Sabahları aşağıda birisinin olup olmadığına bakmaksızın herkes, lazımlıklarını pencereden aşağı boşaltıyorlardı.

Charlotte yaşamı boyunca, geçmişte hayatta kalabilmenin eğitimini almıştı. Hiçbir zaman oyun, kız arkadaşlar, alışveriş, sinema ya da erkek arkadaşlar için zamanı olmamıştı. Bunların yerine dans, eskrim, at binme, yabancı dil ve tarih dersleri almıştı. Ayrıca geçen yıldan bu yana her çarşamba öğleden sonra,

Leydi Arista ve Glenda teyzeyle birlikte dışarı çıkıyor, gece geç saatlerde eve dönüyordu. Buna, "Gizemli ders," diyorlardı. Hiç kimse bize bunun ne tür bir gizem olduğundan söz etmiyordu, özellikle de Charlotte'un kendisi.

Bu konuda bir şey sorulduğunda söylediği tek cümle, "Bu bir sır," olurdu. İkincisi ise: "Sizi ilgilendirmez,"di.

Leslie hep, bizim ailenin Gizli Servis'ten ve MI6'dan çok daha fazla sırrı olduğunu söyler. Haklı da olabilir.

Genellikle eve dönerken otobüse binerdik, 8 numaralı otobüs Berkeley Meydanı'nda duruyordu ve o durak ile ev arasında fazla mesafe yoktu. Bugün ise Glenda teyzenin tembihlediği gibi dört durak yürüyorduk. Yol boyunca elimdeki tebeşiri sıkıca tuttum ama Charlotte bir yere kaybolmadı.

Sokak kapısına giden merdivenleri çıkarken neredeyse düş kırıklığına uğramıştım. Çünkü bu hikâyedeki görevim de burada bitiyordu. Bu noktadan sonrasını büyükannem devralacaktı.

Charlotte'un kolunu çekiştirdim. "Baksana! Kara adam yine burada."

"Ne olmuş?" Charlotte çevresine bile bakınmadı. Adam 18 numaralı evin karşısında duruyordu. Her zamanki gibi siyah bir yağmurluk giymiş, yüzünün büyük bir kısmını kapatan bir şapka takmıştı. Kardeşlerimin ve Leslie'nin de onu gördüğünü fark edene dek adamın bir hayalet olduğunu sanmıştım.

Neredeyse aylardır durmadan evimizi gözetliyordu. Belki de tıpkı ona benzeyen ve nöbet değişikliği yaptığı başka adamlar da vardı. Adamın çevreyi kolaçan eden bir hırsız, özel dedektif ya da kötü bir büyücü olup olmadığı konusunda tartışmıştık.

Kız kardeşim Caroline, sonuncusu olduğundan emindi. Dokuz yaşındaydı, kötü büyüler ve iyi perilerin olduğu hikâyeleri seviyordu. Erkek kardeşim Nick on iki yaşındaydı, büyücülerle perileri aptalca bulduğundan çevreyi kolaçan eden hırsızda karar kılmıştı. Leslie ve ben özel dedektiften yanaydık.

Onu daha yakından görmek için yolun karşısına geçtiğimizde, adam ya evin içinde kayboluyor ya da kaldırımın üzerine park ettiği Bentley marka siyah otomobiline atlayıp oradan uzaklaşıyordu.

"Bu sihirli bir araba," diye iddia ediyordu Caroline. "Kimse bakmadığı sırada araba kargaya dönüşüyor, sihirbaz da küçücük bir adam olup onun sırtına biniyor."

Nick her ihtimale karşı arabanın plakasını almıştı. "Soygundan sonra mutlaka arabayı boyayıp yeni bir plaka takarlar," diyordu.

Evdeki yetişkinler, siyahlar giymiş birisi tarafından gece gündüz gözetlenmenin şüpheli bir yanı yokmuş gibi davranıyordu. Charlotte da öyle. "Zavallı adamcağızdan ne istiyorsunuz! Orada yalnızca sigara içiyor, hepsi bu."

"Elbette!" Buna inanmaktansa sihirli bir kargaya inanmayı yeğlerdim.

Eve vardığımız sırada yağmur yağmaya başlamıştı.

Kapının açılmasını beklerken, "Başın yine dönüyor mu?" diye sordum. Evin anahtarı ikimizde de yoktu.

"Gerilip durma," dedi Charlotte. "Olması gerektiğinde olur."

Kapıyı Bay Bernhard açtı. Leslie'ye göre Bay Bernhard bizim uşağımızdı ve neredeyse Madonna ya da Kraliçe kadar zengin olduğumuzun kesin kanıtıydı. Bay Bernhard'ın gerçekte kim ya da ne olduğunu tam olarak bilmiyordum. Anneme göre, "Büyükannemin kâhyası"ydı, büyükannemiz ise onun, "Eski bir aile dostu" olduğunu söylüyordu. Bana ve kardeşlerime göre ise büyükannemizin gizemli hizmetkârıydı.

Bay Bernhard bizi görünce şaşkınlıkla kaşlarını kaldırdı.

"Merhaba Bay Bernhard," dedim. "Berbat bir hava, değil mi?"

"Kesinlikle berbat." Bay Bernhard, karga burnu ve dore çerçeveli yuvarlak gözlüklerinin ardındaki kahverengi gözleriyle bana hep bir baykuşu hatırlatıyordu; daha doğrusu bir puhu kuşunu. "Evden çıkarken mutlaka manto giymek gerek."

"Eee, evet; kesinlikle," dedim.

"Leydi Arista nerede?" diye sordu Charlotte. Bay Bernhard'a karşı pek nazik davranmazdı. Belki de biz diğerlerinin aksine, çocukluğundan bu yana ona hiç saygı duymadığı içindi. Bu arada Bay Bernhard'ın evin görülebilen her yerinde ansızın ortaya çıkıvermek, kedi gibi sessiz hareket edebilmek gibi gerçekten de saygı uyandıracak yetenekleri vardı. Sanki gözünden hiçbir şey kaçmıyordu ve günün hangi saati olursa olsun, daima hizmete hazırdı.

Bay Bernhard ben doğmadan önce de evdeymiş. Annem, kendisi küçük bir kızken de onun bu evde olduğunu söylüyordu. Bu nedenle onun gibi görünmese de yaklaşık olarak Leydi Arista'yla aynı yaşta olmalıydı. İkinci katta küçük bir dairede oturuyordu. Daire birinci kata ayrı bir merdiven ve koridorla bağlanıyordu. Bu koridoru kullanmamız yasaktı.

Kardeşim Nick, Bay Bernhard'ın davetsiz konuklardan kurtulmak için koridora kapaklı kapılar ve buna benzer şeyler inşa ettiğini iddia ediyordu. Ama bunu kanıtlayamamıştı. Hiçbirimizin koridora adım atmaya cesareti yoktu.

"Bay Bernhard'ın da özel hayatı olmalı," diyordu Leydi Arista.

Annem de o zamanlarda, "Evet evet," diyordu. "Buna hepimizin ihtiyacı var." Ancak bunu Leydi Arista'nın duyamayacağı kadar kısık bir sesle söylüyordu.

"Büyükanneniz müzik odasında," dedi Bay Bernhard.

"Teşekkürler." Charlotte bizi kapının önünde bırakarak merdivenlere koştu. Müzik odası birinci kattaydı ve oraya neden böyle dendiğini hiç kimse bilmiyordu. İçeride bir piyano bile yoktu.

Müzik odası, Leydi Arista ve Maddy halanın en sevdiği odaydı. İçerisi menekşe ve sigara kokuyordu. Oda çok seyrek havalandırılırdı. Uzun süre kalındığında bunaltıcı olabiliyordu.

Bay Bernhard sokak kapısını kilitledi. Kapı kapanırken çabucak sokağın karşısına göz attım. Şapkalı adam hâlâ orada duruyordu. Yanılıyor muydum, yoksa elini kaldırıp sallamış mıydı? Sonunda bana ya da Bay Bernhard'a selam vermeye mi karar vermişti?

Kapı kapandı ve düşüncemin sonunu getiremedim, çünkü hız treninden aşağı inerken duyulan o his ansızın mideme geri dönmüştü. Görüşüm bulanıklaştı. Dizlerimin bağı çözüldü ve düşmemek için duvara tutunmak zorunda kaldım.

Bir saniye sonra geçmişti.

Kalbim deli gibi çarpıyordu. Bedenimde yolunda gitmeyen bir şeyler vardı. Hız trenine binmediği sürece hiç kimsenin iki saat içinde iki kez başı dönmezdi.

Elbette eğer... Ah, çok saçma! Herhalde biraz çabuk büyüyordum. Ya da... Şey... Bir beyin tümörü olabilir miydi? Belki de yalnızca acıkmıştım.

Evet, öyle olmalıydı. Kahvaltıdan beri hiçbir şey yememiştim. Öğle yemeğim bluzumun üstüne dökülmüştü. Rahat bir soluk aldım.

Bay Brenhard'ın baykuş gözlerinin dikkatle beni süzdüğünü ancak o zaman fark ettim.

"Dikkat edin!" dedi. Oldukça geç gelen bir uyarıydı.

Kızardığımı hissettim. "Yukarı çıkıp... ödevlerimi yapayım," diye mırıldandım.

Bay Bernhard değişmeyen yüz ifadesiyle başını salladı. Ama merdivenleri çıkarken bakışlarını üzerimde hissediyordum.

Muhafızların Günceleri'nden

10 Ekim 1994

Durham'dan geri döndüm. Oraya Lord Montrose'un bir gün önce sürpriz bir şekilde doğum yapan en küçük kızı Grace Shepherd'i ziyaret etmek için gitmiştim.

2460 gram ağırlığında ve 52 cm boyundaki Gwendolyn Sophie Elizabeth Shepherd'in doğumuna hepimiz sevindik.

Anne ve çocuğun durumu çok iyi.
Büyük Bilgemizin beşinci torununun doğumunu içtenlikle kutlarız.

Rapor: Thomas George, İç Çember

2.

Leslie evimizi, birçok odası, tabloları, ahşap kaplamaları ve antikaları nedeniyle "Soylu bir saray" olarak adlandırıyordu. Her duvarın ardında gizli bir geçit; her dolabın içinde gizli bir bölme olduğunu varsayıyordu. Küçükken, Leslie'nin her ziyaretinde evin içinde keşif gezisine çıkardık. Ortalıkta merakla dolaşmanın yasak olması, bu gezileri daha da heyecanlı kılardı. Yakalanmamak için her seferinde zekice stratejiler geliştirirdik. Zamanla gerçekten de birkaç gizli bölme, hatta gizli bir kapı bile bulmuştuk. Bu, merdivende kötü bakışlı şişko ve sakallı bir adamın, bir atın üzerinde kılıcını çekmiş bir halde oturduğu yağlı boya tablonun arkasındaydı.

Büyük halam Maddy'nin verdiği bilgiye göre, kötü bakışlı adam büyük büyük büyük amcam Hugh'tu ve kısrağının adı da *Şişko Annie* idi. Resmin ardındaki kapı, bir merdivene ve birkaç basamak sonra da banyoya açılıyordu ama sonuçta gizli bir kapıydı.

Leslie hep, "Burada oturduğun için çok şanslısın!" derdi.

Bense Leslie'yi daha şanslı bulurdum. Çünkü o; annesi, babası ve tüylü köpeği Bertie'yle birlikte, Kuzey Kensington'daki huzurlu evlerden birinde oturuyordu. Orada sırlar, gizemli uşaklar ya da sinir bozucu akrabalar yoktu.

Eskiden biz de böyle bir evde otururduk; annem, babam ve kardeşlerimle İngiltere'nin kuzeyinde, Durham'daki küçük bir evde. Sonra babam öldü. Kız kardeşim o sırada altı aylıktı ve annem bizimle birlikte Londra'ya taşındı. Muhtemelen kendini yalnız hissetmişti. Belki de maddi sıkıntılar yüzündendi.

Annem, kardeşleri Glenda ve Harry'yle bu evde büyümüştü. Harry Dayı Londra'da yaşamayan tek kişiydi. Karısıyla birlikte Gloucestershire'da oturuyordu.

Ev, başlangıçta bana saray gibi görünmüştü, tıpkı Leslie'nin dediği gibi. Ama büyük bir aileyle paylaşmak zorunda kalındığında, saray bile belli bir zaman sonra artık o kadar büyük gelmiyor. Özellikle giriş katında, evin tümünü içine alan balo salonu gibi gereksiz yerler varken.

Burada harika paten yapılabilirdi ama yasaktı. Balo salonu yüksek pencereleri, alçı tavanı, avizeleriyle muhteşem görünüyordu ama benim yaşadığım zaman dilimi içinde, burada bir tek balo bile verilmemişti. Ne büyük bir şölen ne de parti.

Balo salonunda yapılan tek şey, Charlotte'un dans ve eskrim dersleriydi. Giriş salonundan merdivenlerle ulaşılabilen orkestra balkonu, gereksiz bir alandı. Belki kız arkadaşlarıyla birlikte saklambaç oynayan Caroline'in işine yarıyordu. Çocuklar buradan birinci kata çıkan merdivenin altındaki karanlık köşeye el koymuşlardı.

Birinci katta daha önce sözünü ettiğim müzik odası, ayrıca Leydi Arista'nın ve büyük halam Maddy'nin odaları, (gizli kapılı) kat banyosuyla birlikte, ailenin her akşam saat yedi buçukta yemek için toplandığı yemek odası bulunuyordu. Yemek odasıyla mutfak arasında, Nick ve Caroline'in kesinlikle yasak olduğu halde bazen eğlence olsun diye birbirlerini karşılıklı indirip çıkardıkları eski moda bir asansör vardı. Leslie'yle ben de, küçükken bu asansörü oyun oynamak için kullanırdık ama ne yazık ki artık içine sığamıyorduk.

İkinci katta Bay Bernhard'ın dairesi, ölmüş büyükbabamın (Lord Montrose) çalışma odası ve büyük bir kütüphane vardı. Charlotte'un odası da bu kattaydı. Köşe bir odaydı, Charlotte'un çok sevdiğini iddia ettiği bir de cumbası vardı. Annesinin caddeye bakan bir salonu ve yatak odası vardı.

Glenda teyze, Charlotte'un babasından boşanmıştı. Eski kocası yeni eşiyle kentin içinde bir yerlerde oturuyordu. Bu nedenle evde, Bay Bernhard'ın dışında erkek yoktu, erkek kardeşimi saymazsak elbette. Ne kadar yalvarsak da evde hayvan beslememize izin yoktu. Leydi Arista hayvanlardan hoşlanmıyordu, Glenda teyzenin ise tüyü olan her şeye alerjisi vardı.

Annem, kardeşlerim ve ben, çatının hemen altında, birçok eğik duvarın yanı sıra, iki küçük balkonun da bulunduğu üçüncü kattaydık. Hepimizin odası ayrıydı ve ikinci kattaki banyoda pencere olmadığı için Charlotte büyük banyomuzu kıskanırdı. Çünkü bizimkinde iki pencere vardı. Üçüncü katı çok seviyordum çünkü orası bu tımarhanede annem, ben, Nick ve Caroline için âdeta bir nimetti.

Tek eksiği mutfağa uzak olmasıydı, ki şimdi yukarı çıkarken bu durum can sıkıcı biçimde tekrar gözüme batmıştı. En azından yanıma bir elma alabilirdim. Bu durumda, annemin dolaba koyduğu tereyağlı bisküvilerle yetinmek zorundaydım.

Başımın döneceği korkusuyla arka arkaya on bir tane tereyağlı bisküvi yemiştim. Ayakkabılarımı ve ceketimi çıkarıp dikiş odasındaki kanepenin üzerine boylu boyunca uzandım.

Bugün her şey nedense bir tuhaftı. Demek istediğim, her zamankinden daha tuhaftı.

Saat iki olmuştu. Leslie'yi arayıp sorunlarımı tartışabilmem için daha iki buçuk saat vardı. Kardeşlerim de dörtten önce okuldan eve dönmezlerdi. Annem her zaman saat beşe doğru işi bırakıyordu. Genellikle evde yalnız olmak hoşuma giderdi. Acilen tuvalete girmek isteyen birileri kapıyı vurmadan rahatça banyomu yapabilirdim. Müziği açıp kimseyi kendime güldürmeden şarkı söyleyebilirdim. Birileri, "Ama birazdan *Sünger Bob* başlayacak," diye mızmızlanmadan televizyonda dilediğimi izleyebilirdim.

Ancak bugün canım hiçbirini yapmak istemiyordu. Biraz şekerleme yapmak bile içimden gelmiyordu. Tam tersi, kanepe (aslında eşsiz bir saklanma yeriydi) bana nehirde yalpalayan bir sandal gibi geliyordu. Gözlerimi kapatırsam, benimle birlikte uzaklaşıp gideceğinden korkuyordum.

Düşüncelerimi dağıtmak için ayağa kalkıp dikiş odasını toparlamaya başladım. Burası resmi olmayan oturma odamız gibiydi, çünkü ne Leydi Arista ne de Glenda teyze dikiş dikmezdi. Bu nedenle üçüncü kata da çok seyrek çıkarlardı. Burada dikiş makinesi de yoktu. Bunun yerine çatıya çıkan dar bir merdiven vardı. Bu merdiven baca temizleyicileri için yapılmıştı ama Leslie ve ben çatıyı en sevdiğimiz yer olarak seçmiştik. Manzarası harikaydı, kız kıza konuşmak için bundan daha iyi bir yer olamazdı (tanımadığımız ve âşık olunabilecek çocuklar hakkında konuşmak için mesela).

Elbette tırabzan yerine yalnızca dize kadar gelen galvaniz demir süslemeler olduğu için biraz tehlikeliydi. Zaten kimsenin de uzun atlama denemeye ya da dans ederek aşağı düşmeye niyeti yoktu. Çatının kapısını açan anahtar, dolaptaki gül desenli şeker kutusunun içinde duruyordu. Ailedeki hiç kimsenin bu gizli yeri bildiğimden haberi yoktu, bilseler kıyamet kopardı. Bu nedenle çatıya gizlice çıkarken kimsenin beni görmemesi için çok dikkat ediyordum. Güneşlenmek, piknik yapmak ya da yalnız kalmak istendiğinde çatıda saklanmak mümkündü. Ancak dediğim gibi, bugün canım hiçbirini yapmak istemiyordu.

Battaniyelerimizi katladım, kanepelerdeki bisküvi kırıntılarını süpürdüm, yastıklara çeki düzen verdim ve ortalığa dağılmış satranç taşlarını tahtasına geri yerleştirdim. Hatta köşedeki sehpanın üzerinde duran saksıdaki açelyayı bile suladım ve nemli bir bezle sehpanın üzerini sildim. Sonra kusursuz biçimde toparlanmış odaya kararsızlıkla göz gezdirdim. Bütün bunları yaparken yalnızca on dakika geçmişti, evdeki kalabalığı öncekinden daha fazla özlemiştim.

Acaba Charlotte'un müzik odasında tekrar başı dönmüş müydü? Örneğin, 21. yüzyılda Mayfair'deki bir evin birinci katından 15. yüzyıla, bu semtin hiç var olmadığı ya da çok az ev bulunduğu bir döneme atlandığında ne oluyordu? O zaman ansızın havada asılı kalıp yedi metre yükseklikten yere mi düşülüyordu? Belki de bir karınca yuvasına? Zavallı Charlotte. Belki de şu gizli derslerinde uçmayı da öğrenmişti.

Gizemli demişken: Birden aklıma kendimi oyalayabileceğim bir şey geldi. Annemin odasına gidip pencereden caddeye baktım. 18 numaralı evin kapısı önündeki kara adam hâlâ orada duruyordu. Bacaklarının ve yağmurluğunun bir bölümünü görebiliyordum. Üç kat hiçbir zaman gözüme bu kadar yüksek görünmemişti. Eğlenmek için, buradan yere kadar olan yüksekliğin ne kadar olduğunu hesaplamaya çalıştım.

On dört metre yükseklikten aşağı düşülürse acaba hayatta kalınır mıydı? Eh, belki şans eseri bataklık zemine inildiği takdirde... Coğrafya öğretmenimiz Bayan Counter, Londra'nın tümünün bir zamanlar bataklık olduğunu söylemişti. Bataklık iyi olurdu, o zaman yumuşak iniş yapılabilirdi. Elbette daha sonra çamurun içinde sefil bir biçimde boğulmak üzere.

Yutkundum. Düşüncelerim kendime bile korkutucu geliyordu.

Daha fazla yalnız kalmak istemediğimden, son derece gizli konuştukları için beni dışarı gönderebilecekleri tehlikesini göze alarak müzik odasındaki akrabalarımı ziyaret etmeye karar verdim.

Odaya girdiğimde büyük halam Maddy pencerenin önünde, en sevdiği koltuğunda oturuyordu; Charlotte diğer penceredeydi. Renkli, cilalı ve altın yaldızlı yüzeyine hiçbir suretle dokunmamıza izin verilmeyen XIV. Louis tarzı yazı masasına poposunu yaslamıştı. (Böyle iğrenç bir masanın nasıl olup da Leydi Arista'nın iddia ettiği kadar değerli olabileceğini aklım almıyordu. Gizli bir çekmecesi bile yoktu, Leslie'yle ikimiz yıllar önce araştırmıştık.) Charlotte üzerini değiştirmiş, okul üniformasının yerine gecelik, bornoz ve rahibe giysisi karışımı koyu mavi bir elbise giymişti.

"Gördüğün gibi hâlâ buradayım," dedi.

"Bu... güzel," dedim korkuyla, giysisine gözümü dikmemeye çalışarak.

İki pencere arasında ileri geri yürüyen Glenda teyze, "Bu dayanılmaz," dedi. Charlotte gibi ince ve uzundu, parlak kızıl bukleleri vardı. Annem de aynı buklelere sahipti, büyükannemin de saçları kızıldı. Caroline ve Nick de aynı şekilde kızıl saçı miras almışlardı. Yalnızca benim saçlarım babamınkiler gibi koyu renkli ve düzdü.

Eskiden hep kızıl saçlarımın olmasını isterdim. Ama Leslie siyah saçlarımın mavi gözlerimle ve açık renk tenimle çok hoş bir kontrast oluşturduğuna beni ikna etmişti. Şakağımdaki hilal biçiminde (Glenda teyzenin hep "tuhaf muz" dediği) doğum lekesinin gizemli ve farklı olduğuna da. Bu arada kendimi gerçekten güzel buluyordum. Özellikle de önde duran dişlerime taktığım, beni tavşan görünümünden kurtaran diş tellerinden sonra. Elbette yine de Charlotte gibi James'in başını döndürecek "Çekici ve büyüleyici zarafet"im yoktu. Hah, onun Charlotte'u bu çuval giysisi içinde görmesini isterdim.

"Gwendolyn, meleğim; limonlu şeker ister misin?" Büyük halam Maddy yanındaki tabureye vurdu. "Gel, yanıma otur ve beni biraz oyala. Glenda'nın ileri geri yürümesi sinirimi bozuyor."

"Bir annenin duygularını anlayamazsın, Maddy hala," dedi Glenda teyze.

"Hayır, herhalde anlamam," diye göğüs geçirdi Maddy hala. Büyükbabamın kız kardeşiydi ve hiç evlenmemişti. Neşeli mavi gözleri ve arasında sıklıkla unutulmuş bir bigudinin durduğu altın sarısına boyalı, bukleli saçlarıyla yusyuvarlak ve kısa boylu biriydi. Maddy hala, Leydi Arista'nın aksine dolgun bir hanımdı.

"Leydi Arista nerede?" diye sordum limonlu şeker alırken.

"Yan tarafta, telefonla görüşüyor," dedi Maddy hala. "Ama tek söz bile anlaşılmayacak kadar sessiz. Ayrıca bu son şeker kutusuydu. Selfridges'e gidip yenisini alacak zamanın var mı?"

"Elbette," dedim.

Charlotte ağırlığını diğer ayağına verince, Glenda teyze hemen arkasını döndü.

"Charlotte?"

"Yok bir şey," dedi Charlotte.

Glenda teyze dudaklarını birbirine bastırdı.

"Zemin katta beklesen daha iyi olmaz mı?" diye sordum Charlotte'a. "O zaman fazla yüksekten düşmezsin."

"Hiçbir fikrinin olmadığı konularda çeneni kapalı tutsan daha iyi olmaz mı?" diye soruyla karşılık verdi Charlotte.

"Gerçekten, Charlotte'un şu anda ihtiyacı olan en son şey aptalca sözler," dedi Glenda teyze.

Aşağı indiğime pişman olmaya başlamıştım.

"Gen Taşıyıcı ilk sıçramasında asla yüz elli yıldan fazla geriye gitmez," diye açıkladı büyük halam şefkatle. "Bu ev 1781 yılında tamamlanmış, Charlotte burada, yani müzik odasında kesinlikle güvende. En fazla müzik dinleyen birkaç hanımı korkutur."

Yalnızca büyük halamın duyabileceği kadar kısık sesle, "Bu giysiler içinde kesinlikle," dedim. Kıkırdadı.

Kapı açıldı ve Leydi Arista içeriye girdi. Yine sopa yutmuş gibi dimdik yürüyordu. Hatta birkaç sopa; bir tane kolları, bir tane bacakları ve hepsini bir arada tutmak üzere bir tane de beli için. Beyaz saçları, tıpkı otoriter bir bale hocası gibi, arkaya doğru sıkıca çekilerek topuz yapılmıştı. "Bir şoför yola çıktı. De Villiers ailesi bizi mabette bekliyor. Böylece Charlotte geri döndüğü zaman hemen kronografa geçirilebilir."

Hiçbir şey anlamamıştım.

"Peki ya bugün olmazsa?" diye sordu Charlotte.

"Charlotte, canım, bugün üç kez başın döndü ya," dedi Glenda teyze.

"Er ya da geç olacak," dedi Leydi Arista. "Haydi, şoför her an burada olabilir."

Glenda teyze, Charlotte'un koluna girdi, Leydi Arista'yla beraber odadan çıktılar. Kapı arkalarından kapanırken Maddy halayla birbirimize baktık.

"İnsan bazen görünmez olduğunu düşünebiliyor, değil mi?" dedi Maddy hala. "Arada sırada en azından bir *Hoşça kalın* ya da *Merhaba* demek fena olmazdı doğrusu. Hatta akıllı olup *Sevgili Maddy, bize yardımcı olabilecek bir vizyon gördün mü?* diye sorulabilirdi."

"Vizyon mu gördün?"

"Hayır," dedi Maddy hala. "Tanrıya şükür ki yeni bir şey yok. Vizyonlardan hemen sonra korkunç bir şekilde acıkıyorum, zaten çok şişmanladım."

"De Villiersler de kim?" diye sordum.

"Bana sorarsan bir yığın kendini beğenmiş züppe," dedi Maddy hala. "Hepsi avukat ya da bankacı. Şehirde "De Villiers" adında özel bir bankaları var. Bizim de hesaplarımız o bankada."

Bu yanıtı pek gizemli bulmamıştım.

"Peki, bu insanların Charlotte'la ne ilgileri var?"

"Bizimle aynı sorunları yaşıyorlar diyelim."

"Hangi sorunlar?" Yoksa onlar da bizim gibi, aynı çatı altında despot bir büyükanne, canavar bir teyze ve kendini beğenmiş bir kuzenle birlikte mi yaşamak zorundaydı?

"Zaman yolcusu geni," dedi büyük halam. "De Villiers ailesinde erkekler bu geni miras olarak almış."

"Onların evinde de mi bir Charlotte var?"

"Charlotte'un erkek olanı. Bildiğim kadarıyla adı Gideon."

"O da başının dönmesini mi bekliyor?"

"O bunu çoktan atlattı. Gideon Charlotte'tan iki yaş büyük."

"İki yıldır zamanda keyifle sıçrayıp duruyor mu?"

"Öyle de denebilir."

Yeni edindiğim yarım yamalak bilgileri bir araya getirmeye çalışıyordum. Büyük halam Maddy, bugün müthiş bir bilgilendirme hevesi içinde olduğundan bu fırsatı kaçırmadım. "Peki şu Kroni-, Krono?.."

"Kronograf!" Maddy halam mavi gözlerini devirdi. "Bu, Gen Taşıyıcı'yı (yalnızca onu!) belli bir zamana yollayabilen alet. Kanla bir ilgisi var."

"Bir *zaman makinesi* mi?" Hem de kanla çalışan bir makine? Yüce Tanrım!

Maddy hala omuzlarını silkti. "O şeyin nasıl çalıştığına dair hiçbir fikrim yok. Benim bildiklerimin de burada sessiz sedasız oturururmuş gibi yaparken yalnızca tesadüfen öğrendiğim şeyler olduğunu unutuyorsun. Bunların hepsi çok gizli."

Evet. "Hem de çok karmaşık," dedim. "Peki, Charlotte'un bu geni taşıdığını nereden biliyorlar? Hem neden onun geninde varken örneğin... ehem... seninkinde yok?"

"Bende olması mümkün değil, Tanrı'ya şükür," diye yanıtladı büyük halam. "Biz Montroselar her zaman tuhaf kişilerdik ama bu gen ailemize ilk kez büyükannenle geldi. Çünkü erkek kardeşim onunla kesinlikle evlenmek istemişti." Maddy hala güldü. Ölmüş büyükbabam Lucas'ın kız kardeşiydi. Kocası olmadığından, genç yaşta erkek kardeşinin yanına taşınarak ev işlerini üstlenmişti. "Bu geni ilk kez Lucas ile Leydi Arista'nın düğününden sonra duydum. Charlotte'un sülalesindeki son Gen Taşıyıcı Margret Tilney adında bir hanımdı, o da yine büyükannen Arista'nın büyükannesi."

"Peki, Charlotte da bu geni şu Margret'ten miras mı aldı?"

"Ah hayır, Lucy bu geni miras almıştı. Zavallı kız."

"Hangi Lucy?"

"Kuzenin Lucy. Harry'nin en büyük kızı."

"Ah, şu Lucy." Gloucestershire'da oturan Harry Dayım, Glenda ve annemden büyüktü. Üç çocuğu çoktan yetişkin olmuşlardı. En küçükleri David yirmi sekiz yaşındaydı ve British Airways'de pilottu ama ne yazık ki bu uçak biletlerini daha ucuza aldığımız anlamına gelmiyordu. Ortanca olan Janet'in Poppy ve Daisy adında iki küçük baş belası çocuğu vardı. En büyükleri Lucy'yi hiç tanımamıştım. Hakkında çok fazla bir şey de bilmiyordum. Aile Lucy'yle ilgili hiç konuşmazdı. Herhalde Montroselar'ın kara koyunu gibi bir şeydi. On yedi yaşında evden kaçmış ve kendisinden bir daha haber alınamamıştı.

"Demek Lucy de bir Gen Taşıyıcıydı?"

"Ah evet," dedi büyük halam Maddy. "Kaybolduğunda burada kıyamet kopmuştu. Büyükannen neredeyse kalp krizi geçirecekti. Korkunç bir skandaldı." Başını öyle şiddetle salladı ki, altın bukleleri birbirine karıştı.

"Bunu tahmin edebiliyorum." Charlotte bavulunu toplayıp öylece çekip gitmeye kalksa neler olabileceğini hayal ettim.

"Hayır, hayır, edemezsin. Onun hangi dramatik şartlarda ortadan kaybolduğunu ve her şeyin şu çocukla olan ilgisini bilemezsin... Gwendolyn! Parmağını ağzından çek. Bu iğrenç bir alışkanlık!"

"Özür dilerim." Tırnaklarımı kemirmeye başladığımın farkında bile değildim. "Yalnızca heyecandan. Anlamadığım çok fazla şey var..."

"Benim de öyle," dedi Maddy hala. "Üstelik bu hikâyeyi on beş yaşımdan beri dinliyorum. Buna karşın, gizemler konusunda doğal bir yeteneğim var. Tüm Montroselar gizemi sever. Bu her zaman böyleydi. Bana sorarsan, bedbaht erkek kardeşim büyükannenle sırf bu yüzden evlendi. Büyükbabanın aklını başından alan onun cazibesi değildi çünkü pek çekici bir kadın değildi." Elini şeker kutusuna daldırdı ama boşluğa denk gelince iç geçirdi. "Ah, Tanrım; korkarım bu şeylerin bağımlısı oldum."

"Çabucak Selfridges'e gidip sana yenisini alayım," dedim.

"Sen benim en sevdiğim torunumsun ve hep de öyle kalacaksın," dedi Maddy hala. "Bir öpücük ver ve mantonu giy, yağmur yağıyor. Ayrıca bir daha asla tırnaklarını yeme, duydun mu?"

Mantom okuldaki dolabımda asılı olduğundan, annemin çiçekli yağmurluğunu giydim, kapının önüne çıktığımda başlığını taktım. On sekiz numaralı evin önünde duran adam, o sırada bir sigara yaktı. Merdivenlerden inerken ansızın gelen bir dürtüyle ona elimi salladım.

Karşılık vermedi. Elbette vermeyecekti.

"Aptal herif." Oxford Caddesi'ne doğru koştum. Korkunç bir yağmur yağıyordu. Keşke yalnızca yağmurlukla kalmayıp lastik çizme de giymiş olsaydım. Köşedeki en sevdiğim manolya ağacı, üzgünmüş gibi çiçeklerini salmıştı. Ona erişene dek üç su birikintisine daldım. Dördüncüsünden kaçmaya çalıştığım sırada ansızın bacaklarım çekildi. Hız treni midemin içinde döndü ve cadde gözlerimin önünde gri bir nehre dönüşerek yok oldu.

Ex hoc momento pendet aeternitas.

(Sonsuzluk bu andadır.)

Bir güneş saatinin içindeki yazı,
Middle Mabedi, Londra.

3.

Tekrar kendime geldiğimde antika bir otomobil köşeyi dönüyordu. Kaldırımın üzerine diz çökmüştüm ve korkudan titriyordum.

Bu caddede yolunda gitmeyen bir şeyler vardı. Her zamankinden farklı görünüyordu. Birden her şey değişmişti.

Yağmur dinmişti. Bunun yerine buz gibi bir rüzgâr esiyordu, hava biraz öncekinden daha karanlıktı, neredeyse geceydi. Manolya ağacının ne yaprakları ne de çiçeği kalmıştı. O an ağacın bir manolya olup olmadığından bile emin değildim.

Ağacın çevresini saran çitin uçları altın yaldızlıydı. Daha dün siyah olduklarına yemin edebilirdim.

Başka bir antika otomobil köşeyi döndü. Açık renk jantlı ve yüksek tekerlekli garip bir binek aracıydı. Kaldırım boyunca etrafa bakındım, su birikintileri kaybolmuştu, trafik levhaları da. Bunun dışında, kaldırım taşları eğri büğrü ve engebeliydi. Sokak lambaları da başka görünüyordu, sarımsı ışıkları en yakındaki evi bile zorlukla aydınlatıyordu.

İçimin derinliklerinde kötü bir his uyandı, ama bu düşünceyi kabul etmeye henüz hazır değildim.

Bu nedenle kendimi öncelikle düzgün soluk almaya zorladım. Sonra tekrar çevreme bakındım, bu kez daha dikkatli biçimde.

Tamam, doğruyu söylemek gerekirse her şey değişmemişti. Evlerin çoğu aslında her zamanki gibiydi. Yine de annemin lezzetli Galler prensi kurabiyeleri satın aldığı dükkân yok olmuştu ve köşedeki, görkemli sütunları olan evi daha önce hiç görmemiştim.

Siyah şapka ve paltolu bir adam yanımdan geçerken tedirgin bir bakışla bana baktı ama konuşmak ya da yardımcı olmak için durmadı. Ayağa kalktım, dizlerime vurarak üzerlerindeki çamuru temizledim.

İçimdeki kötü kıpırtı yavaş ama kesin adımlarla korkunç bir gerçeğe dönüştü.

Burada kimden ya da neden yardım umacaktım?

Bugüne dek ne eski araba rallisi izlemiştim ne de manolya ağacının yapraklarını bir anda döktüğü olmuştu. Hem her ne kadar şimdi köşeden ansızın Nicole Kidman'ın çıkmasını deli gibi istesem de, burası ne yazık ki Henry James filmlerinden birinin kulisi değildi.

Neler olduğunu kesinlikle biliyordum. Bunun bir hata olduğunu biliyordum.

Başka bir zamana gitmiştim.

Charlotte değil. *Ben.* Biri büyük bir hata yapmıştı.

Dişlerim, elimde olmadan takırdamaya başladı. Yalnızca heyecandan ya da soğuktan değil. Hava buz gibi soğuktu.

"Ne yapılacağını bilirdim." Charlotte'un sözleri kulaklarımda yankılandı.

Elbette, Charlotte ne yapılacağını bilirdi. Ama hiç kimse bana bir şey öğretmemişti.

Bu durumda, gelen geçenlerin şaşkın bakışları arasında, kendi sokağımın köşesinde dişlerim takırdayarak duracaktım. Sokakta fazla insan yoktu. Bileklerine kadar gelen uzun manto giymiş bir kadın, elinde bir sepetle yanımdan geçti; ardından yakası dik bir gömlek giymiş şapkalı bir adam geliyordu.

"Özür dilerim," dedim. "Acaba hangi yılda olduğumuzu söyleyebilir misiniz?"

Kadın beni duymazdan gelerek adımlarını hızlandırdı.

Adam başını iki yana salladı. "Ne utanmazlık," diye homurdandı.

Göğüs geçirdim. Zaten alacağım bilgiler pek işime yaramayacaktı. Aslında 1899'da ya da 1923'te olmamızın bir önemi yoktu.

En azından *nerede* bulunduğumu biliyordum. Oturduğumuz yerle aramda yüz metre bile yoktu. Eve gitmekten daha kolay ne olabilirdi?

Bir şeyler yapmak zorundaydım.

Çevreme bakınarak geriye doğru yürürken sokak alacakaranlıkta sakin ve huzurlu görünüyordu. Ne değişmişti, aynı kalan neydi? Evler yakından bakıldığında da benim zamanımdakilere benziyorlardı. Gerçi birçok ayrıntıyı ilk kez görüyor gibiydim ama belki de bugüne dek onlara pek dikkatli bakmamıştım. Bakışlarım otomatik olarak 18 numaralı eve gitti ama evin kapısında siyahlı adama benzer hiç kimse yoktu.

Olduğum yerde durdum.

Evimiz tıpkı kendi zamanımdakine benziyordu. Zemin ve birinci katlardaki pencerelerde ışık yanıyordu, ayrıca çatının altında bulunan annemin odasında da ışık vardı. Yukarı bakınca evde olmayı ne denli özlediğimi hissettim. Çatıdaki taban direğinden buzlar sarkıyordu.

"Ne yapılacağını bilirdim."

Evet, Charlotte olsa ne yapardı acaba? Birazdan hava kararacaktı ve buz gibi soğuktu. Charlotte donmamak için nereye giderdi? Eve mi?

Başımı kaldırıp pencerelere baktım. Belki de büyükbabam şu anda yaşıyordu. Hatta belki de beni tanırdı. Sonuçta küçükken beni dizlerinde hoplatmıştı... Ah, saçmalık.

Doğmuş olsa bile, beni dizlerinde ancak yaşlı bir adam olduğunda hoplatacağını şimdiden bilmesi çok zordu.

Soğuk, yağmurluğun içine işlemeye başlamıştı. Pekâlâ, gidip kapıyı çalacak ve geceyi geçirmek için yatacak yer rica edecektim.

Asıl soru, bunu nasıl yapacaktım?

"Merhaba, adım Gwendolyn, büyük olasılıkla henüz doğmamış olan Lord Lucas Montrose'un torunuyum."

Bana inanmalarını bekleyemezdim. Herhalde derhal bir akıl hastanesini boylardım. Hem bu zamanda oraları oldukça berbat yerlerdi. Bir kere girildi mi asla dışarı çıkılamazdı.

Öte yandan fazla seçeneğim yoktu. Zifiri karanlık olması yakındı ve geceyi donmadan bir yerlerde geçirmek zorundaydım. Karındeşen Jack'e de yakalanmamalıydım. Yüce Tanrım! Onun yarattığı kargaşa acaba hangi zamanda olmuştu? Ve nerede? Burada, seçkin Mayfair semtinde olmamasını umdum!

Atalarımdan biriyle konuşmayı başarabildiğim takdirde, belki de aileyi ve evi herhangi birinden daha fazla tanıdığımı onlara kanıtlamam gerekecekti. Örneğin büyük büyük amcamın atının adının *Şişko Annie* olduğunu ilk anda benden başka kaç kişi kolayca söyleyebilirdi?

Sert bir rüzgâr beni titretti. Öyle soğuktu ki. Kar yağmaya başlasa hiç şaşırmazdım.

"Merhaba, ben Gwendolyn, gelecekten geliyorum. Kanıt olarak size bu fermuarı gösterebilirim. Bahse girerim ki, henüz icat edilmemiştir, doğru mu? Ayrıca jumbo jetler, televizyonlar ve buzdolapları da öyle..."

En azından deneyebilirdim. Derin bir soluk alarak sokak kapısına doğru yürüdüm.

Basamaklar garip bir şekilde hem tanıdık hem de yabancı geliyordu. Elim içgüdüsel olarak zili yokladı. Ama zil yoktu. Anlaşılan elektrikli ziller henüz icat edilmemişti. Bu durum, ne yazık ki bana hangi yılda olduğumuza dair bir ipucu vermiyordu. Elektriğin ne zaman bulunduğunu bile bilmiyordum. Buharlı gemilerden önce ya da sonra mıydı? Bunu okulda öğrenmiş miydik? Öğrendiysek de ne yazık ki hatırlayamıyordum.

Leslie'nin evindeki eski moda sifonunkine benzer zincire bağlı bir kulp buldum. Kuvvetlice çekince kapının ardında bir çanın çaldığını duydum.

(Ah Tanrım.)

Kapıyı herhalde evdeki hizmetlilerden biri açacaktı. Aile üyelerinden birini görmeme izin vermesi için ona ne söyleyebilirdim? Belki büyük büyük amcam hâlâ yaşıyordu? Belki çoktan ölmüştü. Belki de hiç var olmamıştı. Doğrudan onu sorabilirdim. Hatta Şişko Annie'yi...

Ayak sesleri yaklaşırken tüm cesaretimi topladım. Kapıyı bana kimin açtığını göremedim, çünkü yine ansızın ayaklarımdan çekildim. Zamanın ve mekânın içinde savrularak tekrar dışarı fırladım.

Kendimi yine sokak kapımızın önündeki paspasta buldum ve ayağa fırlayıp çevreme bakındım. Her şey Maddy halanın limonlu şekerlerini almaya giderken bıraktığım gibiydi. Evler, park etmiş arabalar hatta yağmur bile.

18 numaralı evin kapısındaki adam benden tarafa baktı.

"Evet, şaşırmayan tek kişi sensin," diye mırıldandım.

Ne kadar zaman geçmişti? Siyahlı adam sokağın köşesinde kaybolup paspasın üzerinde tekrar ortaya çıktığımı görmüş müydü? Herhalde gözlerine inanamamıştı. Kesinlikle öyle olmalıydı. Şimdi bir şeylerin başkalarına bilmece gibi görünmesinin nasıl olduğunu belki daha iyi anlayabilirdi.

Zili deli gibi çaldım. Bay Bernhard kapıyı açtı.

"Acelemiz mi var?" diye sordu.

"Sizin yok herhalde," dedim.

Bay Bernhard kaşlarını kaldırdı.

"Özür dilerim, önemli bir şey unuttum." Yanından geçerek merdivenlere koştum ve basamakları ikişer ikişer çıktım.

Büyük halam Maddy, fırtına gibi kapıdan içeri daldığımı görünce şaşırdı. "Çoktan gittiğini sanmıştım, meleğim."

Soluk soluğa duvar saatine baktım. Odadan çıktığımdan bu yana yirmi dakika geçmişti.

"Ama geldiğin iyi oldu. Selfridge'de aynı şekerlerin şekersizinin de olduğunu sana hatırlatmayı unuttum. Ambalajları aynı! Sakın onlardan alma çünkü şekersiz olanları... şey... ishal yapıyor!"

"Maddy hala, neden herkes geni Charlotte'un taşıdığından bu kadar emin?"

"Çünkü... Bana daha kolay bir soru soramaz mıydın?" Büyük halam biraz şaşkın görünüyordu.

"Kanını araştırdılar mı? Başka birisi de bu gene sahip olamaz mı?" Soluğum gittikçe düzene giriyordu.

"Charlotte kesinlikle bir Gen Taşıyıcı."

"DNA'sında kanıtlandığı için mi?"

"Meleğim, gerçekten bunu yanlış kişiye soruyorsun. Biyolojide hep başarısız olmuşumdur, DNA'nın ne olduğunu bile bilmiyorum. Yalnızca bütün bunların biyolojiden çok matematikle ilgisi olduğunu biliyorum. Ne yazık ki matematiğim de hep kötüydü. Konu sayılar ve formüller olduğunda kulaklarımı hemen kapatırım. Sana yalnızca Charlotte'un tam olarak bu yüzyılda, onun için belirlenen günde doğduğunu söyleyebilirim."

"O halde genin olup olmadığını doğum tarihi mi belirliyor?" Alt dudağımı kemirdim. Charlotte 7 Ekim'de dünyaya gelmişti, bense sekizinde. Bizi birbirimizden yalnızca bir gün ayırıyordu.

"Daha çok tersi herhalde," dedi büyük halam. "Doğum tarihini belirleyen, gen. Her şeyi çok iyi hesapladılar."

"Ya yanlış hesapladılarsa?"

Bir gün arayla! Bu kadar basitti. Bir karışıklık olmuştu. Lanet olası geni Charlotte değil, ben taşıyordum. Ya da ikimiz birden. Ya da... Taburenin üzerine çöktüm.

Büyük halam başını iki yana salladı. "Hata yapmadılar, meleğim. Bu kişilerin gerçekten iyi becerdikleri bir şey varsa, o da hesaplamaktır."

Ayrıca "Bu kişiler" kimlerdi?

"Herkes hata yapabilir," dedim.

Maddy hala güldü. "Korkarım, Isaac Newton değil."

"Charlotte'un doğum tarihini *Newton* mu hesapladı?"

"Sevgili çocuğum, merakını anlıyorum. Gençken ben de senin gibiydim. Birincisi, bir şeyleri bilmemek bazen daha iyidir; ikincisi, limonlu şekerlerimi gerçekten ama gerçekten çok istiyorum."

"Bütün bunlar çok mantıksız," dedim.

"Yalnızca öyle görünebilir." Büyük halam elimin üzerini okşadı. "Şimdi akıllı ol. Bu konuşma ikimizin arasında kalacak. Büyükannen sana anlattıklarımı öğrenecek olursa çok kızar. Bilirsin; kızdığında her zamankinden daha korkunç olur."

"Seni ele vermeyeceğim, Maddy hala. Şekerlerini hemen getiriyorum."

"Sen iyi bir çocuksun."

"Ama bir sorum daha var: İlk zaman sıçramasıyla ikincisinin arasındaki zaman ne kadardır?"

Büyük halam göğüs geçirdi.

"Lütfen!" dedim.

"Bunun bir kuralı olduğunu sanmıyorum," dedi Maddy Halam. "Herhalde bu her Gen Taşıyıcıda farklı oluyor. Gen Taşıyıcılardan hiçbiri zaman yolculuklarını kendileri tayin edemez. Bu tamamen kontrolsüz bir şekilde başına gelir, hatta bazen günde birkaç kez. Bu yüzden kronograf çok önemli. Anladığım kadarıyla, Charlotte, onun sayesinde geçmişte çaresizlik içinde dolaşıp durmayacak. Hedeflenmiş zamanlara başına bir şey gelmeksizin herhangi bir tehlike olmadan gidebilir. Bu yüzden onun için endişelenme."

Doğruyu söylemek gerekirse daha çok kendim için endişeleniyordum.

Soluğumu tutarak, "Geçmişte geçirdiğin zaman günümüzdeki zamanın ne kadarını kapsıyor?" diye sordum. "Bir de ikinci seferde burası henüz bataklıkken dinozorların dönemine dek gidilebiliyor mu?"

Büyük halam bir el hareketiyle sözümü kesti. "Bu kadarı yeter, Gwendolyn. Bütün bunları ben de bilmiyorum!"

Ayağa fırladım. "Yine de yanıtların için teşekkür ederim," dedim. "Bana çok yardımcı oldun."

"Pek sanmıyorum. Müthiş bir vicdan azabı içindeyim. Aslında senin ilgini körükleyecek bir şey anlatmamalıydım, kaldı ki bunları ben bile bilmemeliyim. Eskiden erkek kardeşime, sevgili büyükbabana bu gizemli konularla ilgili sorular sorduğumda, bana hep aynı yanıtı verirdi. Bu konuda ne kadar az şey bilirsem, sağlığım için o kadar iyi olduğunu söylerdi. Şimdi artık şekerlerimi almaya gidecek misin? Sakın unutma: *Şekerli*!"

Büyük halam Maddy arkamdan el salladı.

Sırlar sağlığa nasıl zararlı olabilirdi? Hem büyükbabam bütün bu sırların ne kadarını biliyordu?

Leslie şaşkınlıkla, "Isaac Newton mu?" diye tekrarladı. "O yer çekimini bulmamış mıydı?"

"Evet, doğru. Ama anlaşılan Charlotte'un doğum tarihini de hesaplamış." Selfridge'deki yiyecek reyonunda, yoğurtların bulunduğu bölümde durmuş, sağ elimle cep telefonumu kulağımda tutarken sol elimle de diğer kulağımı kapamıştım. "Ne yazık ki hiç kimse hata yapabileceğine inanmıyor. Elbette; nasıl inansınlar, o Newton! Ama *yanılmış* olmalı, Leslie. Charlotte'tan bir gün sonra doğdum ve zamanda *ben* sıçradım, o değil."

"Bu gerçekten gizemliden de öte bir durum. Ah, şu aptal şeyin açılması yine saatler sürüyor. Hadi artık, aptal alet!" Leslie bilgisayarıyla kavga ediyordu.

"Of, Leslie bu çok... çok garipti! Neredeyse dedelerimle konuşacaktım! Biliyor musun, belki de gizli kapının önündeki şu şişko herifle karşılaşacaktım, büyük büyük amcam Hugh. Yani, başka bir zamana değil de onunkine gittiysem? Şüphesiz beni bir tımarhaneye kapatabilirlerdi."

"Tanrı bilir başına neler gelirdi," dedi Leslie. "Hâlâ aklım almıyor! Charlotte için bunca yıl oynanan tiyatrodan sonra böyle bir şey nasıl olur? Bunu hemen annene anlatmalısın. Hemen eve git! Sıçrama her an tekrarlayabilir!"

"Korkunç, değil mi?"

"Kesinlikle. Tamam, şimdi internete girdim. Önce Google'da Newton'a bakacağım. Sen de eve gideceksin, hadi! Selfridge'in ne zamandır orada olduğunu biliyor musun? Orası muhtemelen daha önce bir çukurdu, zamanda sıçrarsan on iki metre aşağı düşebilirsin!"

"Büyükannem bunu öğrendiğinde delirecektir," dedim.

"Evet, zavallı Charlotte... Düşünsene, yıllarca her şeyden vazgeçmek zorunda kaldı; şimdiyse elde var sıfır. Pekâlâ, Newton'u buldum. 1643'te Woolstrhorpe'da doğmuş. (Burası neresi?) 1727'de Londra'da ölmüş. Falan filan. Burada zaman yolculuklarından söz edilmiyor, yalnızca bölünemeyen değerlerin hesaplanmasıyla ilgili bir şeyler var. Hiç duymadım, ya sen? Tüm spirallerin deney üstülüğü... Kuadratik fonksiyon, optik, gökbilim, falan filan... Ah, yerçekimi yasası... Eh, şu spirallerin deney üstücü durumu zamanda yolculuğa daha yakın gibi geliyor, sence de öyle değil mi?"

"Doğruyu söylemek gerekirse... Hayır," dedim.

Yanı başımda bir çift, satın almak istedikleri yoğurt cinsi hakkında yüksek sesle tartışıyordu.

"Yoksa hâlâ Selfridge'de misin?" diye bağırdı Leslie. "Çabuk eve dön!"

"Tamam, yoldayım," diyerek elimde Maddy halanın şekerlerinin bulunduğu torbayla çıkış kapısına doğru fırladım. "Ama Leslie, bunu evde hiç kimseye *anlatamam*. Zaten deli olduğumu düşünüyorlar."

Leslie telefona âdeta tükürdü. "Gwen! Başka ailelerde belki kaçık olarak görülebilirsin ama senin ailende değil! Evde zamanda yolculuktan, kronometrelerden ve gizem derslerinden başka bir şey konuşulmuyor!"

"Kronograf," diye düzelttim. "Bu şey kanla çalışıyor. Bu iğrenç değil de nedir?"

"Kro-no-graf! Tamam, Google'a yazdım."

Oxford Caddesi'ndeki kalabalığın içinde kendime yol açarak en yakın trafik ışığına dek ilerledim. "Glenda teyze tüm bunları yalnızca ilgi çekmek ve Charlotte'un şovunu elinden almak için uydurduğumu söyleyecektir."

"Ne olmuş? En fazla bir sonraki sıçrayışında yanıldığını zaten anlayacak."

"Ya bir daha sıçramazsam?.. Ya bu bir kez olan bir şeyse?.. Hapşırık gibi..."

"Buna herhalde kendin bile inanmıyor olmalısın. Tamam, görünüşe bakılırsa kronograf, galiba son derece normal bir saat. eBay'de yığınlarca bulabilirsin, fiyatları on pound'dan başlıyor. Lanet olsun... Bekle, bir de Isaac Newton, kronograf zaman yolculuğu *ve* kan olarak bakayım."

"Ee?"

"Sonuç bulunamadı." Leslie iç geçirdi. "Bunları daha önce araştıramadığım için üzgünüm. Öncelikle bu konudaki yazılı eserleri bulayım. Zaman yolculuğu hakkında bulabileceğim her şeyi. Bu aptal kütüphane kartı başka ne işime yarayacak? Şu anda neredesin?"

"Oxford Caddesi'ni geçiyorum, sonra Duke Caddesi'ne sapacağım." Aniden kıkırdadım. "Bunu neden sordun? Yoksa ansızın bağlantı koptuğu takdirde buraya gelip kaybolduğum yere tebeşirle işaret mi koyacaksın? Bu arada şu aptal tebeşir işaretleme olayının Charlotte'un ne işine yarayacağını kendime sorup duruyorum."

"Şey, belki de şu diğer zaman yolcusu çocuğu arkasından gönderebilmek içindir. Adını biliyor musun?"

"Gideon de Villiers."

"Ateşli bir isimmiş. Google'da bakıyorum. Gideon de Villiers. Nasıl yazılıyor?"

"Nereden bileyim? Tebeşirle işaretlemeye gelelim: Şu Gideon'u nereye yollayabilirler? Hangi zamana? Charlotte her yerde olabilirdi? Her dakikada, her saatte, her yılda, her yüzyılda. Hayır, şu tebeşir işaretinin hiçbir anlamı yok."

Leslie öyle yüksek sesle çığlık attı ki, az kalsın telefon elimden düşecekti. "*Gideon de Villiers*. Bir tane buldum."

"Sahi mi?"

"Hem de nasıl. Şöyle yazıyor: 'İngiltere Okullararası Polo Yarışması'nı bu yıl da Greenwich Yatılı Okulu Polo Takımı kazandı. Kupayı alanlar, soldan sağa, müdür William Henderson, antrenör John Carpenter ve takım kaptanı Gideon de Villiers... ve böyle devam ediyor. Vay canına, bir de takım kaptanıymış. Ne yazık ki resim çok küçük, atlarla oyuncuları birbirinden ayırmak olanaksız. Şu anda neredesin, Gwen?"

"Hâlâ Duke Caddesi'ndeyim. Bu ona uyuyor: Greenwich Yatılı Okulu, polo... Bu mutlaka odur. Orada arada sırada ortadan yok olduğu da yazılı mı? Belki tam atın üstündeyken?"

"Ah, şu anda bu makalenin üç yıllık olduğunu gördüm. Bu arada herhalde okulu bitirmiş olmalı. Başın yine dönüyor mu?"

"Şimdiye dek dönmedi."

"Şu anda neredesin?"

"Leslie! Hâlâ Duke Caddesi'ndeyim. Elimden geldiğince hızlı yürüyorum."

"Tamam, kapının önüne geldiğinde beni ara ve içeri girer girmez annenle konuş."

Saatime baktım. "Henüz işten eve dönmedi."

"O halde gelene dek bekle ama onunla konuşacaksın, anladın mı? O sana bir şey olmaması için ne yapılacağını bilir. Gwen? Hâlâ orada mısın? Beni anladın mı?"

"Evet. Anladım. Leslie?"

"Hım?"

"İyi ki varsın. Sen dünyanın en iyi arkadaşısın."

"Sen de arkadaş olarak fena sayılmazsın," dedi Leslie. "Sonuçta çok yakında bana geçmişten harika şeyler getirecek duruma gelebilirsin. Hangi arkadaş böyle bir şeye sahip olabilir? Ayrıca gelecek sefere aptalca bir tarih sınavına girecek olursak, her şeyi gidip yerinde araştırabilirsin."

"Sen olmasaydın ne yapacağımı bilemezdim." Sesimin kulağa berbat geldiğini biliyordum. Aman Tanrım! Kendimi zaten berbat hissediyordum.

"Geçmişten bir şeyler getirmek mümkün mü acaba?" diye sordu Leslie.

"Bilmiyorum. Gerçekten en ufak bir fikrim dahi yok. Bir dahaki sefere denerim. Ayrıca şimdi Grosvenor Meydanı'ndayım."

"O halde birazdan varacaksın," dedi Leslie rahatlayarak. "Google'da Gideon de Villiers'le ilgili şu polo konusundan başka bir şey bulamadım. Ama De Villiers Bankası ve Mabet'teki De Villiers Avukatlık Bürosu'yla ilgili bir yığın bilgi çıktı."

"Evet, bunlar onlar olmalı."

"Herhangi bir baş dönmesi var mı?"

"Hayır ama sorduğun için teşekkürler."

Leslie öksürdü. "Korktuğunu biliyorum ama tüm bunlar bana harika geliyor. Doğrusu, gerçek bir macera, Gwen. Üstelik sen de tam orta yerindesin!"

Evet. Tam orta yerindeydim.

Bir pisliğin ortasında.

Leslie haklıydı. Annemin bana inanmaması için hiçbir neden yoktu. "Hayalet hikâyeleri"mi her zaman büyük bir dikkat ve ciddiyetle dinlemişti. Bir şey beni korkuttuğu zaman hep ona gidebilmiştim.

Henüz Durham'da oturduğumuz dönemde, katedrallerin çatılarında gargoyle olarak görev yapması gereken bir iblisin hayaleti tarafından aylarca kovalanmıştım. Adı Asrael'di ve insan, kedi ve kartal karışımı bir şeydi. Onu görebildiğimi fark edince, sonunda konuşabileceği birisini bulduğu için çok sevinmiş, sürekli gevezelik ederek adım adım ya da uçarak peşimde dolaşmış hatta işi geceleri yatağımda uyumayı isteyecek kadar abartmıştı. İlk korkumu atlattıktan sonra (Asrael tüm gargoyleler gibi oldukça korkunç yüzlü bir heykelcikti) yavaş yavaş dost olmaya başlamıştık. Ne yazık ki Asrael, Durham'dan Londra'ya gelememişti, onu bugün bile özlüyordum. Burada, Londra'da gördüğüm gargoyleler genellikle antipatik yaratıklardı, şimdiye dek Asrael'in eline su dökebilenine rastlamamıştım.

Annem Asrael'e inanmışsa, zaman yolculuğuna da inanırdı. Onunla konuşmak için uygun bir anı kollayacaktım. Ama nedense uygun an bir türlü çıkmadı. İşten eve gelir gelmez kız kardeşim Caroline'le tartışmaya başladı. Çünkü Caroline yaz tatili boyunca sınıftaki teraryuma[5] evde bakmak üzere bir listeye adını yazdırmıştı, üstelik içindeki sınıf maskotu Bay Bean adlı bukalemunla birlikte. Yaz tatiline daha aylar olsa da tartışma bitmek bilmemişti.

"Bay Bean'in bakımını üstlenemezsin, Caroline! Büyükannenin evde hayvan beslemeyi yasakladığını biliyorsun," dedi annem. "Ayrıca Glenda teyze'nin de alerjisi var."

"Ama Bay Bean'in hiç tüyü yok," dedi Caroline. "Hep teraryumunda[5] oturacak. Kimseyi rahatsız etmez."

"Büyükanneni eder!"

"O halde büyükannem aptal!"

---

5 Evcil olmayan kara hayvanlarının doğal yaşam koşullarına göre hazırlanmış barınak, (ç.n.)

"Caroline... Olmaz! Burada hiç kimse bukalemunun ne olduğunu bilmez. Düşünsene, yanlış bir şey yaptığımız takdirde Bay Bean hastalanıp ölebilir!"

"Hayır, ölmez. Onunla nasıl ilgileneceğimi biliyorum, lütfen anne! Onu almama izin ver! Onu almazsam yine Tess alacak ve sonra da Bay Bean'in en sevdiği çocuk oymuş gibi davranacak."

"Caroline, hayır!"

On beş dakika sonra annem banyoya gidip kapıyı arkasından kaparken tartışma hâlâ sürüyordu. Caroline kapının önünde durup bağırdı: "Leydi Arista'nın hiçbir şey fark etmesi gerekmez. O evde yokken teraryumu evin içinde saklarız. Zaten hiçbir zaman odama girmez."

"Tuvalette bile rahat yok mu?" diye bağırdı annem.

"Hayır," dedi Caroline. Bazen korkunç bir baş belası olabiliyordu. Annem sonunda Bay Bean'in yaz tatilini Leydi Arista'nın evinde geçirebileceğine bizzat söz verdi de mızmızlanması sona erdi.

Caroline ve annemin tartışarak harcadıkları zaman boyunca ben de kardeşim Nick'in saçlarındaki cikleti çıkarmaya uğraştım.

Dikiş odasında oturuyorduk. Kafasına kocaman bir ciklet yapışmıştı ama bunun nasıl olduğunu hatırlamıyordu.

"Ama insan bunu fark eder!" dedim. "Üzgünüm ama birkaç tutam saçını kesmek zorundayım."

"Önemli değil," dedi Nick. "Diğerlerini de kesebilirsin. Zaten Leydi Arista kıza benzediğimi söylüyor."

"Saçları kibrit çöpünden uzun olan herkes Leydi Arista'ya göre kıza benziyor. Kısa kesilirse güzel buklelerine yazık olacak."

"Tekrar uzarlar. Hepsini kes, tamam mı?"

"Tırnak makasıyla kesemem. Bunun için kuaföre gitmen gerek."

"Yapabilirsin," dedi Nick, güven dolu bir sesle. Herhalde küçükken tırnak makasıyla saçlarını keserek, kuluçkadaki bir akbaba yavrusu gibi görünmesine neden olduğumu unutmuş gibiydi. Ben yedi, o da dört yaşındaydı. Kendime peruk yapmak istediğim için onun buklelerine ihtiyacım olmuştu. Başarılı olamamış ama bunun için bir gün ev hapsi almıştım. "Sakın," dedi annem. Odaya girer girmez, işi sağlama almak istercesine makası elimden aldı. "Saçlarının kesilmesi gerekiyorsa, yarın kuaför keser. Şimdi akşam yemeği için aşağı inmeliyiz."

Nick inledi.

"Endişelenme, Leydi Arista bugün evde değil!" Ona sırıttım. "Hiç kimse ciklet ya da süveterindeki leke yüzünden söylenmeyecek."

"Ne lekesi?" Nick üzerine baktı. "Of, hay aksi, bu nar suyu olmalı. Hiç fark etmedim." Zavallı ufaklık. Korkuyla bana baktı.

"Dediğim gibi, kimse kızmayacak."

"Ama bugün çarşamba değil ki!" dedi Nick.

"Fark etmez, gittiler işte."

"Harika."

Leydi Arista, Charlotte ve Glenda teyze evde olduklarında, akşam yemeği âdeta bir yük olup çıkardı. Leydi Arista öncelikle Caroline ve Nick'in (bazen büyük halam Maddy'nin de) masadaki davranışlarını eleştirir, Glenda teyze Charlotte'unkilerle karşılaştırmak için sürekli okul notlarımı sorar, Charlotte ise kendisine bir şey sorulduğunda, "Sizi ilgilendirmez," derdi.

Kısacası, bu akşam toplantılarından seve seve vazgeçerdik ama büyükannemiz herkesin yemekte bulunması konusunda ısrarcıydı.

Yalnızca biri bulaşıcı hastalığa yakalandığında ona ayrıcalık tanınırdı. Yemek pazartesiden cumaya dek, eve gelip giden ve bunun yanı sıra çamaşırlarla da ilgilenen Bayan Brompton tarafından hazırlanırdı. (Hafta sonları ya Glenda teyze ya da annem yemek pişirirdi. Nick ve ben ne kadar istesek de asla pizza ya da Çin yemeği siparişi verilmezdi.)

Çarşamba akşamları Leydi Arista, Glenda teyze ve Charlotte gizemlerinin peşinden gittikleri için akşam yemeği gözle görülür biçimde rahat geçerdi. Bu akşam pazartesi olduğu halde şimdiden çarşambanın rahat havasına girebilecek olmayı harika buluyorduk. Sevincimizin nedeni yalnızca çorbayı dilediğimiz kadar yüksek sesle höpürdeterek içmek, ağzımızı şapırdatmak ya da geğirebilmek değildi, bunun yanında dirseklerimizi masaya dayayarak birbirimizle Leydi Arista'nın uygun bulmadığı konularda dilediğimizce sohbet edebilme cesaretini buluyorduk.

Örneğin bukalemun.

"Bukalemunları sever misin, Maddy hala? Bir bukalemunun olsun istemez miydin? Evcil bir tane?"

Maddy hala, "Şey, aslında olabilir. Şimdi sen sorunca gerçekten de her zaman bir bukalemunum olmasını istediğimi fark ettim," diyerek tabağını biberiyeli patatesle doldurdu. "Hep."

Caroline'in yüzü ışıldadı. "Belki dileğin hemen yerine gelir."

"Leydi Arista ve Glenda'dan bir haber var mı?" diye sordu annem.

"Annen öğleden sonra arayıp akşam yemeğinde olmayacağını bildirdi," dedi Maddy hala. "Hepimizi adına üzüntülerimi bildirdim, umarım sizin için sakıncası yoktur."

"Ah evet." Nick kıkırdadı.

"Ya Charlotte? O..." diye sordu annem.

"Şimdiye dek bir şey olmadı." Büyük halam omuzlarını silkti. "Ama her an olmasını bekliyorlar. Zavallı kızın başı sürekli dönüyor, şimdi bir de migreni tutmuş."

"Gerçekten de acınacak durumda," dedi annem. Çatalını bir kenara koyarak dalgın bakışlarını yemek odamızın yerdeki parkelerle birbirine tıpatıp uyan ahşap kaplamasına çevirdi. Sanki biri parke döşerken yerleri bitirdikten sonra yanlışlıkla duvarlara doğru devam etmişti.

"Charlotte zamanda *hiç* sıçrayamazsa ne olur?" diye sordum.

Nick büyükannemin ağır sesini taklit ederek, "Eninde sonunda olacaktır!" dedi.

Annem ve benim dışında herkes güldü.

"Ama ya böyle bir şey olmazsa? Ya hata yaptılarsa ve Charlotte aslında bu geni taşımıyorsa?" diye sordum.

Nick bu kez de Glenda teyzeyi taklit etti: "Charlotte'un yüce bir amaç için doğduğu henüz bebekken belliydi. O sizin sıradan çocuklarınızla kıyaslanamaz."

Yine herkes güldü. Annem dışında. "Neden böyle düşündün, Gwendolyn?"

"Şey, öylesine..." Tereddüt ettim.

"Bu konuda hiçbir hata yapılamayacağını sana açıkladım ya," dedi Maddy hala.

"Evet, Isaac Newton bir dâhi olduğu için yanlış hesaplamaz, biliyorum," dedim. "Newton neden Charlotte'un doğum tarihini hesapladı?"

"Maddy hala!" Annem büyük halama suçlarcasına baktı.

Maddy hala dilini şaklattı. "Başımın etini yedi, ne yapayım? Tıpkı senin küçüklüğüne benziyor, Grace. Ayrıca konuşmamızla ilgili sessiz kalacağına dair söz verdi."

"Yalnızca büyükanneme karşı," dedim. "Yoksa şu kronografı Isaac Newton mu icat etti?"

"Seni ispiyoncu," dedi Maddy hala. "Sana bir daha hiçbir şey söylemeyeceğim."

"Kronograf da ne?" diye sordu Nick.

"Bu, Charlotte'u geçmişe yollayacak olan bir zaman makinesi," diye ona açıkladım. "Hem Charlotte'un kanı da yakıt olarak kullanılıyormuş."

"Rezalet," dedi Nick. Caroline bir çığlık attı. "Hii, kan!"

"Kronografla geleceğe de yolculuk yapılabilir mi?" diye sordu Nick.

Annem inledi. "Gördün mü yaptığını, Maddy hala."

"Onlar senin çocukların, Grace," dedi Maddy hala gülümseyerek. "Bunu öğrenmek istemeleri normal."

"Evet, herhalde." Annem sırayla hepimize baktı. "Bir daha asla büyükannenize bu tür sorular sormayacaksınız, duydunuz mu?"

"Sanırım yanıtları bilen tek kişi o," dedim.

"Ama bunu size söyleyemez."

"Peki, sen bunların ne kadarını biliyorsun, anne?"

"Oldukça fazlasını." Annem gülümsemişti ama bu bana göre acıklı bir gülümsemeydi. "Ayrıca geleceğe yolculuk yapılamaz, Nick; ve bunun tek nedeni geleceğin henüz var olmaması da değil."

"Ha?" dedi Nick. "Bu ne biçim bir mantık?"

Kapı çalındı ve Bay Bernhard telefonla içeri girdi. Leslie telefonun gümüş bir tepsi içinde durduğunu görseydi, kesinlikle çıldırırdı. Bay Bernhard bazen gerçekten abartıyordu.

"Bayan Grace'e telefon var," dedi.

Annem telefonu tepsiden aldıktan sonra, Bay Bernhard arkasını dönüp yemek salonundan çıktı. Ancak Leydi Arista ısrar ettiğinde bizimle birlikte sofraya otururdu ama bu, yılda ancak birkaç kez olurdu. Nick ile ben onun İtalyan ya da Çin yemeği siparişi verip kendine ziyafet çektiğinden şüpheleniyorduk.

"Evet, ah, anne, sen misin?"

Maddy hala bize göz kırptı. "Büyükanneniz düşünceleri okuyabiliyor!" diye fısıldadı.

"Burada yasak konulardan söz ettiğimizi hissetti. Kirli tabakları hanginiz toplayacak? Bayan Brompton'un elmalı pastasına yer açmamız gerek."

"Elbette vanilyalı kremaya da!" Tepeleme bir tabak biberiyeli patates ve karamelize havuçlu et yediğim halde hâlâ doymamıştım. Tüm bu heyecan beni fazla acıktırmıştı. Ayağa kalktım ve kirli tabakları yemek asansörüne yerleştirmeye başladım.

"Charlotte dinozorların zamanına giderse bir bebek dinozor getirebilir mi?" diye sordu Caroline.

Büyük halam başını iki yana salladı. "Zaman yolcusu geni olmayan hayvan ve insanlar zamanda taşınamazlar. Ayrıca o kadar geriye yolculuk yapılamaz."

"Ne yazık," dedi Caroline.

"Bana göre böylesi çok daha iyi," dedim. "Düşünsene, zaman yolcuları yanlarında sürekli dinozor ya da sivri dişli kaplan getirselerdi ya da Hun İmparatoru Attila veya Hitler'i."

Annemin telefon görüşmesi bitmişti. "Geceyi orada geçireceklermiş," dedi. "Emin olmak için."

"Nerede?" diye sordu Nick.

Annem yanıt vermedi. "Maddy hala? Her şey yolunda mı?"

Zamanın kilidini on iki sütun taşır.

On iki hayvan bu krallığa hükmeder.

Kartal yükselmeye hazır.

Beş, anahtar ve temelle aynıdır.

On ikinin çemberindekilerin ikisi böyledir.

Kartal yedinci sırada sessizce içeri girer ama aslında üç numaradır.

Saint Germain Kontu'nun gizli belgelerinden

4.

Büyük hala Maddy sandalyesinde garip bir şekilde dimdik oturmuş, gözlerini boşluğa dikmişti ve elleri sandalyesinin kenarlarını sıkıca kavramıştı. Yüzünün tüm rengi uçup gitmişti.

"Maddy hala? Ah, anne, felç mi geçiriyor? Maddy hala! Beni duyabiliyor musun? Maddy hala!" Elini tutmak istedim ama annem buna engel oldu.

"Dokunma! Ona dokunma."

Caroline ağlamaya başlamıştı.

"Nesi var?" diye bağırdı Nick. "Boğazına bir şey mi takıldı?"

"Acil servisi aramalıyız," dedim. "Anne, bir şeyler yap!"

"Felç falan geçirmiyor. Bir şey de yutmadı. Vizyon görüyor," dedi annem. "Birazdan geçer."

"Emin misin?" Maddy halanın boş bakışları beni korkutmuştu. Gözbebekleri kocaman olmuş ve kirpikleri hareketsizdi.

"Burası birden soğudu," diye fısıldadı Nick. "Siz de hissettiniz mi?"

Caroline inlemeye başladı. "Buna son vermesi için bir şeyler yapın."

"Lucy!" diye bağırdı birisi. Hepimiz korkuyla sıçradık ama daha sonra bunun Maddy hala olduğunu anladık. Hem ortalık gerçekten de soğumuştu. Çevreme bakındım ama odada hayalet yoktu. "Lucy, sevgili çocuğum. Beni bir ağaca götürüyor. Kırmızı üzümleri olan bir ağaç. Ah, şimdi nereye gitti? Onu göremiyorum. Ağaç köklerinin arasında bir şey duruyor. Kocaman bir taş, pürüzsüz bir safir. Bir yumurta. Safirden bir yumurta. Ne kadar güzel! Ne değerli! Ama şimdi çatlamaya başladı, kırılıyor. İçinde bir şey var... Küçük bir kuş çıkıyor. Bir karga. Ağaca sıçrıyor." Maddy hala güldü. Ama bakışları önceki gibi donuktu. Elleri sandalyenin kenarını kavramaya devam ediyordu.

"Rüzgâr çıktı." Maddy halanın gülüşü dondu. "Bir fırtına. Her şey dönüyor. Uçuyorum. Kargayla birlikte yıldızlara doğru uçuyorum. Bir kule. Kulenin en tepesinde kocaman bir saat var. Saatin üzerinde birisi oturmuş, ayaklarını sallandırıyor. Çabuk aşağı in, seni aptal kız!" Ansızın sesinde bir korku sezildi. Bağırmaya başladı. "Fırtına onu aşağı düşürecek. Orası çok yüksek. Orada ne işi var? Bir gölge! Gökyüzünde büyük bir kuş daire çiziyor. İşte! Ona doğru alçalıyor. Gwendolyn! Gwendolyn!"

Bu dayanılacak gibi değildi. Annemi kenara iterek Maddy Halamı omuzlarından tutup hafifçe sarstım. "Ben buradayım, Maddy hala! Lütfen! Baksana!"

Büyük halam başını çevirip bana baktı. Yüzünün rengi yavaş yavaş yerine gelmeye başlamıştı. "Küçük meleğim," dedi. "O kadar yükseğe tırmanmak kesinlikle düşüncesizlik!"

"Artık iyi misin?" Anneme baktım. "Kötü bir şey olmadığından emin misin?"

"Bu bir vizyondu," dedi annem. "O iyi."

"Hayır, iyi değilim. Bu kötü bir vizyondu," dedi Maddy hala. "Aslında başlangıçta çok güzeldi."

Caroline ağlamayı kesmişti. O ve Nick Maddy halaya bir yabancıymış gibi bakıyorlardı.

"Bu korkunç bir şeydi," dedi Nick. "Ne kadar soğuk olduğunu fark ettiniz mi?"

"Bunu sen uyduruyorsun," dedim.

"Uydurmuyorum!"

"Ben de fark ettim," dedi Caroline. "Tüylerim diken diken oldu."

Maddy hala annemin elini tuttu. "Kuzenin Lucy'yle buluştum, Grace. Tıpkı eskisi gibi görünüyordu. O tatlı gülüşü..."

Annem sanki dokunsalar ağlayacakmış gibiydi.

"Gerisini yine anlamadım," diye devam etti Maddy hala. "Safirden bir yumurta, bir karga, saat kulesinde oturan Gwendolyn ve şu kötü kuş. Bunu *anlıyor musun?*"

Annem göğüs geçirdi. "Elbette ki hayır, Maddy hala. Bunlar *senin* vizyonların." Yanındaki sandalyelerden birine çöktü.

"Evet, ama onları yine de anlamıyorum," dedi büyük halam. "Daha sonra annene anlatabilmemiz için söylediklerimin hepsini yazdın mı?"

"Hayır halacığım, yazmadım."

Maddy öne doğru eğildi. "O halde hemen yazmalıyız. Pekâlâ, önce Lucy vardı, sonra ağaç. Kırmızı üzümler... Bu üvez ağacı olabilir mi acaba? Sonra şu yumurta biçiminde kesilmiş değerli taş vardı... Tanrım, ne kadar acıktım! Umarım tatlıyı bensiz yememişsinizdir. Bugün en az iki porsiyon hak ettim ya da üç."

"Biraz önce olanlar korkunç ötesiydi," dedim. Caroline ve Nick çoktan yataklarına gitmişlerdi. Bense annemin odasında yatağın ucuna oturmuş, konuya ustaca bir giriş yapmaya çabalıyordum. *Anne, bu öğleden sonra bir şey oldu ve bunun tekrarlamasından korkuyorum.*

Annem kendini gece bakımına vermişti. Yüzüyle işi birazdan bitiyordu. İyi bakım yapmak gerçekten de işe yarıyordu. Annemin kırk yaşın üzerinde olduğu gerçekten de anlaşılmıyordu.

"İlk kez Maddy halanın vizyon görüşüne tanık oldum," dedim.

Annem ellerine sürdüğü kremi yedirirken, "Akşam yemeği sırasında vizyon görmesi de ilk kez oluyor," diye karşılık verdi. Yaşlılığın en çok ellerden ve boyundan anlaşıldığını iddia ederdi.

"Peki... vizyonları ciddiye alınabilir mi?"

Annem omuzlarını silkti. "Şey. Ne kadar karmaşık şeyler söylediğini sen de duydun. Nedense hep uygun bir yorumu oluyor. Büyükbaban ölmeden üç gün önce de yine böyle bir vizyon görmüştü. Onun göğsüne atlayan siyah bir panterden söz etmişti."

"Büyükbabam kalp krizinden öldü. Yine de uyuyor."

"Dedim ya... nedense uyuyor. Sen de el kremi ister misin?"

"Buna inanıyor musun? El kremine değil elbette, Maddy halanın vizyonlarına?"

"Maddy halanın söylediği şeyleri gerçekten gördüğüne inanıyorum. Ama bu, gördüğü her şeyin gelecekle ilgili olduğu anlamına gelmiyor ya da başka bir anlamı olduğuna."

"Bunu anlamıyorum!" Annem uzattığım ellerimi kremle ovmaya koyuldu.

"Bu biraz senin hayaletlerine benziyor, canım. Tıpkı Maddy halanın vizyon gördüğüne inandığım gibi senin de onları görebildiğinden eminim."

"Hayalet gördüğüme inandığını ama onların varlığına inanmadığını mı söylemek istiyorsun?" diye bağırarak öfkeyle elimi çektim.

"Onların gerçekten var olup olmadıklarını *bilmiyorum,*" dedi annem. "Neye inanıp inanmadığımın bir önemi yok."

"Ama yoklarsa, o zaman onları uyduruyorum demektir. Bu da benim deli olduğum anlamına gelir."

"Hayır," dedi annem. "Bunun anlamı yalnızca... Ah, canım! Bilmiyorum. Bazen bu ailede herkesin biraz fazla hayal kurduğunu sanıyorum. Hem kendimizi biraz olsun *normal* insanların inandığı şeylerle sınırlarsak daha huzurlu ve mutlu oluruz."

"Anlıyorum," dedim. Belki de başıma gelenleri anlatmak pek iyi bir fikir değildi. *Hey anne, bu öğleden sonra geçmişe yolculuk yaptık, ben ve normal hayal gücüm.*

"Lütfen şimdi bana darılma," dedi annem. "Yer ve gök arasında açıklayamadığımız bir şeylerin var olduğunu biliyorum. Sanırım bu şeylerle ne kadar fazla ilgilenirsek onlara o kadar fazla anlam yüklüyoruz. Senin deli olduğunu düşünmüyorum.

Maddy halayı da öyle. Ama gerçekçi ol. Maddy halanın gördüğü vizyonun senin geleceğinle bir ilgisi olduğuna inanıyor musun?"

"Belki."

"Ah, öyle mi? Yakın zamanda bir saat kulesine çıkıp bacaklarını saatin üzerinden aşağı sallandırmayı mı düşünüyorsun?"

"Elbette değil. Ama belki de bu bir semboldür."

"Evet, belki," dedi annem. "Ama belki de değildir. Şimdi uyumaya git, tatlım. Uzun bir gün oldu." Komodininin üzerindeki saate baktı. "Dua edelim de Charlotte her şeyi ardında bırakmış olsun. Ah Tanrım, bunu artık başarmış olmasını öyle çok istiyorum ki."

"Belki de Charlotte fazla hayal kuruyor?" dedim, ayağa kalkarak anneme bir öpücük verdim.

Yarın bir kez daha deneyecektim.

Belki.

"İyi geceler."

"İyi geceler, koca kızım. Seni seviyorum."

"Ben de seni, anne."

Kapımı ardımdan kapayıp yatağa girdiğimde kendimi oldukça berbat hissediyordum. Anneme her şeyi anlatmam gerektiğini biliyordum. Ama söyledikleri beni düşündürmüştü. Elbette gelişmiş bir hayal gücüne sahiptim ama hayal gücümün böyle olması ayrı bir konuydu, zamanda yolculuk yaptığını sanmaksa çok daha başka bir şeydi.

Böyle bir şey yaşadığını iddia eden insanlar tedavi ediliyordu, elbette bana göre haklı olarak. Belki ben de uzaylılar tarafından kaçırıldığını iddia eden kişilerdendim. Yani bir kaçık.

Gece lambasını kapatıp yorgana sarındım. Hangisi daha kötüydü? Deli olmak mı, yoksa zamanda gerçekten sıçrayabilmek mi?

Herhalde sonuncusu, diye düşündüm. Diğerindense, belki bir hap yutmak daha iyiydi.

Karanlıkla birlikte korkum da geri gelmişti. Yine buradan zemine dek ne kadar derine düşülebileceğini düşünmeye başlamıştım. Bu nedenle gece lambasını yeniden yakıp yüzümü duvara döndüm. Uykumun gelmesi için tehlikesiz, tarafsız bir şeyler düşünmeye çalıştım ama bunu bir türlü başaramıyordum. Sonunda binden geriye doğru saymaya başladım.

Bir ara uyumuş olmalıyım, çünkü ansızın uyanıp çarpan kalbimle doğrulduğumda, rüyamda kocaman bir kuş görüyordum.

Midemdeki o tuhaf his yine başlamıştı işte. Panik içinde yataktan fırladım ve titreyen dizlerimin elverdiği ölçüde hızla annemin odasına doğru koşmaya başladım. Beni deli sanıp sanmayacağı umrumda değildi, yalnızca bunun sona ermesini istiyordum. Hem üç kat aşağıda bataklığın içine düşmek istemiyordum!

Ancak koridora kadar gelebildim, sonra ansızın bacaklarım çekildi. Son saatlerimin geldiğinden emin olarak gözlerimi sımsıkı kapadım. Ama yalnızca sert bir şekilde dizlerimin üstüne düştüm. Zemin alışık olduğum parkeden farksızdı. Dikkatle gözlerimi açtım. Ortalık sanki son saniyede gün ağarmış gibi aydınlanmıştı. Bir an için hiçbir şey olmadığını umduysam da, sonra kendi koridorumuzda durduğumu ama etraftaki her şeyin farklı göründüğünü anladım. Duvarlar koyu zeytin yeşili rengine boyanmıştı ve tavanda lamba yoktu.

Nick'in odasından sesler geldiğini duydum. Kadın sesleri...

Çabucak ayağa kalktım. Eğer birisi beni görecek olursa... buraya nereden geldiğimi nasıl açıklayacaktım? *Hello- Kitty*[6] pijaması içinde?

"Bu kadar erken kalkmaktan bıktım," dedi bir ses. "Walter dokuza kadar yatabiliyor! Ama biz? Keşke çiftlikte kalıp inek sağmaya devam edebilseydim."

"Walter geceyarısına kadar çalıştı, Clarisse. Bonen yamuk duruyor," dedi ikinci ses. "Saçlarını düzgün topla, yoksa Bayan Mason kızar."

"O da anca kızıyor zaten," diye homurdandı ilk ses.

"Çok daha sert kâhya kadınlar vardır, sevgili Clarissa. Hadi gel, geç kalacağız. Mary aşağı ineli on beş dakika oldu."

"Evet, hatta yatağını bile düzeltti. Hep çalışkan, hep temiz; tam Bayan Mason'un istediği gibi. Ama bunu bilerek yapıyor. Onun battaniyesine hiç dokundun mu? Çok yumuşak. Bu adil değil!"

Buradan olabildiğince çabuk kaybolmalıydım. Ama nereye? Burayı iyi biliyor olmam avantajdı.

---

6 Lisanslı ürünleri olan bir çizgi film karakteri, (ç.n)

"Benim battaniyem korkunç derecede kaşındırıyor," diye yakındı Clarisse'in sesi.

"Kışın ona sahip olduğuna sevineceksin. Gel hadi."

Kapının kolu aşağı indi. Hemen gömme dolabın kapısını açıp içine daldım ve kapağını ardımdan kapadım, tam da Nick'in oda kapısının açıldığı anda.

"Benim battaniyem kaşındırırken Mary'ninkinin yumuşak olmasını anlayamıyorum," dedi Clarisse'in sesi. "Burada hiçbir şey adil değil. Betty, Leydi Montrose ile çiftliğe gidebiliyor. Ama biz bütün yazı bu bunaltıcı şehirde geçirmek zorundayız."

"Gerçekten biraz daha az yakınmaya çalışmalısın, Clarisse."

Diğer kadına hak verebilirdim. Şu Clarisse gerçekten de müthiş mızmız birisi olmalıydı.

İkisinin merdivenlerden indiğini duyup rahat bir soluk aldım. Az kalsın enselenecektim. Burayı tanıyor olmam ne büyük şanstı. Ama şimdi ne yapacaktım? Geri sıçrayana dek bu dolabın içinde mi beklemeliydim? Herhalde en güvenlisi buydu. İç geçirerek kollarımı göğsümde kavuşturdum.

Karanlığın içinde, hemen ardımda birisi inledi.

Korkudan donakalmıştım. Tanrı aşkına, bu da neydi?

"Clarisse, sen misin?" Ses çamaşır rafından gelmişti. Bu bir erkek sesiydi. "Uyuyakalmışım sanırım."

Tanrım! Dolapta gerçekten de biri *uyuyordu.* Bu nasıl bir ahlak anlayışıydı böyle?

"Clarisse? Mary? Kim var orada?" diye sordu ses, bu kez açıkça daha uyanıktı. Karanlıkta bir gürültü oldu. Bir el beni yoklayıp sırtıma dokundu. Beni yakalamasını beklemeyip dolabın kapısını açtım ve kendimi dışarı attım.

"Dur! Olduğun yerde kal!"

Kısa bir an omzumun üzerinden baktım. Uzun gömlek giymiş genç bir adam, dolaptan fırlayarak peşime düşmüştü.

Merdivenlerden aşağı koştum. Yüce Tanrım, şimdi nereye saklanacaktım? Arkamdan koşan adamın sesi her geçen saniye daha gür çıkmaya başlamıştı. "Hırsızı durdurun!"

Hırsız mı? Yanlış duymuştum herhalde! Ne çalmış olabilirdim ki? Uyku başlığı mı?

Bu merdivenleri uykuda bile rahatlıkla inebilmem ne büyük şanstı. Her basamağı adım gibi biliyordum. İki katı ışık hızıyla inerken solumda duran büyük büyük amcamın portresinin yanından üzülerek geçtim çünkü ardındaki gizli kapı, içinde bulunduğum bu berbat durumda harika bir çözüm olabilirdi. Mekanizma her seferinde biraz sıkışıyordu ve kapıyı açmak için zaman harcarken gecelikli adam beni yakalayabilirdi. Hayır, daha iyi bir gizlenme yerine ihtiyacım vardı.

Birinci katta kocaman testi taşıyan boneli bir kızla neredeyse çarpışacaktım. Önünden hızla geçerken kız yüksek sesle bir çığlık atarak tıpkı bir film sahnesindeki gibi, elindeki testiyi düşürdü. İçindeki sıvı, testi parçalarıyla birlikte yere saçıldı.

Ardımdaki kişinin, yine filmlerde olduğu gibi kırıkların üzerine basıp kayacağını umdum. Umduğum gibi olmasa da en azından engeli çok çabuk aşamamıştı. Bu avantajı orkestra balkonuna çıkan merdivenlere koşmak için kullandım. Merdivenin altındaki küçük tahta bölmenin kapısını açarak oraya çömeldim. Burası tıpkı benim zamanımdaki gibi tozlu, düzensiz ve örümcek ağı doluydu. Merdiven basamaklarındaki çatlakların arasından bölmenin içine biraz ışık sızıyordu, en azından içerisi hiç kimsenin uyumadığını görmeye yetecek kadar aydınlıktı. Tıpkı bizdeki gibi en küçük köşesine dek giysilerle doluydu.

Tepemde sesler duyuldu. Gecelikli adam testiyi düşüren zavallı kızla tartışıyordu.

"Herhalde bir hırsızdı! Onu daha önce burada hiç görmedim."

Buna başka sesler de eklendi.

"Aşağı doğru koştu. Belki evde başkaları da vardır."

"Bunun için yapabileceğim bir şey yok, Bayan Mason. Şu hırsız kız elimden kaçtı. Herhalde niyetleri Leydimin mücevherlerini çalmaktı."

"Merdivenlerde kimseyle karşılaşmadım. O halde hâlâ buralarda bir yerlerde olmalı. Sokak kapısını kilitleyip bütün evi arayın." Bu emri veren son derece enerjik bir kadın sesiydi. "Siz de Walter, hemen yukarı çıkıp üzerinize bir şey giyin. Kıllı baldırlarınız sabahın erken saatinde hiç hoş bir manzara sunmuyor."

Ah Tanrım! Çocukken belki de milyonlarca kez buraya saklanmıştım ve şimdiye dek beni bulabilecek olmalarından hiç bu kadar korkmamıştım. Beni ele verecek bir gürültü yapmamaya dikkat ederek eski eşyaların içinde en kuytu köşeye doğru süründüm. Bu arada kolumda yürüyen örümcek yüzünden neredeyse yüksek sesle çığlık atacaktım, çünkü epey büyüktü.

"Lester, Bay Jenkins ve Tott, siz giriş katını ve bodrumu arayın. Mary ve ben birinci kata bakacağız. Clarisse arka kapıyı gözetleyecek, Helen de ön kapıyı."

"Peki ya mutfaktan geçmeye kalkarsa?"

"O zaman öncelikle Bayan Craine'in ve demir tavalarının önünden geçmesi gerek. Merdivenlerin altındaki bölmelere ve tüm perdelerin ardına bakın."

Kaybetmiştim.

Ah, lanet olsun. Bütün bunlar tamamen... gerçekdışıydı!

Bu durumda tahta bölmede kocaman örümceklerin, tozlu mobilyaların (Tanrım, yoksa bu doldurulmuş bir timsah mıydı?) arasında geceliğimle yere çömeldim ve beni hırsızlığa teşebbüsten yakalamalarını bekledim. Bütün bunlar bir şeyler ters gittiği ve Isaac Newton yanlış hesap yaptığı içindi.

Duyduğum müthiş öfke ve çaresizlik yüzünden ağlamaya başladım. Belki de bu insanlar beni böyle buldukları takdirde bana acırlardı. Timsahın bana bakan cam gözleri alacakaranlıkta alayla parlıyordu. Şimdi her yerden ayak sesleri geliyordu. Merdivenlerden dökülen tozlar gözlerime doluyordu.

Sonra yine midemde o garip his oluştu. Şimdiye dek bunu hissettiğime hiç bu kadar sevinmemiştim. Timsah gözlerimin önünde silikleşip, sonra çevremdeki her şey döndü ve tekrar sessizlik oldu. Ardından zifiri karanlık.

Derin bir soluk aldım. Panik yapmak için neden yoktu. Herhalde tekrar geri sıçramıştım. Herhalde yine kendi zamanımızdaki merdiven altında, giysilerin arasında sıkışıp kalmıştım. Elbette ki kesinlikle kocaman örümceklerin cirit attığı yerdeydim.

Bir şey çok hafifçe yüzümü okşadı. Tamam, panik yapacaktım! Kollarımı telaşla çevremde savururken bacağımı bir konsolun altına çarptım. Bir takırtı duyuldu, tahtalar gıcırdadı, eski bir lamba yere düştü. Onun bir lamba olduğunu yalnızca tahmin ettim çünkü hiçbir şey göremiyordum. Ama kendimi kurtarabilmiştim. Rahatlayarak kapıyı yokladım ve saklandığım yerden sürünerek çıktım. Merdiven altının dışı da karanlıktı ama merdiven tırabzanının ana hatlarını, yüksek pencereleri ve parlayan avizeleri görebiliyordum.

Elbette üzerime doğru gelen şekli de. Bir el fenerinin ışığı beni aydınlattı.

Haykırmak için ağzımı açtım ama hiç ses çıkmadı.

"Dolapta bir şey mi arıyorsunuz, Bayan Gwendolyn?" diye sordu siluet. Bu, Bay Bernhard'dı. "Aramanıza seve seve yardımcı olurum."

"Ah, aslında... Ben..." Korku ciğerlerime öylesine yapışmıştı ki, neredeyse soluk alamaz durumdaydım. "Aşağıda ne *yapıyorsunuz?*"

"Bir gürültü duydum," dedi Bay Bernhard saygıyla. "Biraz... tozlu görünüyorsunuz."

"Evet." Tozlu, bacağı sıyrık ve ağlamış. Yanaklarımdaki gözyaşlarını çaktırmadan sildim.

Bay Bernhard baykuş gözleriyle fenerin ışığında beni inceledi. İnatla bakışlarımı kaçırmadım. Geceleri bir dolaba girmek yasak değildi ya? Hem bunun nedeni Bay Bernhard'ı hiç ilgilendirmezdi.

Yoksa gözlükle mi uyuyordu?

"Çalar saatin çalmasına iki saat var," dedi sonunda. "Bu süreyi yatağınızda geçirmenizi öneririm. Ben de biraz daha dinleneceğim. İyi geceler."

"İyi geceler, Bay Bernhard," dedim.

Muhafızların Günceleri'nden

12 Haziran 1851

Lord Horatio Montrose'un (İç Çember) Bourdon'daki evi didik didik arandığı halde sabah evde görünen hırsız kız bulunamadı. Herhalde pencerelerin birinden bahçeye atlayarak kaçmış olmalı. Kâhya Bayan Mason, çalınabilecek şeylerin bir listesini çıkardı: Gümüş tepsiler ve Wellington Dükü'nün Lord Montrose'un annesine armağan ettiği bir gerdanlığın da aralarında bulunduğu değerli mücevherler.

Leydi Montrose bugünlerde çiftlikte dinleniyor.

Rapor: David Loyde, 2. Dereceden Usta

5.

"Gerçekten bitik durumdasın," dedi Leslie. Teneffüste okulun bahçesindeydik.

"Öyle, kendimi berbat hissediyorum."

Leslie kolumu okşadı. "Ama gözünün altındaki şu halkalar sana yakışıyor," diyerek bana moral veremeye çalıştı. "Gözlerin böyle daha mavi görünüyor."

Gülmeden edemedim. Leslie çok tatlıydı. Kestane ağacının altındaki ahşap bankta oturmuş, yalnızca fısıldayarak konuşuyorduk, çünkü Cynthia Dale bir arkadaşıyla birlikte tam arkamızda oturuyordu ve hemen yanında Gordon Gacırgucur (ya da Homurhomur) Gelderman sınıfımızdan diğer iki çocukla birlikte futbol hakkında tartışıyordu. Konuşmalarımıza kulak misafiri olmalarını istemiyordum. Zaten beni yeterince garip buluyorlardı.

"Ah Gwen! Annenle konuşmalıydın."

"Bunu şimdiye kadar en az on beş kez söyledin."

"Evet, çünkü haklıyım, bunu neden yapmadığını gerçekten anlamıyorum!"

"Çünkü ben... Ah, doğruyu söylemek gerekirse bunu kendim de anlamıyorum. Nedense hep bir daha olmayacağını umdum."

"Yalnızca gece yaşadığın şu macera bile... Başına neler gelebilirdi! Büyük halanın kehanetini ele al: Bu, senin büyük bir tehlikede olduğundan başka bir anlama gelmiyor. Saat zaman yolculuğu demek, yüksek kule ise tehlike, kuş da... Ah, onu hiç uyandırmayacaktın! Herhalde daha sonra epey heyecanlı şeyler söyleyecekti. Bu öğleden sonra her şeyi iyice araştıracağım; Karga, safir, kule, üvez ağacı... Doğaüstü fenomenlerle ilgili bir site buldum, oldukça bilgilendirici. Sonra zaman yolculuğuyla ilgili birçok kitap topladım. Birçok da film. *Geleceğe Dönüş*'ün tüm bölümlerini. Belki bir şeyler öğrenebiliriz..."

Leslie'lerde kanepenin üzerine kıvrılıp DVD izleyişimizi özlemle düşündüm. Bazen sesi kısar ve filmi kendimiz seslendirirdik, elbette kendi uydurduğumuz metinlerle.

"Başın dönüyor mu?"

Başımı iki yana salladım. Şimdi zavallı Charlotte'un son haftalarda kendini nasıl hissettiğini daha iyi anlıyordum. Bu sorular insanın sinirini gerçekten bozabilirdi. Özellikle, sürekli kendimi dinleyip başımın döneceği anı beklerken.

"Keşke ne zaman olacağını bilebilseydin," dedi Leslie. "Bunu gerçekten hiç adil bulmuyorum: Charlotte tüm zamanını buna hazırlanarak geçirdi, oysa sen neye uğradığını şaşırdın."

"Dün gece gömme dolabımızda uyuyan şu adam tarafından, benim yerime Charlotte kovalansaydı ne olurdu, bilmem," dedim. "Bana kalırsa o durumda dans ve kılıç derslerinin pek yardımı dokunmazdı. Hem ortalarda üzerine sıçrayıp kaçabileceği bir at da görünmüyordu."

Charlotte'un gözü dönmüş Walter tarafından evin içinde kovalanışını hayal ederken elimde olmadan kıkırdadım. Belki salondaki duvarda asılı olan kılıçlardan birine el atıp zavallı hizmetkârlar arasında bir katliam yapardı.

"Hayır, seni sersem. Ona hiçbir şey olmazdı, çünkü şu kronografla başka bir yere yolculuk yapmış olurdu. Huzurlu ve güzel bir yere. Hem de başına hiçbir şeyin gelmeyeceği bir yere! Ama sen ailene yanlış kişiyi eğittiklerini söylemek yerine, yaşamını riske atmayı tercih ediyorsun!"

"Belki Charlotte da sıçrama yapmıştır. O zaman istediklerini elde ederler."

Leslie iç geçirip kucağındaki kâğıt destesini yelpazelemeye koyuldu. Benim için oldukça yararlı bilgilerle dolu bir tür dosya hazırlamıştı. Belki de daha az yararlı. Örneğin yazıcıdan antika arabaların fotoğraflarını bastırmış, yanlarına da yapılış yıllarını yazmıştı. Buna göre ilk zaman yolculuğumda gördüğüm antika araba 1906 yılına aitti.

"Karındeşen Jack cinayetlerini East End'de işlemiş. Bu 1888'deymiş. Ne yazık ki Jack'in kim olduğu hiçbir zaman ortaya çıkarılamamış. Birçok kişiden şüphelenilmiş ama hiçbiri kanıtlanamamış. Yani, kendini 1888'de East End'de bulacak olursan, her erkek potansiyel bir tehlike oluşturuyor. Büyük Londra yangını 1666'daydı. Veba neredeyse her yıl varmış, 1348 ve 1528'de ama

1664'teki fazlasıyla kötüymüş. Sonra, İkinci Dünya Savaşı'ndaki bombardımanlar, 1940'ta başlamış, bütün Londra enkaza dönüşmüş. Evinizin zarar görüp görmediğini öğrenmelisin, eğer görmemişse orada güvendesin demektir. Yoksa St. Paul Katedrali iyi bir yer çünkü bombalanmış olsa da mucize eseri ayakta kalmış. Belki orada bir sipere girebilirsin."

"Bunların hepsi kulağa çok tehlikeli geliyor," dedim.

"Evet, ben de nedense bunu hep romantik bir durum olarak hayal etmiştim. Biliyor musun, Charlotte'un âdeta kendi tarihi filmlerini yaşayacağını sanmıştım. *Bay Darcy*'yle[7] bir baloda dans edeceğini, seksi İskoçyalı'ya âşık olacağını ya da *Anne Boleyn*'e VIII. Henry'yle kesinlikle evlenmemesini söyleyeceğini sanmıştım. Buna benzer şeyler."

"Anne Boleyn kafası uçurulan mıydı?"

Leslie başını salladı. "Natalie Portman'ın oynadığı harika bir filmi var. DVD'sini bulabilirim... Gwen, lütfen bugün annenle konuşacağına dair bana söz ver."

"Söz veriyorum. Bu akşam."

"Charlotte nerelerde?" Cynthia Dale ağacın gövdesinden başını uzattı. "Shakespeare kompozisyonunu onunkinden yazacaktım. Şey, yani, birkaç fikir alacaktım."

"Charlotte hasta," dedim.

"Nesi var?"

"Ee..."

---

7 Jaen Austen'in Aşk ve Gurur adlı romanından bir karakter, (ç.n.)

"İshal," dedi Leslie. "Berbat bir ishal. Sürekli tuvalette kalmak zorunda."

"İğrenç, lütfen ayrıntılara girme," dedi Cynthia. "Sizlerin kompozisyonlarınızı görebilir miyim?"

"Henüz bitirmedik," dedi Leslie. "Daha DVD'de *Âşık Shakespeare'i* izleyeceğiz."

Gordon Gelderman bas sesiyle, "Benim kompozisyonumu okuyabilirsin," diyerek araya girdi. Başını ağaç gövdesinin diğer yanından uzatmıştı. "Hepsini *Wikipedia'*dan kopyaladım."

"O halde ben de *Wikipedia'*ya başvurabilirim," dedi Cynthia.

Zil çalmıştı.

"İki saat üst üste İngilizce," diye inledi Gordon. "Herkes için bir ceza. Ama Cynthia, çekici prensini düşününce şimdiden ağzının suları akmaya başladı."

"Kapa çeneni, Gordon."

Bilindiği gibi Gordon asla çenesini kapatacak birisi değildi. "Bay Whitman'ı neden bu kadar harika bulursunuz bilmem. Adam tepeden tırnağa homo."

"Saçma!" dedi Cynthia ve öfkeyle ayağa kalktı.

"Hem de nasıl homo." Gordon onu giriş kapısına doğru izledi. İkinci kata varana dek Cynthia'yı ikna edebilirdi. Bunu bir kez olsun soluk almaksızın konuşarak yapabilirdi.

Leslie gözlerini döndürdü. "Gel!" diyerek banktan kalkmam için bana elini uzattı. "Çekici Sincap Prens'e gidelim."

İkinci katın merdivenlerinde yine Cynthia ve Gordon'a yetişmiştik. Hâlâ Bay Whitman hakkında konuşuyorlardı.

"Bu, o budala mühür yüzüğünden bile belli," dedi Gordon. "Böyle bir şeyi ancak homolar takar."

Aslında konuya hiç karışmak istemesem de, "Büyükbabam da böyle bir mühür yüzüğü takardı," dedim.

"O halde büyükbaban da homoymuş," dedi Gordon.

"Yalnızca kıskanıyorsun," dedi Cynthia.

"Kıskanmak mı? O yumuşağı mı kıskanacağım?"

"Elbette. Kıskançsın. Çünkü Bay Whitman buradaki en yakışıklı ve akıllı heteroseksüel erkek. Çünkü onun yanında yalnızca cılız, aptal ve küçücük bir çocuk gibi görünüyorsun."

"Komplimanlarına en içten teşekkürlerimi sunuyorum," dedi Bay Whitman. Kolunun altına sıkıştırdığı bir yığın kâğıt ve her zamanki yakışıklılığıyla, fark ettirmeden arkamızda bitivermişti. (*Biraz* sincaba benzese de.)

Cynthia kıpkırmızı kesilmişti. Ona gerçekten acıdım.

Gordon pis pis sırıttı.

"Sen ise, sevgili Gordon, belki mühür yüzükleri ve onları takanlarla ilgili bir araştırma yapabilirsin," dedi Bay Whitman. "Senden önümüzdeki hafta için bu konuda bir kompozisyon yazmanı istiyorum."

Şimdi Gordon da kıpkırmızı olmuştu. Cynthia'nın aksine hâlâ konuşabiliyordu. "İngilizce ya da tarih dersi için mi?" diye sordu tiz sesiyle.

"Ön plana tarihi yönünü alırsan sevinirim ama tamamen sana bırakıyorum. Önümüzdeki pazartesiye dek beş sayfa diyelim mi?" Bay Whitman sınıfımızın kapısını açarak neşeyle bize gülümsedi. "Buyurmaz mısınız?"

"Ondan nefret ediyorum," diye mırıldandı Gordon yerine geçerken.

Leslie avuturcasına onun omzuna vurdu. "Sanırım bu tek taraflı değil."

"Lütfen biraz önce hayal gördüğümü söyle," dedi Cynthia.

"Yalnızca hayal gördün," dedim dileğini yerine getirerek. "Gerçekte Bay Whitman onu yaşayan en seksi erkek olarak gördüğüne dair bir şey duymadı."

Cynthia inleyerek sandalyesine çöktü. "Yer yarılsa da içine girsem!"

Leslie'nin yanındaki yerime oturdum. "Zavallı, hâlâ bir domates gibi görünüyor."

"Evet, sanırım dönem bitene dek de domates gibi görünecek. Tanrım, ne utanç verici."

"Belki Bay Whitman ona daha iyi not verir."

Bay Whitman, Charlotte'un yerine bakınca yüzünde düşünceli bir ifade oluştu.

"Bay Whitman, Charlotte hasta," dedim. "Teyzemin sekreterliği arayıp aramadığını bilmiyorum ama..."

"İshal olmuş," diye haykırdı Cynthia. Herhalde utanması gereken tek kişi olmamaya ihtiyaç duyuyor olmalıydı.

"Charlotte raporlu," dedi Bay Whitman. "Herhalde birkaç gün gelmeyecek. Her şey... normale dönene dek." Arkasını dönüp tebeşirle tahtaya *Sone* yazdı. "Shakespeare'in kaç sone yazdığını bilen var mı?"

"*Normale dönmek*le ne demek istedi?" diye Leslie'ye fısıldadım.

"Charlotte'un ishalinden söz ettiğini sanmıyorum," diye fısıldadı Leslie.

Ben de sanmıyordum.

"Mühür yüzüğüne iyice baktın mı?" diye fısıldadı Leslie.

"Hayır, ya sen?"

"Üzerinde bir yıldız var. On iki köşeli bir yıldız!"

"Ne olmuş?"

"On iki köşe... Tıpkı saatteki gibi."

"Saatin köşeleri yoktur ki."

Leslie gözlerini devirdi. "Sana bir şey çağrıştırmıyor mu? On iki! Saat! Zaman! *Zamanda yolculuk!* Bahse girerim ki... Gwen?"

"Ah, lanet olsun!" dedim. Midem yine hız trenine binmişim gibiydi.

Leslie korkuyla bana baktı. "Ah hayır!"

Ben de aynı şekilde korkmuştum. En son istediğim şey, sınıf arkadaşlarımın gözleri önünde buharlaşıp yok olmaktı. Bu nedenle hemen ayağa fırladım ve elimi mideme bastırarak kapıya koştum.

"Sanırım kusacağım," dedim Bay Whitman'a ama yanıtını beklemek yerine kapıyı ardına kadar açıp sendeleyerek koridora çıktım.

Bay Whitman'ın, "Belki birisi ardından gitse iyi olur," dediğini duydum. "Leslie, lütfen onunla ilgilenir misin?"

Leslie sınıfın kapısını özenle kapatarak arkamdan koştu. "Tamam, çabuk tuvaletlere! Orada bizi kimse görmez. Gwen? Gwenny?"

Leslie'nin yüzü gözlerimin önünde bulanıklaştı, sesi sanki uzaklardan geliyor gibiydi. Sonra tamamen kayboldu. Altın yaldızlı muhteşem bir duvar kâğıdıyla kaplı bir koridorda tek başıma duruyordum. Ayaklarımın altında dayanıklı traverten plakalar yerine parlak cilalı ve işlemeli parkeler uzanıyordu. Herhalde geceydi ya da en azından akşam olmalıydı. Duvarlardaki şamdanlarda mumlar yanıyordu, oymalı tavandan yine mumların yanmakta olduğu bir avize sarkıyordu. Her şey yumuşak bir altın rengine bürünmüştü.

İlk düşüncem şuydu: *Harika, en azından düşmedim.* İkincisiyse: *Birisi beni görmeden nereye saklanabilirim?*

Çünkü bu evde yalnız değildim. Aşağıdan müzik sesi geliyordu.

Keman sesi. Bir de konuşmalar.

Saint Lennox Lisesi'nin o bildiğim ikinci kat koridoru artık tanınmaz haldeydi. Salonların planlarını hatırlamaya çalıştım. Ardımda sınıfımızın kapısı olmalıydı, karşımda Bayan Counter'ın şu anda coğrafya dersi verdiği altıncı sınıf vardı. Hemen yanında malzeme odası. Oraya saklanırsam en azından geri dönüşümde kimseye görünmezdim.

Öte yandan malzeme odası genellikle kilitli olurdu ve oraya saklanmak belki de iyi bir fikir değildi. Kilitli bir odaya geri sıçradığım takdirde, bu cehennemden çıkabilmek için gerçekten de mantıklı bir açıklama bulmam gerekecekti.

Diğer salonlardan birine gidersem de, geriye sıçradığımda bir yığın öğrenci ve öğretmenin gözü önünde birden ortaya çıkacaktım. Buna bir açıklama bulmak herhalde çok daha zor olurdu.

Belki de bulunduğum koridorda durup bu durumun fazla sürmemesi için dua etsem daha iyi olacaktı. Daha önceki iki sıçramam da hep birkaç dakika sürmüştü.

Sırtımı brokar duvar kâğıdına dayayıp başımın döneceği anı özlemle bekledim. Aşağıdaki sesler, kahkahalar yukarı kadar geliyordu. Bardakların şıngırtısını ve keman seslerini duyabiliyordum. Herhalde aşağıda eğlenen bir kalabalık vardı. Belki James de aralarındaydı. Sonuçta eskiden burada oturmuştu. Onun, elbette canlı olarak, aşağıda bir yerlerde olup keman sesi eşliğinde dans ettiğini hayal ettim.

Ona rastlayamayacak olmam ne üzücüydü. Ancak ona birbirimizi nereden tanıdığımızı söylediğimde buna pek sevinmezdi sanırım. Demek istediğim ileride tanışacak olmamızı, öldükten çok uzun zaman sonra yani.

Ölüm nedenini bilseydim, belki de onu uyarabilirdim. *Hey James, 15 Temmuz'da Park Lane'de kafana bir tuğla düşecek, yani o gün evden çıkmasan iyi olur.* Ama ne yazık ki James neden öldüğünü bilmiyordu. Şey, daha doğrusu öleceğini... Ölmüş olacağını.

Bu zaman yolculuğu konularına girdikçe her şey daha da karmaşık bir hale geliyordu.

Merdivenlerde ayak sesleri duydum. Birisi yukarı geliyordu. Hayır, iki kişiydiler. Lanet olsun! Birkaç dakika huzur içinde bir yerde bekleyemeyecek miydim? Şimdi nereye gidecektim? Kendi zamanımda altıncı sınıf olan salonda karar kıldım. Kapının koluna el atınca kapının sıkışmış olduğunu gördüm, kolun aşağı değil yukarı kaldırılması gerektiğini kavramam birkaç saniyemi aldı.

Sonunda odaya girdiğimde ayak sesleri oldukça yakınlaşmıştı. Burada da mumlar yanıyordu. Onları böyle yanar durumda bırakmak ne büyük düşüncesizlikti! Akşamları dikiş odasında küçük mumları söndürmeyi unuttuğumda hep azar işitirdim.

Saklanacak bir yer bulmak için çevreme bakındım ama içerideki mobilya sayısı oldukça azdı. Altın yaldızlı ve eğri bacaklı bir tür kanepe, bir yazı masası, kabarık minderli sandalyeler vardı ama bir fareden büyükseniz ardına saklanılacak hiçbir şey yoktu. Yerlere kadar uzanan, dore perdelerin ardına gizlenmekten başka çarem kalmamıştı. Pek orijinal bir saklanma yeri sayılmazdı. Ama zaten henüz kimse beni aramıyordu.

Şimdi koridordan sesler duymaya başlamıştım.

"Nereye gidiyorsun?" dedi bir erkek sesi. Kulağa oldukça öfkeli geliyordu.

"Fark etmez! Yalnızca senden uzak olsun yeter," diye yanıtladı diğer ses. Bir kız sesiydi; tam söylemek gerekirse ağlayan bir kızın sesi. Korktuğum başıma gelmişti, kız doğruca bu odaya geliyordu. Adam da hemen arkasından. Titreyen gölgelerini perdelerde görebiliyordum.

Ah, tabii ya! Yukarıdaki o kadar odanın içinde özellikle benim olduğumu seçmeliydiler.

"Beni rahat bırak," dedi kız.

"Seni rahat *bırakamam,*" dedi erkek. "Ne zaman seni rahat bıraksam, düşüncesizce şeyler yapıyorsun."

"Defol!" diye tekrarladı kız.

"Hayır, bunu yapmayacağım. Bak, böyle olduğu için üzgünüm. Buna izin vermemeliydim."

"Ama yaptın! Çünkü gözlerini *ondan* ayıramadın."

Adam kısık sesle güldü. "Kıskanıyorsun."

"Bunu çok isterdin, değil mi?"

Eh, harika! Kavga eden sevgililer! Bu sonsuza dek sürebilirdi. Geriye sıçrama yapıp ansızın Bayan Counter'in dersinde, pencere pervazı önünde ortaya çıkana dek bu perdenin ardında çürüyebilirdim. Belki de Bayan Counter'e fiziksel bir deneyime katıldığımı söyleyebilirdim. Ya da belki aslında hep orada olduğumu ve beni fark etmediğini söyleyebilirdim.

"Kont nerede kaldığımızı soracak," dedi erkek.

"Transilvanyalı ruh ikizini aramaya göndersin, şu senin kont. Aslında bir kont bile değil. Unvanı bile sahte, tıpkı şu kırmızı yanaklı gibi... Adı neydi?" Kız konuşurken öfkeyle burnunu çekti.

Bu bana bir yerden tanıdık gelmişti. Çok tanıdık. Perdenin ardından son derece dikkatli bir biçimde dışarıya göz attım. İkisi tam kapının önünde durmuşlardı ve onları profilden görebiliyordum. Kız gerçekten de tam bir kızdı, üzerinde işlemeli brokar ve ipek karışımı kumaştan gece mavisi muhteşem bir elbise vardı; eteği öylesine kabarıktı ki normal bir kapıdan geçerken zorlanabilirdi. Kar gibi beyaz saçları tepesinde tuhaf bir dağ gibi kümelenmiş ve oradan bukleler halinde omuzlarına dökülmüştü. Bu ancak bir peruk olabilirdi. Adamın da saçları beyazdı ve ensesinden bir bantla bağlanmıştı. Saç renkleri yetişkinlere benzese de çok genç görünüyorlardı ayrıca çok da güzeldiler, özellikle erkek. Aslında daha çok bir delikanlıydı, on sekiz ya da on dokuz yaşlarındaydı. Üstelik soluk kesici görünüyordu. Mükemmel bir erkek profili diyebilirim. Bakmaya neredeyse doyamıyordum. Saklandığım yerden istediğimden fazla dışarı çıkmıştım.

"Adlarını yine unuttum," dedi çocuk gülmeye devam ederek.

"Yalancı!"

"Kont, Rakoczy'nin davranışı için bir şey yapamaz," dedi çocuk, şimdi tamamen ciddileşmişti. "Bunun için onu kesinlikle cezalandıracaktır. Kontu sevmek zorunda değilsin, yalnızca saygı göstermelisin."

Kız yine küçümser gibi burnunu çekti ve ben yine o garip tanıdık duyguya kapıldım. "Hiçbir şey yapmak *zorunda* değilim," diyerek ansızın pencereye doğru döndü. Bana doğru. Perdenin ardına kaçmak istediysem de olduğum yerde donup kaldım.

Bu olanaksızdı!

Kızın yüzü *benimkiydi.* Kendi korkmuş gözlerime bakıyordum!

Kız da tıpkı benim gibi afallamıştı ama korkusunu çabucak üzerinden attı. Hemen oldukça belirgin bir el hareketi yaptı.

Saklan! Yok ol!

Zorlukla soluyarak başımı yine perdenin arkasına çektim. Bu kimdi? Bu kadar benzerlik olamazdı. Bir kez daha bakmak *zorundaydım.*

Çocuğun, "O da neydi?" diyen sesini duydum.

"Hiçbir şey!" dedi kız. Yoksa bu da *benim* sesim miydi?

"Pencerede."

"Orada bir şey yok!"

"Perdenin ardında birisi olabilir ve bizi gözet..." Cümlesi beklenmedik bir gürültüyle kesildi. Ansızın sessizlik hüküm sürdü. Şimdi ne olmuştu acaba?

Fazla düşünmeden perdeyi yana ittim. Benim kopyam olan kız dudaklarını çocuğun ağzı üzerine bastırmıştı. Beriki önce tamamen pasif bir durumda buna izin verdi, sonra kolunu onun beline koyarak kendine çekti. Kız gözlerini kapadı.

Ansızın karnımda kelebekler uçuşmaya başlamıştı. Öpüşürken kendime bakıyor olmak tuhaftı. Bunu oldukça iyi becerdiğimi düşündüm. Çocuğu öpme nedeninin dikkatini benden başka tarafa yöneltmek olduğunu anlamıştım. Bu çok nazikçeydi ama bunu neden yapıyordu? Onlara fark ettirmeden önlerinden nasıl geçip gidecektim?

Midemdeki kelebekler kanat çırpan kuşlara dönüşürken öpüşen çiftin resmi gözlerimin önünde buğulandı. Ansızın kendimi altıncı sınıfın odasında buldum. Sinirlerim laçka olmuştu.

Her şey sessizleşti.

Sınıftaki öğrencilerin ansızın ortaya çıkışımla çığlıklar atacağını ve olasılıkla birisinin (Bayan Counter mı?) korkudan düşüp bayılacağını hesaplamıştım.

Ama sınıf boştu. Duyduğum rahatlıktan âdeta inledim. En azından bu kez şansım yaver gitmişti. Bir sandalyeye çöküp başımı sıraya dayadım. Yaşadıklarım o an için bana fazla gelmişti. Kız, yakışıklı çocuk, öpüşme...

Kız yalnızca bana benzemiyordu.

O kız *bendim.*

Bir yanlışlık olamazdı. Kendimi, şüpheye yer bırakmayacak biçimde şakağımdaki doğum lekesinden tanımıştım. Glenda teyzenin hep "tuhaf muz", dediği hilal biçimli doğum lekesi.

Bu kadar benzerlik olamazdı.

Opal ve Kehribar ilk çiftler,
Akik B'de, Kurt-Avatarla şarkı söyler,
Düet –Çözünme!– Akuamarin.
Bunu güçlü Zümrüt ve Sitrin izler,
Akrepteki Karneol ikizler,
ve Yeşim, Sekiz numara, özümser.
E majör anahtarında: Kara Turmalin,
F'de Safir, ne parlak ışıldar.
Ve neredeyse Elmasla aynıdır,
On bir ve yedi Aslanı tanıdıklarında.
Yansıma! Zaman akıp gider,
Yakut başlangıcı ve yine bitişi simgeler.

Saint Germain Kontu'nun gizli belgelerinden

6.

Hayır. Bu ben olamazdım.

Şimdiye dek hiç kimseyi öpmemiştim.

Şey, hemen hemen. En azından *bu şekilde* değil. Öpüştüğüm çocuk geçen yaz tam olarak iki hafta ve yarım gün çıktığım, üst sınıflardan Mortimer'dı. Onunla ona âşık olduğum için çıkmamıştım, Leslie'nin o zamanki erkek arkadaşı Max'ın en iyi arkadaşıydı ve nedense bu bana uygun gibi görünmüştü. Mortimer'ın öpüşmekle işi yoktu, daha çok elini tişörtümün altına sokmaya çalışırken, boynumda da öpme kaynaklı morluk oluşturmaya meyilliydi. O yaz, gölgede otuz derece sıcakta boğazımda eşarplarla dolaşmak zorunda kalmış ve sürekli Mortimer'ın ellerini (özellikle sinemanın karanlığında sanki en az üç tane oluyorlardı) itmekle uğraşmıştım. İki hafta sonra "ilişkimizi" karşılıklı uzlaşarak bitirmiştik. Mortimer için henüz "çok ham"dım ve Mortimer benim için... şey... fazla yapışkandı.

Onun dışında bir de Gordon'u öpmüştüm, Wight Adası'na yaptığımız okul gezisi sırasında. Ama bu sayılmazdı, çünkü: a) *gerçek ya da öpücük* adlı oyunun bir parçasıydı (Ben gerçeği söylemiştim ama Gordon bunun yalan olduğu konusunda ısrar etmişti) ve b) gerçek bir öpücük değildi. Gordon ağzındaki cikleti bile çıkarmamıştı.

"Öpücük morluğu ilişkisi" (Leslie böyle diyordu) ve Gordon'un naneli öpücüğü dışında hiç öpülmemiştim. Herhalde yine Mortimer'ın iddia ettiği gibi "ham"dım. On altı buçuk yaşımla biraz geç kalmıştım, bunu biliyordum ama yine de Max'la bir yıl çıkan Leslie öpüşmenin genellikle fazla abartıldığı kanısındaydı. Büyük olasılıkla şanssız olduğunu söylüyordu, şimdiye dek öptüğü çocuklar işin püf noktasını yakalayamamışlardı. Leslie aslında "öpüşme" adında bir ders konması taraftarıydı. Örneğin din dersinin yerine olabilirdi, ona nasılsa kimsenin ihtiyacı yoktu.

Doğru bir öpücüğün nasıl olması gerektiği konusunda sık sık konuşurduk ve bu nedenle içinde güzel öpüşme sahneleri olan birçok filmi tekrar tekrar izlemiştik.

"Ah, Bayan Gwendolyn. Bugün benimle konuşmak için mi kaldınız, yoksa beni yine görmezden mi geleceksiniz?" James altıncı sınıfın kapısından bana bakarak yanıma yaklaştı.

"Saat kaç oldu?" Leslie'yi arayarak çevreme bakındım.

"Duvar saatine benzer bir yanım var mı?" James öfkeyle baktı. "Beni, zamana hiç değer vermediğimi bilecek kadar uzun süredir tanıyor olmalısınız."

"Ne?.. Doğru." Koridorun sonundaki büyük saate göz atmak üzere köşeye doğru yürüdüm. James beni izledi.

"Yalnızca yirmi dakika yoktum," dedim.

"Nereye gittiniz?"

"Ah, James! Sanırım, senin evindeydim. Gerçekten, her şey harikaydı. Çok altın vardı. Mum ışığı da... Çok hoştu."

"Evet. Buradaki gibi kasvetli ve zevksiz değil," dedi James ve gri koridoru genişçe içine alan bir el hareketi yaptı. Ansızın ona çok acımıştım. Benden çok fazla büyük değildi... Ancak çoktan ölmüştü.

"James, şimdiye dek hiç, bir kızı öptün mü?"

"Efendim?"

"Şimdiye dek öpüştün mü?"

"Bu konuşulmayacak konulardan biri, Bayan Gwendolyn."

"Demek hiç öpüşmedin?"

"Ben bir erkeğim," dedi James.

"Bu ne biçim bir yanıt?" James öfkeli bir yüz ifadesi takındığı için gülmeden edemedim. "Ne zaman doğduğunu biliyor musun?"

"Beni aşağılamak mı istiyorsun? Elbette kendi doğum günümü biliyorum. Otuz bir mart."

"Hangi yıl?"

"1762." James meydan okurcasına çenesini ileri uzattı. "Üç hafta önce yirmi birime bastım. Arkadaşlarımla birlikte White Club'da görkemli bir kutlama yaptım. Babam partinin parasını ve tüm kumar borçlarımı ödedi, ayrıca bana harika bir kısrak armağan etti. Sonra şu aptal ateşe yakalandım ve yatağa serildim. Uyandığımda her şeyi değişmiş buldum ve küstah bir kız bana bir hayalet olduğumu söyleyip duruyor."

"Üzgünüm," dedim. "Sanırım yüksek ateşten öldün."

"Saçma, yalnızca basit bir keyifsizlik haliydi," dedi James ama bakışlarında güvensiz bir ifade vardı. "Doktor Barrow Lord Stanhope *variola* mikrobu kapmış olmamın çok zayıf bir olasılık olduğunu söylüyor."

"Hımm," dedim. Variola hastalığını Google'da araştıracaktım.

"*Hımm*. Bu *hımm* da ne demek oluyor?" James öfkeyle bakmaya devam ediyordu.

"Ah, buradasın demek!" Kızlar tuvaletinden çıkan Leslie, koşarak boynuma atladı. "Ölüp ölüp dirildim."

"Merak etme, iyiyim. Gerçi geri dönüşte Bayan Counter'in sınıfına indim ama kimse yoktu."

"Altıncı sınıf bugün Greenwich Gözlemevi'ni ziyarete gitti," dedi Leslie. "Ah Tanrım, seni gördüğüme öyle sevindim ki! Bay Whitman'a kızlar tuvaletinde kustuğunu söyledim. Saçlarını yüzünden çekmem için beni senin yanına gönderdi."

"İğrenç," dedi James mendilini burnuna tutarak. "Şu çilliye söyle, bir hanım böyle şeylerden söz etmez."

Ona aldırmamaya devam ettim. "Leslie, orada tuhaf bir şey oldu... Sana açıklayamayacağım bir şey."

"Sana hemen inanırım." Leslie cep telefonumu burnuma uzattı. "İşte. Dolabından aldım. Şimdi derhal anneni arıyorsun."

"Leslie, annem işyerinde. Bu yüzden onu..."

"Onu ara! Şimdiye dek üç kez zamanda sıçrama yaptın ve sonuncusunu kendi gözlerimle gördüm. Bir anda yok oldun! Neredeyse *kaba* denecek kadar hızla! Sana bir şey olmaması için bunu hemen annene anlatman gerek. Lütfen." Leslie'nin gözleri mi yaşarmıştı bana mı öyle gelmişti?

"Çilli bugün oldukça hüzünlü," dedi James.

Cep telefonunu elime alıp derin bir iç geçirdim.

"Lütfen," dedi Leslie.

Annem, Bartholemew Hastanesi'nin yönetiminde görev alıyordu. Numarasını tuşlayıp Leslie'ye baktım.

Başını sallayarak gülümsemeye çalıştı.

"Gwendolyn?" Annem herhalde ekrandaki numaramı tanımış olmalıydı. Sesi endişeli geliyordu. Onu şimdiye dek okuldan hiç aramamıştım. "Yolunda gitmeyen bir şey mi var?"

"Anne... iyi değilim."

"Hasta mısın?"

"Bilmiyorum."

"Belki de grip oldun, şu sıralar herkes grip. Bak, eve git ve yatağa gir. Ben de erken çıkabilir miyim, bir bakayım. Sana portakal suyu sıkarım ve üzerine battaniye örteriz."

"Anne, bu grip değil. Daha kötüsü. Ben..."

"Belki de çiçektir," diye araya girdi James.

Leslie cesaret verircesine bana baktı. "Hadi!" diye tısladı. "Söyle ona."

"Tatlım?"

Derin bir soluk aldım. "Anne, sanırım ben Charlotte gibiyim. Biraz önce... Tam olarak ne zaman, bilmiyorum. Ayrıca bu gece de öyle... Aslında dün başlamıştı. Sana söylemek istedim ama bana inanmamandan korktum."

Annem susuyordu.

"Anne?"

Leslie'ye baktım. "Bana inanmıyor."

"Çünkü saçma sapan kekeliyorsun," diye fısıldadı Leslie. "Hadi, bir kez daha dene."

Ama buna gerek kalmamıştı.

"Olduğun yerde kal!" dedi annem tamamen değişmiş bir ses tonuyla. "Okul kapısında beni bekle. Olabildiğince çabuk taksiye binip yanına geleceğim."

"Ama..."

Annem telefonu çoktan kapatmıştı.

"Bay Whitman sana kızacak," dedim.

"Umurumda değil," dedi Leslie. "Annen gelene dek bekleyeceğim. Sincap için endişelenme. Onu parmağımda oynatırım."

"Ben ne yaptım?"

"Doğru olanı," dedi Leslie güven vermek istercesine. Ona geçmişe yaptığım kısa yolculuktan olabildiğince fazla şey anlatmaya çalışmıştım. Leslie benim gibi görünen kızın atalarımdan biri olabileceği görüşündeydi.

Buna inanmıyordum. İki insan birbirine bu derece benzeyemezdi. İkiz olmadıkları sürece tabii. Leslie bu teoriyi de akla yatkın bulmuştu.

"Evet! Tıpkı *İkiz Lottecik'ler*[8] gibi. İlk fırsatta DVD'sini bulup izleyelim."

Ağlamak üzereydim. Leslie'yle ikimiz ne zaman ağız tadıyla bir DVD izleyebilecektik?

Taksi düşündüğümden de çabuk geldi. Tam okul kapısının önünde durdu ve annem arabanın kapısını açtı.

"Bin," dedi.

Leslie elimi sıktı. "Bol şans. Yapabilirsen, beni ara."

Neredeyse ağlamaya başlayacaktım. "Leslie... *Teşekkür ederim!*"

"Tamam," dedi Leslie, o da gözyaşlarıyla boğuşuyor gibiydi. Zaten filmlerin de hep aynı yerlerinde ağlardık.

Taksiye binip annemin yanına oturdum. Onun kollarına atılmayı çok isterdim ama yüzündeki garip ifade beni bundan alıkoydu.

"Mabede," dedi sürücüye. Ön ve arka koltuk arasındaki cam kapanırken taksi hareket etti.

"Bana kızdın mı?" diye sordum.

"Hayır. Elbette kızmadım, canım. Bu konuda yapabileceğin bir şey yok."

"Bu doğru! Bütün suç şu aptal Newton'da..." Espri yapmaya çalışıyordum ama annem şaka kaldıracak durumda değildi.

---

8 Erich Kästner'in 1949'da Almanya'da yayınlanan romanı, (ç.n.)

"Hayır, bunun sorumlusu o değil. Suçlu biri varsa o da benim. Bunu yaşamayacağımızı ummuştum."

Kocaman açılmış gözlerle ona baktım. "Ne demek istiyorsun?"

"Ben... sandım ki... umdum ki... seni..." Bu kekemelik hiç onun tarzı değildi. Babam öldüğü zamanki kadar gergin ve ciddiydi. "Bunu kabul etmek istemedim. Tüm zaman boyunca bu kişinin Charlotte olmasını umdum."

"Buna herkes inanmış olmalı! Hiç kimse Newton'un yanlış hesap yapmış olabileceğini düşünmedi. Büyükannem kesinlikle delirecektir."

Taksi Piccadilly'nin sık trafiği içine daldı.

"Büyükannen önemli değil," dedi annem. "İlk kez ne zaman oldu?"

"Dün! Selfridges'e giderken."

"Saat kaçta?"

"Üçü biraz geçiyordu. Ne yapacağımı bilemedim, bu nedenle eve geri dönüp zili çaldım. Ama birisi kapıyı açarken tekrar geri sıçradım. İkincisi bu gece oldu. Dolaba saklandım ama orada biri uyuyordu, bir uşak. Oldukça vahşi biriydi. Bütün evin içinde beni kovaladı ve sonrasında hırsız sandıklarından herkes beni aradı. Neyse ki onlar beni bulamadan geri sıçradım. Üçüncüsü de biraz önce oldu. Okulda. Bu kez daha uzağa sıçramış olmalıyım çünkü insanlar kafalarında peruk taşıyorlardı... Anne! Bu artık her birkaç saatte bir olacaksa, bundan sonra hiçbir zaman normal bir yaşam süremeyeceğim! Yalnızca şu aptal Newton..." Şakanın bayatlamaya başladığını kendim de fark ediyordum.

"Bunu bana hemen anlatman gerekirdi!" Annem başımı okşadı. "Başına birçok şey gelebilirdi!"

"Sana anlatmak istedim ama hep fazla hayal kurduğumuzu söyleyip durdun."

"Ama ben bunu kastetmemiştim... Buna hiç ama hiç hazırlıklı değildin. Çok üzgünüm."

"Senin suçun değil, anne! Bunu hiç kimse bilemezdi."

"Ben biliyordum," dedi annem. Küçük, gergin bir aradan sonra ekledi: "Sen Charlotte'la aynı günde doğdun."

"Hayır, doğmadım! Benim doğum günüm sekiz ekimde, onunki yedi ekim."

"Sen de yedi ekimde doğdun, Gwendolyn."

Bunu söylediğine inanamıyordum. Ona yalnızca bakakaldım.

"Doğum tarihin konusunda yalan söyledim," diye devam etti annem. "Bu zor değildi. Sen evde doğdun ve doğum kâğıtlarını hazırlayan ebe tarih değişikliği dileğimizi anlayışla karşıladı."

"Ama neden?"

"Yalnızca seni korumak için, canım."

Onu anlamıyordum. "Korumak mı? Neden? Bu yaptığına rağmen başıma geldi işte."

"Biz... Ben senin normal bir çocukluk geçirmeni istedim. Kaygısız bir çocukluk." Annem ısrarla bana baktı. "Hem geni taşımıyor da olabilirdin."

"Newton'un hesapladığı tarihte doğmuş olsam bile mi?"

"Bilirsin, insan her zaman umut eder," dedi annem. "Hem şu Isaac Newton konusuna da bir son ver. O, bu işle meşgul olan insanlardan yalnızca biri. Bu konu aklının alabileceğinden çok daha büyük. Çok daha büyük, eski, çok daha güçlü ve çok daha tehlikeli. Seni bunun dışında tutmak istedim."

"Neyin dışında?"

Annem göğüs geçirdi. "Aptallık ettim. Bunu iyi bilmem gerekirdi. Lütfen beni bağışla."

"Anne!" Sesim çok yüksek çıkmıştı. "Neden söz ettiğin hakkında en ufak bir fikrim yok." Sarf ettiği her cümleyle birlikte şaşkınlığım ve çaresizliğim bir parça daha büyüyordu. "Yalnızca bana olmaması gereken bir şeyler olduğunu biliyorum. Bu da *sinir bozucu*! Her birkaç saatte bir başım dönüyor ve başka bir zamana sıçrıyorum. Bu konuda da ne yapabileceğimi bilmiyorum!"

"Bu nedenle şimdi *onlara* gidiyoruz," dedi annem. Çaresizliğimin onu üzdüğünü görüyordum. Onu şimdiye dek hiç bu kadar endişeli görmemiştim.

"Peki *onlar*?.."

"Muhafızlar," diye karşılık verdi annem. "Çok eski bir gizli örgüt, *Saint Germain Kontu'nun Locası* da denir." Pencereden baktı. "Birazdan varırız."

"*Gizli örgüt!* Beni böyle şüpheli bir tarikata mı götürüyorsun, anne?"

"Bu bir tarikat değil. Ama daima şüphe çekerler." Annem derin bir soluk alıp kısa bir an gözlerini kapadı. "Büyükbaban bu locanın bir üyesiydi," diye devam etti. "Ondan önce de babası ve onun büyükbabası da öyle. Isaac Newton da tıpkı Wellington, Klaproth, von Arneth, Hahnemann, Karl von Hessen-Kassel, elbette tüm De Villiersler ve birçokları gibi üyeydi... Büyükannen, Churchill ve Einstein'ın da bu locanın üyesi olduklarını iddia ediyor."

Bu isimlerin çoğu bana bir şey ifade etmiyordu. "Peki ne *yapıyorlar*?"

"Bu... şey," dedi annem. "Eski mitlerle ilgileniyorlar. Ve zamanla. Senin gibi insanlarla."

"Benim türümden çok kişi var mı?"

Annem başını iki yana salladı. "Yalnızca on iki kişi. Üstelik bunların çoğu çoktan öldü."

Taksi durdu. Şoför kısmını yolcu kısmından ayıran cam aşağı indi. Annem sürücüye birkaç bozukluk uzattı. "Üstü kalsın," dedi.

Taksi tekrar hareket etti. Kaldırımda dururken, "Burada ne yapacağız?" diye sordum. Fleet Caddesi geçidine dek *kıyı* boyunca ilerlemiştik. Çevremizde şehir trafiği akıyordu, insan kalabalığı kaldırımlarda birbirlerini iterek ilerliyordu. Yolun iki tarafındaki restoran ve kafeler ağzına kadar doluydu; cadde kenarında kırmızı renkli, çift katlı iki turistik otobüs durmuştu ve üstü açık ikinci katta oturan turistler *Royal Court of Justice*'in[9] dev bina kompleksini fotoğraflıyorlardı.

"Binaların çaprazından mabet alanına giriliyor." Annem yüzümdeki saçları kenara çekti.

---

9 Kraliyet Adalet Mahkemesi, (ç.n.)

İşaret ettiği dar yaya geçidine baktım. Oradan bir kez bile geçmiş olduğumu hatırlayamıyordum.

Annem yüzümdeki şaşkınlığı fark etmiş olmalıydı. "Okulla Mabet'e gelmedin mi hiç?" diye sordu. "Kilise ve bahçe gerçekten görülmeye değer. *Fountain's Court* da öyle. Bana göre dünyanın en güzel çeşmesidir."

Ona öfkeyle baktım. Ansızın şehir rehberliğine mi soyunmuştu?

"Gel, caddenin diğer tarafına geçmeliyiz," diyerek elimi yakaladı. Önlerinde kocaman şehir planlarının açık olduğu bir Japon turist grubunun peşine takıldık.

Sıra evlerin ardında bambaşka bir dünya ortaya çıkmıştı. Kıyının ve Fleet Caddesi'nin telaşlı hareketliliği geride kalmıştı. Burada birbiri ardına sıralanmış görkemli ve kusursuz binaların zamanın ötesindeki güzelliği arasında ansızın sessizlik ve huzur hüküm sürmeye başlamıştı.

Turistleri işaret ettim. "Bunlar burada ne arıyor? Şehirdeki en güzel çeşmeyi mi?"

"Mabet kilisesini görecekler," dedi annem öfkeli ses tonuma aldırmadan. "Çok eski, efsanevi ve mitolojik. Japonlar böyle şeyleri sever. Shakespeare'in *Nasıl İsterseniz* adlı oyunu ilk kez Orta Mabet Salonu'nda sahneye konmuş."

Japonları bir süre izledik, sonra sola saptık; taş yolda evlerin arasından geçerek ve birçok köşeden dönerek yürüdük. Ortama neredeyse bir kır havası hâkimdi, kuşlar cıvıldıyor, arılar büyük çiçeklerin arasında vızıldıyordu, hava bile taptazeydi.

Evlerin girişlerine, üzerlerinde uzun isimlerin yazılı olduğu pirinç levhalar konmuştu.

"Bunların hepsi avukat. Hukuk fakültesinden doçentler," dedi annem. "Burada bir büronun kirasının ne kadar olduğunu bilmek istemem doğrusu."

"Ben de," dedim kırgın bir sesle. Sanki konuşacak daha önemli bir şeyimiz yokmuş gibi!

Bir sonraki girişte durdu. "Geldik," dedi.

Kusursuz ön cephesi ve yeni boyanmış çerçevelerine karşın çok eski görünen, basit bir evdi. Gözlerim pirinç levhada bir isim aradı ama annem beni açık duran kapıdan içeri iterek birinci kata çıkan merdivenlere doğru yöneltti. Bizi karşılayan iki genç kadın dostça gülümsedi.

"Neredeyiz?"

Annem yanıt vermedi. Bir kapının kolunu aşağı indirirken ceketini düzeltti ve yüzüne gelen saçları geriye itti.

"Korkma, canım," dedi. Bunu bana mı yoksa daha çok kendine mi söylüyordu bilmiyordum.

Kapı yavaşça açıldı, sıradan bir büroya benzeyen aydınlık bir odaya girdik. Dosya dolapları, çalışma masası, telefon, faks makinesi, bilgisayar... Çalışma masasının ardındaki orta yaşlı sarışın kadın bile sıradandı. Yalnızca gözlükleri biraz korkunçtu, kapkara ve yüzünün yarısı ardında kaybolacak kadar genişti.

"Sizin için ne yapabilirim?" diye sordu. "Ah siz... Bayan... Bayan Montrose musunuz?"

"Shepherd," diye düzeltti annem. "Artık kızlık soyadımı kullanmıyorum. Evlendim."

"Ah, evet, elbette." Kadın gülümsedi. "Ama hiç değişmemişsiniz. Saçlarınızı nerede görsem hemen tanırım." Bakışları kaçamak bir şekilde üzerimde dolaştı. "Yoksa kızınız mı? Eh, ama o daha çok babasına benziyor, değil mi? Peki o?.."

Annem onun sözünü kesti. "Bayan Jenkins, acil olarak annemle ve Bay De Villiers'le görüşmem gerek."

"Ah, ne yazık ki anneniz ve Bay De Villiers toplantıda." Bayan Jenkins üzüntüyle gülümsedi. "Eğer çok..."

Annem yine onun sözünü kesti. "Bu toplantıda bulunmak istiyorum."

"Pekâlâ... Bu... Bunun imkânsız olduğunu biliyorsunuz."

"O zaman şunu yapın. Onlara *Yakut*'u getirdiğimi söyleyin."

"Nasıl? Ama..." Bayan Jenkins afallayarak bir anneme bir de bana baktı.

"Size söylediğimi yapın." Annemin sesinin şimdiye dek hiç bu denli kararlı çıktığına tanık olmamıştım.

Bayan Jenkins ayağa kalkarak çalışma masasının ardından çıktı. Beni tepeden tırnağa süzerken iğrenç okul üniformamın içinde kendimi oldukça rahatsız hissettim. Saçlarımı yıkamamış, bir lastikle atkuyruğu yapmıştım. Yüzümde makyaj da yoktu (Genelde çok az makyaj yapardım). "Bundan emin misiniz?"

"Elbette eminim. Bu konuda aptalca bir şaka yapabileceğimi mi sanıyorsunuz? Lütfen acele edin, zaman yetişmeyebilir."

"Lütfen... burada bekleyin." Bayan Jenkins arkasını dönerek iki dosya dolabının arasındaki başka bir kapının ardında kayboldu.

"*Yakut* mu?" diye tekrarladım.

"Evet," dedi annem. "Zamanda yolculuk yapan on iki kişiden her biri değerli bir taşla simgelenmiştir. Sen yakutsun."

"Bunu nereden biliyorsun?"

"Opal ve kehribar ilk çiftler, akik B'de, kurt-Avatarla şarkı söyler, düett (Çözünme!) akuamarin. Bunu güçlü zümrüt ve sitrin izler, akrepteki karneol ikizler ve yeşim, sekiz numara, özümser. E majör anahtarında: kara turmalin, F'de safir, ne parlak ışıldar. Ve neredeyse elmasla aynıdır, on bir ve yedi aslanı tanıdıklarında. Yansıma! Zaman akıp gider, yakut başlangıcı ve yine bitişi simgeler." Annem daha çok üzgün bir gülümsemeyle bana baktı. "Hâlâ ezberimde."

O konuşurken nedense tüylerim diken diken oldu. Bana bir şiirden daha çok, bir tür büyü formülü gibi gelmişti; filmlerde kötü cadıların içinden yeşil dumanlar çıkan bir tencereyi karıştırırken mırıldandıkları sözler gibi.

"Bunun anlamı ne?"

"Bir tür kelime oyunundan başka bir şey değil, zaten karmaşık olan bir şeyi daha da karmaşıklaştırmak için gizemi seven eski adamlar tarafından yazılmış bir şiir," dedi annem. "On iki rakam, on iki zaman yolcusu, on iki değerli taş, on iki nota anahtarı, on iki burç, felsefe taşını oluşturan on iki adım."

"Felsefe taşı mı? Bu da ne?.." Sorumu yarıda kesip bir iç çektim. Sürekli sonunu bile getiremediğim sorular sorup durmaktan, her yanıtta kendimi daha da cahil ve şaşkın hissetmekten bıkmıştım.

Görünüşe bakılırsa annemin de sorularımı yanıtlamaktan pek hoşlandığı söylenemezdi. Pencereden baktı. "Burada hiçbir şey değişmemiş. Sanki zaman durmuş gibi."

"Buraya sık gelir miydin?"

"Babam bazen beni yanında getirirdi," dedi annem. "Annemden biraz daha rahattı. Sırlarla ilgili yani. Çocukken buraya gelmekten çok hoşlanırdım. Hem daha sonra, Lucy..." İç geçirdi.

Devam edip etmemek konusunda bir süre kendimle savaştım, sonra merakım üstün geldi. "Büyük halam Maddy bana, Lucy'nin bir zaman yolcusu olduğunu söyledi. Bu yüzden mi kaçtı?"

"Evet," dedi annem.

"Peki, nereye kaçtı?"

"Bunu hiç kimse bilmiyor." Annem yine ellerini saçlarında gezdirdi. Heyecanlı olduğu belliydi, onu hiç böyle gergin görmemiştim. Bu denli öfkeli olmasaydım, onun için üzülebilirdim.

Bir süre sustuk. Annem yine pencereden baktı.

"Demek bir yakutum," dedim sonra. "Şu kırmızı olan, öyle mi?"

Annem başını salladı.

"Peki, Charlotte ne tür bir taş?"

"Hiçbiri," dedi annem.

"Anne, bana anlatmayı unuttuğun bir ikiz kız kardeşim var mı?"

Annem bana dönüp gülümsedi. "Hayır, yok, canım."

"Emin misin?"

"Evet, bundan kesinlikle eminim. Doğumunda yanındaydım, unuttun mu?"

Bir yerlerden hızla yaklaşan ayak sesleri duyuldu. Annem sırtını dikleştirerek derin bir soluk aldı. Glenda teyze gözlüklü kadınla birlikte kapıdan içeri girdi; ardından da kısa boylu, dazlak, yaşlıca bir adam geldi.

Glenda teyze öfkeli görünüyordu. "Grace! Bayan Jenkins'in iddiasına göre sen..."

"Doğru," dedi annem. "Bu gerçeği kanıtlamakla zaman kaybetmek istemiyorum, özellikle de sana kanıtlamakla. Hemen Bay De Villiers'i görmeliyim. Gwendolyn'in kronografa geçmesi gerek."

"Ama bu tamamen... gülünç!" Glenda teyze neredeyse çığlık atmıştı. "Charlotte..."

"...henüz sıçrayış yapmadı, değil mi?" Annem kısa boylu, dazlak şişman adama döndü. "Bağışlayın, sizi tanıdığımı biliyorum ama adınızı hatırlayamadım."

"George," dedi adam. "Thomas George. Siz de Leydi Arista'nın küçük kızı Grace'siniz. Sizi çok iyi hatırlıyorum."

"Bay George," dedi annem. "Elbette. Gwendolyn'in doğumundan sonra bizi Durham'da ziyaret etmiştiniz, sizi hatırlıyorum. Bu Gwendolyn. O, eksiğiniz olan yakut."

"Bu olanaksız!" dedi Glenda teyze tiz bir sesle. "Bu kesinlikle olanaksız! Gwendolyn'in doğum tarihi yanlış. Zaten iki ay erken dünyaya geldi. Az gelişmiş, yedi aylık. Şuna bir baksanıza."

Zaten Bay George da bunu yapıyordu. Soluk ve dostça bakan mavi gözleriyle beni inceliyordu. Olabildiğince ilgisiz bakmaya, huzursuzluğumu gizlemeye çalıştım. Az gelişmiş, yedi aylık ha! Glenda teyze aklını oynatmış olmalıydı! Boyum neredeyse bir yetmişti ve sutyen ölçüm can sıkıcı biçimde B'den C'ye doğru ilerliyordu.

"Dün ilk kez sıçrayış yaptı," dedi annem. "Yalnızca ona bir şey olmasını istemiyorum. Her kontrolsüz zaman sıçramasında risk daha da büyüyor."

Glenda teyze küçümser gibi güldü. "Bunu hiç kimse ciddiye alamaz. Bu yine ilgi odağı olmak için yapılan acınası bir deneme."

"Ah, kapa çeneni, Glenda! Yerinde olsam bütün bunlardan uzak durur, Charlotte'unun araştırma objesi rolünü ezoterizm çılgını sahte bilim adamlarına ve fanatik gizemcilere bırakırdım! Ama şu lanet olası geni miras alan Charlotte değil, Gwendolyn!" Annemin bakışları öfke ve küçümseme doluydu. Bu da onun ilk kez tanık olduğum yeni bir tarafıydı.

Bay George hafifçe güldü. "Hakkımızda pek de iyi şeyler düşünmüyorsunuz, Bayan Shepherd."

Annem omuzlarını silkti.

"Hayır, hayır, hayır!" Glenda teyze bir büro iskemlesine yığıldı. "Bu saçmalığı daha fazla dinlemeye katlanamam. Bu kız doğru günde bile doğmadı. Ayrıca o erken doğdu!" Anlaşılan şu erken doğum konusu önemliydi.

Bayan Jenkins fısıldadı: "Size birer fincan çay getireyim mi, Bayan Montrose?"

"Ah, çayınız da, siz de benden uzak durun," diye tısladı Glenda teyze.

"Başka çay isteyen var mı?"

"Hayır, teşekkürler," dedim.

Bay George bu arada yine soluk mavi gözlerini bana dikmişti. "Gwendolyn. Demek daha önce zamanda sıçrama yaptın."

Başımı salladım.

"Peki, izin verirsen, nereye olduğunu sorabilir miyim?"

"O sırada bulunduğum yere," dedim.

Bay George gülümsedi. "Hangi zamana sıçradığını kastettim."

"En ufak bir fikrim yok," dedim küstahça. "Hiçbir yerde bir yıl işareti yoktu. Hem hiç kimse bunu bana söylemek de istemedi. Dinleyin! Bunu *istemiyorum*! Bunun sona ermesini istiyorum! Bunun bitmesini sağlayamaz mısınız?"

Bay George bana yanıt vermedi. "Gwendolyn hesaplanmış doğum tarihinden iki ay önce dünyaya geldi," dedi belli bir kişiye bakmadan. "Sekiz Ekim'de. Doğum belgelerini ve nüfus dairesindeki kaydı kendim inceledim. Ayrıca çocuğu da inceledim."

Bir çocukta incelenecek ne olabileceğini kendime sordum. Gerçek olup olmadığına mı bakılıyordu?

"Aslında yedi Ekim akşamı doğdu," dedi annem. Şimdi sesi biraz titriyordu. "Doğum belgesinde doğum zamanını birkaç saat geç yazması için ebeye rüşvet verdik."

"Ama neden?" Bay George da benim gibi bunun nedenini anlamamış görünüyordu.

"Çünkü... Lucy'ye olanlardan sonra, çocuğumu bu gerginlikten kurtarmak istedim. Onu korumak istedim," dedi annem. "Onun belki de geni hiçbir şekilde miras almadığını, asıl Gen Taşıyıcı'yla tesadüfen aynı günde doğmuş olabileceğini umdum. Sonuçta Glenda herkesin umut bağladığı Charlotte'u doğurmuştu..."

"Ah, yalan söyleme!" diye bağırdı Glenda teyze. "Hepsi kasıtlıydı! Bebeğinin aralıkta doğması gerekirdi ama benimle aynı günde doğurmak için hamileliğini manipüle ettin ve erken doğum riskine girdin. Ama olmadı! Kızın bir gün sonra doğdu. Bunu duyduğumda öyle gülmüştüm ki."

"Bunu kanıtlamak oldukça kolay olmalı," dedi Bay George.

"Ebenin soyadını unuttum," dedi annem çabucak. "Yalnızca ön adının Dawn olduğunu hatırlıyorum. Ayrıca bunun hiç önemi yok."

"Hah," dedi Glenda teyze. "Senin yerinde olsam ben de böyle derdim."

"Dosyalarımızda mutlaka ebenin adı ve adresi kayıtlıdır." Bay George, Bayan Jenkins'e döndü. "Bunu bulmak çok önemli," dedi.

"Gereksiz," dedi annem. "Zavallı kadını rahat bırakın. Bizden yalnızca biraz para aldı."

"Ona birkaç soru soracağız," dedi Bay George. "Lütfen, Bayan Jenkins, kadının nerede yaşadığını öğrenin."

"Hemen gidiyorum," dedi Bayan Jenkins ve tekrar yan kapıdan çıkarak kayboldu.

"Bunu başka kim biliyordu?" diye sordu Bay George.

"Yalnızca kocam biliyordu," dedi annem. Şimdi sesinde gurur ve zafer karışımı bir ifade vardı. "Onu sorgulayamazsınız. Ne yazık ki öldü."

"Biliyorum," dedi Bay George. "Lösemiydi, değil mi? Çok trajik." Odanın içinde gidip gelmeye başladı. "Ne zaman başladı demiştiniz?"

"Dün," dedim.

"Son yirmi dört saat içinde üç kez," dedi annem. "Onun için endişeleniyorum."

"Şimdiden üç kez ha!" Bay George durdu. "Peki, sonuncusu ne zamandı?"

"Yaklaşık bir saat önce," dedim. "Sanırım." Bu olaylar üzerime çullandığından beri her türlü zaman algımı yitirmiştim.

"O halde her şeyi hazırlamak için biraz zamanımız var."

"Buna inanmanız olanaksız," dedi Glenda teyze. "Bay George! Charlotte'u tanıyorsunuz. Şimdi buradaki kıza bakıp benim Charlotte'umla karşılaştırıyorsunuz. Gerçekten karşınızda on iki numaranın durduğuna inanıyor musunuz? *Yakut kırmızısı karganın büyü yeteneğini almıştır, daireyi on ikinin oluşturduğu sol majörle kapatır.* Buna inanıyor musunuz?"

"Şey, her zaman bir olasılık vardır," dedi Bay George. "Böyle davranma nedeniniz bana hâlâ oldukça şüpheli görünse de, Bayan Shepherd."

"Bu sizin sorununuz," dedi annem soğuk bir tavırla.

"Çocuğunuzu gerçekten korumak isteseydiniz, o zaman onun bunca yıl bilgisiz kalmasına izin vermezdiniz. Hiç hazırlık yapmadan zamanda sıçramak çok tehlikelidir."

Annem dudaklarını ısırdı. "Bu kişinin Charlotte olabileceğini ummuştum..."

"Zaten öyle!" diye bağırdı Glenda teyze. "İki gündür belirgin işaretleri yaşıyor. Her an olabilir. Bizse burada kıskanç küçük kız kardeşimin zarafetten yoksun hikâyelerini dinlemekle zaman kaybederken belki şu anda oluyordur."

"Değişiklik olsun diye belki ara sıra beynini kullanırsan iyi olur, Glenda," dedi annem. Sesi bu kez biraz yorgun çıkmıştı. "Neden böyle bir şey uyduralım? Böyle bir şeyi, senin kızından başka kim gönüllü olarak isteyebilir?"

"Ben hâlâ ısrarlıyım..." Glenda teyzenin ısrar konusu belliydi. "Bütün bunların kötü niyetli bir düzenbazlık olduğu ortaya çıkacak. Daha önce de sabotajlar olmuştu ve bunun nereye varacağını biliyorsunuz, Bay George. Hem şimdi hedefimize bu kadar yaklaşmışken gerçekten hata yapma lüksümüz yok."

"Sanırım henüz karar vermedik," dedi Bay George. "Lütfen beni izleyin, Bayan Shepherd. Sen de Gwendolyn." Küçük bir gülümsemeyle ekledi: "Korkma, ezoterizm çılgını sahte bilim adamları kimseyi ısırmaz."

Aslanın pençesini körlet! Zaman ejderi.
Doyur dünyayı kendi yavrusunun canıyla;
Kaplanın çenesinden sök o keskin dişleri.
Alevlerden dirilen ankayı yak kanıyla.[10]

William Shakespeare, XIX. Sone

10 Talat Sait Halman'ın çevirisinden, (ç.n.)

7.

Merdivenlerden yukarı çıktık. Uzun bir koridordan geçip kırk beş derecelik birkaç köşeden saptık ve zaman zaman birkaç basamak yukarı çıkıp aşağı indik. Önünden geçtiğimiz az sayıda pencereden görünen manzara her seferinde değişiyordu: Kimi zaman büyük bir bahçeye bakıyorduk, kimi zaman başka bir binaya ya da küçük bir avluya. Dönüşümlü olarak parke ve mozaik taş döşemeli zeminde devam eden ve sonu gelmeyecek gibi görünen uzun bir yoldu. Birçok kapalı kapının, sandalyelerin, duvarlara asılmış yağlı boya tabloların, deri ciltli kitaplarla ve porselen biblolarla dolu dolapların, heykellerin ve şövalye zırhlarının önünden geçtik. Burası bir müzeye benziyordu.

Glenda teyze anneme sürekli zehir gibi bakışlar atıyordu. Annemse elinden geldiğince kız kardeşini görmezden gelmeye çalışıyordu. Solgun ve son derece gergindi. Her an atılıp elini tutmaya hazırdım ama bu kez Glenda teyze ne kadar korktuğumu fark edebilirdi ve bu da istediğim en son şeydi.

Aynı evde bulunuyor olmamız olanaksızdı, Bay George nihayet durup bir kapıyı tıklattığında duyularım beni yanıltmıyorsa, bu şekilde yürüyerek en az üç ev geçmiş olduğumuzu düşündüm.

İçeri girdiğimiz salon tamamen koyu renk ahşapla kaplanmıştı, tıpkı evimizdeki yemek odası gibi. Tavanlar da koyu ahşaptandı ve neredeyse her taraf, kimi yerleri farklı renklerle vurgulanmış mükemmel ahşap oymalarla doluydu. Mobilyalar da yine aynı şekilde masif ve koyu renkti. Ortamın kasvetli ve korkunç görünmesi gerekirdi ama salonun gün ışığını almasını sağlayan yüksek pencereler çiçekli bir bahçeye bakıyordu. Hatta bahçenin sonundaki duvarın ardında Thames'ın güneşte parlayan suları bile görünüyordu.

Burayı yaşam dolu bir hale getiren yalnızca ışık ve manzara değildi, aralarında ürkütücü tek tük yüz ve kurukafalar bulunsa da, oymalardan neşeli bir hava yayılıyordu. Duvarlar sanki canlıydı. Leslie burayı görse sevinçten çıldırır ve fazlasıyla gerçek görünen gül tomurcukları, arkaik desenleri ve neşeli hayvan kafalarını yoklayarak gizli mekanizmalar bulmaya çalışırdı. Kanatlı aslanlar, şahinler, yıldızlar, güneşler ve gezegenler, ejderhalar, tek boynuzlular, elfler, periler, ağaçlar ve gemiler; bütün hepsi canlı gibi görünen oymalardı.

En etkileyici olanı, tavandan üzerimize süzülüyormuş gibi görünen ejderhaydı. Kama biçimindeki kuyruk ucundan pullarla dolu kocaman başına dek, yedi metre boyunda olmalıydı. Gözlerimi ondan alamıyordum. Ne muhteşemdi! Şaşkınlığımdan geliş nedenimizi tamamen unutmuş gibiydim.

Elbette salonda yalnız olmadığımızı da.

Orada bulunanların tümü, bizi görünce sanki yıldırım çarpmış gibi irkildiler.

"Görünüşe bakılırsa karmaşık bir durum var," dedi Bay George.

Pencerelerden birinin önünde dimdik duran Leydi Arista, "Grace! Senin işte olman gerekmiyor muydu?" diye sordu. "Gwendolyn, senin de okulun yok mu?"

"Burada olmayı biz de istemezdik, anne," dedi annem.

Charlotte bir kanepede oturuyordu. Hemen altında kuyruk pullarının her birinin ince ince oyulduğu ve turkuazla mavinin akla gelebilecek her tonuyla boyandığı muhteşem bir denizkızı oyması vardı. Simsiyah bir takım elbise giymiş olan bir adam, kanepenin yanındaki şöminenin pervazına dayanmıştı; gözünde siyah çerçeveli bir gözlük vardı. Hatta kravatı bile siyahtı. Bize karanlık bir bakışla baktı. Yedi yaşlarında küçük bir çocuk adamın ceketine sıkıca yapışmıştı.

"Grace!" Çalışma masasının ardında duran uzun boylu bir erkek ayağa kalktı. Geniş omuzlarına dek inen, aslan yelesine benzer gri dalgalı saçları vardı. Kehribarı andıran büyüleyici gözleri açık kahverengiydi. Yüzü, gri saçlarına oranla çok daha gençti ve insanın bir kez gördükten sonra garip bir şekilde büyülendiği için asla unutamayacağı türdendi. Gülünce inci gibi beyaz dişleri ortaya çıktı. "Grace. Birbirimizi uzun zamandır görmedik." Çalışma masasının ardından çıkıp elini anneme uzattı. "Hiç değişmemişsin."

Annemin kızardığını görünce şaşırdım. "Teşekkür ederim. Aynı şeyi ben de senin için söyleyebilirim, Falk."

"Saçlarım grileşti." Adam eliyle hoşnutsuzluğunu belirten bir hareket yaptı.

"Sana yakışmış," dedi annem.

Yoksa bu herifle flört falan mı ediyordu?

Adamın gülümsemesi biraz daha derinleşti, sonra kehribar renkli bakışları annemden bana doğru kaydı ve yine dikkatle incelendiğim için kendimi huzursuz hissettim.

Bu gözler gerçekten garipti. Bir kurda ya da yırtıcı bir kediye de ait olabilirlerdi. Bana elini uzattı. "Ben, Falk de Villiers. Sen de Grace'in kızı Gwendolyn olmalısın." El sıkışı güçlü ve içtendi. "Tanıdığım kızıl saçlı olmayan ilk Montrose kızı."

"Saç rengimi babamdan almışım," dedim çekingen bir sesle.

"Konuya gelebilir miyiz?" dedi şöminenin yanındaki gözlüklü kara adam.

Falk de Villiers elimi bırakarak bana göz kırptı. "Lütfen."

"Kız kardeşim bize korkunç bir hikâye anlatacak," dedi Glenda teyze. Haykırmamak için kendini ne denli zorladığı her halinden belliydi. "Bay George beni dinlemek istemedi! Gwendolyn'in... *Gwendolyn'in!*.. şimdiye dek zamanda üç kez sıçrama yaptığını iddia ediyor. Ayrıca, bunu kanıtlayamayacağını çok iyi bildiği için, yanlış doğum tarihi açıklaması yaparak şapkasından buna uyan bir masal daha çıkardı. On yedi yıl önce neler olduğunu ve Grace'in o zaman gerçekten de övgüye değmeyecek bir rol oynadığını hatırlatmak isterim. Şimdi tam hedefe yaklaşmışken işimizi sabote etmek üzere burada ortaya çıkmasına şaşmıyorum."

Leydi Arista penceredeki yerinden ayrılıp yakına geldi. "Bu doğru mu, Grace?" Yüz ifadesi her zamanki gibiydi, sert ve acımasız. Bazen sabit yüz hatlarının nedeninin sımsıkı geriye taranmış saçları olup olmadığını kendime soruyordum. Belki yüz kasları da bir araya toplanıp bağlanmışlardı. Heyecanlandığında en fazla gözleri açılırdı, şimdi olduğu gibi.

Bay George söze girdi: "Bayan Shepherd ve kocası, Gwendolyn'in Gen Taşıyıcı olarak ortaya çıkmasını istememişler, bu nedenle doğum tarihini değiştirmesi için ebeye rüşvet vermişler."

"Ama böyle bir şeyi neden yapsın?" diye sordu Leydi Arista.

"Çocuğunu korumak istediğini söylüyor, ayrıca Charlotte'un Gen Taşıyıcı olabileceğini ummuş."

"*Ummuş!* Kesinlikle doğru değil!" diye bağırdı Glenda teyze.

"Aslında tüm bunlar, kulağa oldukça mantıklı geliyor," dedi Bay George.

Bakışlarımı kanepede soluk bir yüzle oturmuş, diğerlerine bakıp duran Charlotte'a çevirdim. Bakışlarımız karşılaşınca başını hemen öte yana çevirdi.

"Bunun neresinin mantıklı olduğunu pek anlayamadım," dedi Leydi Arista.

"Hikâyeyi inceliyoruz," dedi Bay George. "Bayan Jenkins ebeyi bulacak."

"İlgimi çekti: Ebeye ne kadar ödedin, Grace?" diye sordu Falk de Villiers. Gözleri son dakikalarda gittikçe kısılmıştı ve şimdi anneme çevirdiği bakışlarıyla bir kurdu andırıyordu.

"Ben... hatırlamıyorum," dedi annem.

Bay De Villiers kaşlarını kaldırdı. "Eh, pek fazla olmamalı. Bildiğim kadarıyla kocanın kazancı epey mütevazıydı."

"Çok doğru!" diye zehrini akıttı Glenda teyze. "Zavallı."

"Söylemeye çalıştığınız şey, ödenen paranın fazla olamayacağı," diye karşılık verdi annem. Bay De Villiers'in bakışları yüzünden kapıldığı çekingenlik geldiği gibi ansızın uçup gitmişti, elbette yüzünün kızarıklığı da öyle.

"O halde ebe ricanızı neden yerine getirdi?" diye sordu Bay De Villiers. "Giriştiği iş ne de olsa bir belge sahteciliğiydi. Önemsiz bir suç değil."

Annem başını arkaya attı. "Ebeye ailemizin satanist bir tarikatın üyesi olduğunu, burçlarla ilgili hastalıklı bir inanç yüzünden başımın derde girdiğini anlattık. Ona 7 Ekim'de doğacak bir çocuğun intikam için satanist ayinlerde kurban edilmek istendiğini söyledik. Bize inandı. İyi kalpli biriydi, ayrıca satanistlere de karşıydı, bu yüzden doğum belgesindeki tarihi değiştirdi."

"Satanist ayinler! Küstahça." Şöminedeki adam bir yılan gibi tısladı. Küçük çocuk ona daha çok sokuldu.

Bay De Villiers takdirle gülümsedi. "Fena hikâye değil. Ebenin de aynısını anlatıp anlatmayacağını göreceğiz."

"Zamanımızı bu tür sorgulamalarla harcamak bana pek akıllıca gelmiyor," dedi Leydi Arista.

"Doğru," dedi Glenda teyze. "Charlotte her an sıçrama yapabilir. O zaman Grace'in bizi engellemek için hikâye uydurduğu anlaşılacak."

"Neden ikisi de Gen Taşıyıcı olmasın?" dedi Bay George. "Bu daha önce de olmuştu."

"Evet, ancak Timothy ve Jonathan de Villiers tek yumurta ikiziydiler," dedi Bay de Villiers. "Ayrıca böyle bir şey olacağı kehanetlerde de haber verilmişti."

"Hem kronografta bu nedenle iki karneol[11], iki çubuk, iki tane on iki element yelpazesi ve iki dişli çark parkuru tasarlandı," dedi şöminedeki adam. "Yakut tek başına duruyor."

"Bu da doğru," dedi Bay George. Yuvarlak yüzü endişeliydi.

"Asıl önemli olan, herhalde kız kardeşimin neden yalan söylediğini araştırmak." Glenda teyze anneme neredeyse nefretle baktı. "Gwendolyn'in kanını kronografa geçirerek onu bozmaya çalışıyorsan, o zaman düşündüğümden de safsın demektir."

"Söylediklerinin tek kelimesine bile inanabileceğimizi nasıl düşünür?" dedi şöminenin yanında duran adam. Sanki annem ve ben orada değilmişiz gibi davranıyordu, fazlasıyla kendini beğenmişti. "Grace'in, zamanında Lucy ve Paul'ü korumak için nasıl yalan söylediğini çok iyi hatırlıyorum. Onlara önemli bir avantaj kazandırmıştı. Böyle yapmasaydı belki, felaket engellenebilirdi."

"Jake!" dedi Bay De Villiers.

"Hangi felaket?" diye sordum. Paul de kimdi?

---

11 Bir akik türü, (ç.n.)

"Bana göre bu kişinin bu salonda bulunması bile bir rezalet," dedi şöminenin yanında duran adam.

"Peki, siz kimsiniz?" Annemin bakışları ve ses tonu kesinlikle soğuktu. Öyle kolayca yılmamasından etkilenmiştim.

"Konumuz bu değil." Adam lütfederek ona küçük bir bakış attı. Sarışın çocuk omzunun üzerinden dikkatle bana baktı. Burnunun üzerindeki çiller bana, Nick'in çocukluğunu hatırlatmıştı; bu nedenle ona gülümsedim. Zavallı küçük çocuk... Büyükbabası olacak bu sinsi adamla gerçekten hiç şansı yoktu. Gülümsememe gözlerini korkuyla açarak karşılık verdi ve tekrar ceketin altına saklandı.

"Bu, Doktor Jacob White," dedi Falk de Villiers. Sesinde saklayamadığı alaycı bir ton vardı. "Tıp ve biyokimya alanında bir deha. Genellikle biraz kabadır."

Jakob kara deseydi çok daha uygun olurdu. Çünkü adamın yüzünün rengi bile griydi.

Bay De Villiers bana baktı, sonra bakışlarını tekrar anneme çevirdi. "Öyle ya da böyle, bir karara varmamız gerek. Sana inanmalı mıyız, Grace, yoksa gerçekten de başka bir niyetin mi var?"

Annem birkaç saniye ona öfkeyle baktı. Sonra gözlerini indirerek kısık sesle konuştu: "Burada sizin muhteşem ve gizemli görevinizi sabote etmek için bulunmuyorum. Burada bulunmamın tek nedeni, kızıma bir şey olmasını engellemek. Zaman yolculukları kronograf yardımıyla tehlikesiz bir şekilde yapılabilir ve kızım bir ölçüde normal bir yaşam sürebilir. Tüm istediğim bu."

"Evet, *elbette!*" dedi Glenda teyze. Kanepeye doğru giderek Charlotte'un yanına oturdu. Ben de oturmayı çok isterdim, bacaklarım çok yorulmuştu. Ama kimse bana bir sandalye göstermediği için ayakta durmaktan başka çarem yoktu.

"O zaman yaptığım şeyin... *sizin olayınızla* bir ilgisi yoktu," diye devam etti annem. "Doğruyu söylemek gerekirse, bu konuda bildiğim pek bir şey yok ve olanları yalnızca yarım yamalak anlıyorum."

"O halde nasıl olup da böyle bir şeye karışmaya cüret ediyorsunuz, bunu anlayabilmiş değilim," dedi gri Doktor White. "Anlamadığınız şeylere."

"Lucy'ye yardım etmek istedim," dedi annem. "O en sevdiğim yeğenimdi, ona bebekliğinden beri hep göz kulak olmuştum ve benden yardım istemişti. Benim yerimde siz olsanız ne yapardınız? Tanrım, ikisi de çok gençti; birbirlerine âşıktılar ve... Ben onların başına bir şey gelmesini istemedim."

"Eh, ama bunu yine de iyi becerdiniz!"

"Lucy'yi bir kız kardeş gibi sevdim." Annem, Glenda teyzeye bir bakış atarak ekledi: "Bir kız kardeşten *daha çok.*"

Glenda teyze, Charlotte'un elini alıp okşadı. Charlotte ise yere baktı.

"*Hepimiz* Lucy'yi çok sevdik!" dedi Leydi Arista. "Ama onu o çocuktan ve tuhaf görüşlerinden uzak tutmak çok daha önemliydi, oysa sen bunu daha da körükledin!"

"Tuhaf görüşler değildi! Paul'ün kafasına budalaca komplo teorilerini sokan, o kızıl saçlı küçük canavardı!" dedi Doktor White. "Bu hırsızlık için Paul'ü o kandırdı!"

"Bu doğru değil!" diye karşı çıktı Leydi Arista. "Lucy asla böyle bir şey yapmazdı. Onun saflığını kullanıp baştan çıkaran Paul'dü."

"Saflıkmış! Güleyim bari!" diye dudaklarını buruşturdu Doktor White.

Falk de Villiers elini kaldırdı. "Bu gereksiz tartışmayı birçok kez yaptık. Sanırım olanlar yeterince açık." Saate baktı. "Gideon her an geri dönebilir. O zamana dek bundan sonraki hareketimizin nasıl olacağına dair bir karar vermemiz gerek. Charlotte, kendini nasıl hissediyorsun?"

"Başım hâlâ ağrıyor," dedi Charlotte bakışlarını yerden kaldırmadan.

"İşte, görüyorsunuz," dedi Glenda teyze kötücül bir gülümsemeyle.

"Benim de başım ağrıyor," dedi annem. "Ama bu hemen zamanda sıçrayacağım anlamına gelmiyor."

"Sen... Sen bir *canavarsın*!" dedi Glenda teyze.

"Kanımca Bayan Shepherd ve Gwendolyn'in doğru söylediklerini varsaymamız gerekir," dedi Bay George. Bir mendil çıkarıp dazlak kafasını sildi. "Bu şekilde yalnızca değerli zamanımızı harcıyoruz."

"Ciddi olamazsın, Thomas!" Doktor White yumruğunu şöminenin pervazına öyle sert vurdu ki, bir bakır kap yere düştü.

Bay George sıçradı ama sakin sesiyle devam etti: "Duruma bakılırsa, son zaman sıçramasından bu yana bir buçuk ila iki saat geçmiş. Kızı hazırlayabilir ve zaman sıçramasını olabildiğince doğru bir şekilde belgeleyebiliriz."

"Ben de böyle düşünüyorum," dedi Bay De Villiers. "Karşı çıkan var mı?"

"Sanki duvara konuşuyorum," dedi Doktor White.

"Doğru," diye onu onayladı Glenda teyze.

"Bunun için belge odasını önereceğim," dedi Bay George. "Gwendolyn orada güvende olur ve geri dönüşünde onu hemen kronografa geçirebiliriz."

"Ben olsam onu kronografa yaklaştırmam bile!" dedi Doktor White.

"Tanrım Jake, artık yeter," dedi Bay De Villiers. "O genç bir kız! Yoksa okul üniformasının altına bomba sakladığına falan mı inanıyorsun?"

"Diğeri de genç bir kızdı," dedi Doktor White küçümsercesine.

Bay De Villiers, Bay George'a bakıp başını salladı. "Önerdiğin gibi yapacağız. Bu konuyla sen ilgilen."

"Gel, Gwendolyn," dedi Bay George.

Yerimden kıpırdamadım. "Anne?"

"Tamam, canım, seni burada bekleyeceğim." Annem güçlükle gülümsedi.

Charlotte'a baktım. Hâlâ yere bakıyordu. Gözlerini kapamış olan Glenda teyze, teslim olmuşçasına arkasına yaslanmıştı. Sanki o da kötü bir baş ağrısı çekiyormuş gibi görünüyordu. Buna karşın büyükannem bana, sanki beni ilk kez görüyormuş gibi bakıyordu. Belki de öyleydi.

Küçük çocuk yine kocaman açılmış gözlerle, Doktor White'ın ceketinin ardından bana baktı. Zavallı ufaklık. Kötücül yaşlı iskelet onunla bir kez olsun konuşmamıştı, orada yokmuş gibi davranıyordu.

"Sonra görüşürüz, canım," dedi annem.

Bay George elimden tutarak cesaret verircesine gülümsedi. Çekingen bir gülümsemeyle karşılık verdim. Nedense ondan hoşlanmıştım. Ne de olsa buradaki tüm kişilerin içinde açık arayla en dostça davranan oydu. Hem de bana inanıyormuş gibi görünen tek kişi.

Yine de annemi yalnız bırakmaktan hoşlanmamıştım. Kapı ardımızdan kapandığında neredeyse ağlayacaktım: *"Annemin yanında kalmak istiyorum!"* Ama kendimi toparladım.

Bay George kolumu bırakarak önümden yürümeye koyuldu. Daha önce geldiğimiz yolu geri yürüdük, sonra bir kapıdan başka bir koridora geçtik, bir merdiven yukarı çıktık, yine bir kapıdan başka bir koridora geçtik. Burası tam bir labirentti. Koyu renkli meşaleler gerçek görünseler de geçitler neredeyse gün ışığı kadar parlaklık veren modern lambalarla donatılmıştı.

"İlk önceleri akıl karıştırıcı gelebilir ama insan belli bir zaman sonra alışıyor," dedi Bay George.

Tekrar bir merdivenden aşağı indik, bu kez epey fazla basamak vardı, döne döne yerin en dibine dek iniyormuş hissini veren geniş, taş merdivenlerdi. "Tapınak Şövalyeleri bu binayı 12. yüzyılda inşa etmişler; onlardan önce Romalılar, daha önce de Keltler oturmuş. Burası hepsi için kutsal bir yerdi ve bugüne dek hiçbir şey değişmedi. Bu farklılık her santimetrekaresinde hissediliyor. Sana da öyle gelmiyor mu? Sanki bu toprak parçasından farklı bir güç yayılıyor."

Buna benzer bir şey hissetmiyordum. Tam tersi, daha çok bitkinlik ve yorgunluk hissediyordum. Tek hissettiğim, dün gece kaçırmış olduğum uykunun eksikliğiydi.

Merdivenlerin bitiminde sağa doğru keskin bir dönüş yaptığımız sırada, ansızın genç bir adamla karşı karşıya geldik ve birbirimizle çarpışmaktan kurtulamadık.

"Heey!" diye bağırdı Bay George.

"Bay George." Çocuğun neredeyse omuzlarına dek inen dalgalı, koyu renk saçları vardı; yeşil gözleri öylesine parlaktı ki, kontak lens taktığını sandım. Ne saçlarını ne de gözlerini daha önce görmüştüm ama onu hemen tanımıştım. Ayrıca ses tonu da bana hemen tanıdık gelmişti. Bu, son yolculuğumda görmüş olduğum kişiydi.

Daha doğrusu, ben perdenin ardında gözlerime inanamazken kopyamı öpmüş olan çocuktu.

Ona sersem gibi bakakalmaktan başka bir şey yapamamıştım. Önden ve peruksuz olarak bin kat daha güzel görünüyordu. Leslie'yle ikimizin uzun saçlı çocuklardan hoşlanmadığımızı tamamen unutmuştum. (Leslie çocukların saçlarını yelken kulaklarını saklayabilmek için uzattıklarını düşünüyordu.)

O da oldukça şaşırmıştı, beni kısa bir an tepeden tırnağa süzdükten sonra soran bakışlarını Bay George'a çevirdi.

"Gideon, bu Gwendolyn Shepherd," dedi Bay George küçük bir iç çekişle. "Gwendolyn, bu Gideon de Villiers."

Gideon de Villiers. Polo oyuncusu. *Diğer* zaman yolcusu.

"Merhaba," dedi nazikçe.

"Merhaba." Neden bir anda sıcak basmıştı?

"Sanırım birbirinizi daha yakından tanıyacaksınız." Bay George gergin bir sesle güldü. "Büyük olasılıkla Gwendolyn yeni Charlotte'umuz."

"Nasıl?" Yeşil gözler beni yeniden inceledi. Bu kez yalnızca yüzüme baktı ve ne yazık ki ben yalnızca sersem gibi ona baktım.

"Bu çok karmaşık bir hikâye," dedi Bay George. "En iyisi Ejder salonuna gidin, amcanız orada size her şeyi açıklar."

Gideon başını salladı. "Ben de zaten oraya gidiyordum. Görüşürüz, Bay George. Hoşça kal, Wendy."

Wendy de kimdi?

"Gwendolyn," diye düzeltti Bay George ama Gideon çoktan köşeyi dönmüştü bile. Ayak sesleri merdivenlerde yankılandı.

"Eminim soracak birçok sorun vardır," dedi Bay George. "Onları elimden geldiğince düzgün yanıtlamaya çalışacağım."

Nihayet oturup bacaklarımı uzatabildiğim için mutluydum. Belge odası kubbeli ve penceresiz bir bodrum katında olduğu halde fazlasıyla konforlu döşenmişti. Şöminede ateş yanıyordu, her yer kitap dolu raflar ve dolaplarla kaplıydı. Odada davetkâr koltukların yanı sıra üzerinde oturmakta olduğum bir de kanepe vardı. İçeri girdiğimizde çalışma masasının başında oturan genç bir adam ayağa kalktı. Bay George'a bakıp başını salladı ve tek kelime etmeden odadan çıkıp gitti.

"Dilsiz miydi?" diye sordum çünkü aklıma gelen ilk şey bu olmuştu.

"Hayır," dedi Bay George. "Ama suskunluk yemini sınavı veriyor. Bu nedenle önümüzdeki dört hafta boyunca konuşmayacak."

"Peki, kazancı ne olacak?"

"Bu bir gelenektir. Adaylar çemberimize alınmadan önce bir dizi sınavdan geçmek zorundadır. Bu sınavlardan öncelikli olanı da ağızlarının sıkı olduğunu bize kanıtlamalarıdır." Bay George gülümsedi. "Herhalde bizi tuhaf buluyor olmalısın, değil mi? İşte, şu el fenerini al ve boynuna as."

"Bana ne olacak?"

"Bir sonraki zaman sıçramanı bekleyeceğiz."

"Bu ne zaman olacak?"

"Ah, bunu hiç kimse tam olarak söyleyemez. Bu, her zaman yolcusunda farklıdır. Büyük büyük atan Elaine Burghley'in, o on ikiler çemberinde ikinci doğan, yaşamı boyunca ancak beş kez sıçrama yapabildiği söyleniyor. On sekizindeyken lohusa yatağında ateşlenerek ölmüştü. Buna karşın Kontun kendisi gençken, her iki saatte bir sıçrama yapıyordu; bazen günde yedi kez. Kronografı kullanmayı öğrenene dek ne denli tehlikeli bir yaşam sürdüğünü tahmin edebilirsin." Bay George, şöminenin üzerindeki yağlı boya tabloyu gösterdi. Beyaz kıvırcık peruklu bir adamın portresiydi. "Bu o. Saint Germain Kontu."

"Günde yedi kez mi?" Korkunç olmalıydı. Böyle bir şey benim başıma gelse ne rahat uyuyabilir ne de okula gidebilirdim.

"Endişelenme. Bu olduğu takdirde, her ne zaman olursa olsun, bu odaya geri geleceksin ve en azından burada güvende olacaksın. Sonra tekrar geri sıçrayana dek burada bekleyeceksin. Yerinden kımıldamamalısın. Biriyle karşılaşacak olursan ona bu yüzüğü göstereceksin." Bay George parmağındaki mühür yüzüğünü çıkartıp bana uzattı. Onu elimde döndürerek üzerindeki gravürü inceledim. Ortasında kargacık burgacık harflerin birbirine geçtiği on iki köşeli bir yıldızdı. Uyanık Leslie, bir kez daha haklı çıkmıştı.

"Bay Whitman'ın, İngilizce ve tarih öğretmenimin de böyle bir yüzüğü var."

"Bu bir soru muydu?" Şöminenin ateşi Bay George'un dazlak kafasına yansımıştı. Nedense gözüme tanıdık görünüyordu.

"Hayır." Hiçbir yanıt gerekmiyordu. Açıkça ortadaydı: Bay Whitman da onlardan biriydi. Leslie bunu anlamıştı.

"Bilmek istediğin bir şey yok mu?"

"Paul kim ve Lucy'ye ne oldu? Hem şu hırsızlık meselesi de neyin nesi? Annem o zaman herkesi bu kadar kızdıracak ne yapmıştı?" diye çabucak sıraladım.

"Ah." Bay George sıkılgan bir tavırla başını kaşıdı. "Şey, ne yazık ki *bunu* yanıtlayamam."

"Tahmin etmiştim."

"Gwendolyn. Eğer on iki numaramız gerçekten sensen, o zaman sana her şeyi açıklayacağız, sana söz veriyorum. Ama önce bundan emin olmamız gerek. Bu arada diğer sorularını seve seve yanıtlayabilirim."

Sustum.

Bay George göğüs geçirdi. "Pekâlâ; Paul, Falk de Villiers'in küçük kardeşi. Gideon'dan önce De Villiers hanedanındaki son zaman yolcusuydu, on ikiler çemberinde dokuz numaraydı. Bu kadarı sana yetmeli. Daha güncel soruların varsa..."

"Burada bir tuvalet var mı?"

"Evet, elbette. Hemen köşede. Seni götüreyim."

"Yalnız gidebilirim."

"Elbette," dedi Bay George ama kapıya dek beni küçük bir gölge gibi izledi. Suskunluk yemini etmiş olan adam bir saray muhafızı gibi orada duruyordu.

"Bir sonraki kapı." Bay George sol tarafı gösterdi. "Burada bekleyeceğim."

Tuvalet, bir klozet ve lavabonun durduğu dezenfektan maddesi kokan küçücük bir odaydı, cebimden cep telefonumu çıkardım. Hat çekmiyordu, elbette. Leslie'yi arayıp her şeyi ona rapor etmeyi çok isterdim. En azından saat çalışıyordu ve saatin öğle olduğunu görünce oldukça şaşırdım. Bana sanki günlerdir buradaymışım gibi geliyordu. Gerçekten de tuvaletim gelmişti.

Tuvaletten çıktığımda, Bay George rahatlamış bir yüz ifadesiyle bana gülümsedi. Herhalde kaybolabileceğimden korkmuştu.

Belge odasında tekrar kanepeye oturdum. Bay George da önümdeki koltuğa oturdu.

"Pekâlâ, soru ve yanıtlara devam edelim," dedi. "Ama bu kez dönüşümlü yapalım. Bir soru ben, bir soru sen."

"Tamam," dedim. "İlk siz."

"Susadın mı?"

"Evet. Mümkünse su alabilirim ya da çay?"

Gerçekten de burada su, meyve suyu ve şarap vardı, ayrıca çay demlemek için bir de su ısıtıcısı. Bay George ikimize bir demlik Earl Grey hazırladı.

"Şimdi sen," dedi tekrar oturduğunda.

"Zamanda yolculuk yeteneğini bir gen belirliyorsa, o halde doğum tarihinin ne önemi var? Neden şimdiye dek Charlotte'un kanı alınıp gen olup olmadığı araştırılmadı? Tek başına zamanda sıçrama yapıp olasılıkla kendini tehlikeye atacağına neden onu kronografla birlikte tehlikesiz bir geçmişe yollayamıyorlar?"

"Pekâlâ, ilki: Bir gen olduğuna *inanıyoruz* ama bunu net olarak bilmiyoruz. Yalnızca kanınızda sizi diğer insanlardan ayıran bir şey olduğunu biliyoruz ama X faktörünü henüz bulamadık. Üstelik yıllardan beri üzerinde çalıştığımız halde. Grubumuzda, bu konuyla ilgilenen dünyanın en iyi bilim adamlarını bulabilirsin. İnan bana, bu geni ya da her neyse onu, kanda bulabilseydik, bu her şeyi çok daha kolaylaştırırdı. Ama nesillerdir bize gösterildiği gibi gözlemlere ve hesaplara bağlıyız."

"Kronograf Charlotte'un kanıyla doldurulduğu takdirde ne olur?"

"En kötü ihtimalle onu kullanılmaz hale getiririz," dedi Bay George. "Ayrıca lütfen, Gwendolyn, burada küçücük bir damla kandan söz ediyoruz; bütün bir tankı doldurmaktan değil! Şimde sıra bende. Seçebilseydin, hangi zamana yolculuk etmek isterdin?"

Düşündüm. "Geçmişte pek fazla geriye gitmek istemezdim doğrusu. Yalnızca on yıl geriye. O zaman babamı tekrar görür ve onunla konuşabilirdim."

Bay George'un yüzünde bir acıma duygusu belirdi. "Evet, bu anlaşılır bir dilek. Ama olanaksız. Hiç kimse kendi yaşadığı zaman dilimi içinde geriye yolculuk yapamaz. En fazla doğumundan önceki zamana geri gidebilirsin."

"Ah." Çok yazıktı. Çünkü ilkokul yıllarıma geri dönmeyi hayal etmiştim, tam olarak Gregory Forbes adlı çocuğun okul avlusunda bana "İğrenç kurbağa" diyerek dört kez arka arkaya kaval kemiğime vurmuş olduğu güne. Süperkız gibi ansızın orada ortaya çıktığım takdirde... Gregory Forbes bir daha asla küçük kızlara vurmazdı, bu netti.

"Yine sıra sende," dedi Bay George.

"Bana Charlotte kaybolacağı takdirde son bulunduğu yeri tebeşirle işaretlemem söylenmişti. Bu neden gerekliydi?"

Bay George elini salladı. "Unut bu saçmalığı. Glenda Teyzen o yeri kontrol altında tutmamız gerektiği konusunda ısrar ediyordu. O zaman Gideon'u pozisyon tarifiyle geçmişe yollayacaktık ve muhafızlar, tekrar geri sıçrayana dek Charlotte'u koruyabileceklerdi."

"Ama hangi zamana sıçrayacağı bilinemez ki. O zaman muhafızlar bu yeri herhalde on yıllarca sürekli beklemek zorunda kalacaklardı!"

"Evet," diye iç geçirdi Bay George. "Çok doğru! Şimdi yine sıra bende. Büyükbabanı hatırlıyor musun?"

"Elbette. O öldüğünde on yaşındaydım. Leydi Arista'dan çok farklıydı, neşeliydi ve hiç sert değildi. Erkek kardeşime ve bana hep korkunç hikâyeler anlatırdı. Onu tanır mıydınız?"

"Ah evet! O benim akıl hocam, en iyi dostumdu." Bay George bir süre dalgın gözlerle ateşe baktı.

"Küçük çocuk kimdi?" diye sordum.

"Hangi küçük çocuk?"

"Salonda Doktor White'ın ceketine sıkıca tutunmuş olan çocuk."

"Nasıl?" Bay George bakışlarını ateşten çekerek şaşkınlıkla bana baktı.

Pes doğrusu! Kendimi daha açık nasıl ifade edecektim? "Sarışın, küçük bir çocuk, yaklaşık yedi yaşlarında. Bay White'ın yanında duruyordu," dedim vurgulu ve yavaş bir sesle.

"Ama orada küçük bir çocuk yoktu," dedi Bay George.

"Hayır," dedim. Ansızın ne gördüğümü anlamıştım ve bunu hemen fark etmediğim için kendime kızdım.

"Sarışın, küçük bir çocuk mu dedin? Yedi yaşında?"

"Unutun." Arkamdaki raflarda duran kitaplarla ilgileniyormuş gibi yaptım.

Bay George susuyordu ama dikkatli bakışlarını üzerimde hissediyordum.

"Şimdi yine sıra bende," dedi nihayet.

"Bu aptalca bir oyun. Bunun yerine satranç oynayamaz mıyız?" Masada bir satranç tahtası duruyordu. Ama Bay George konudan sapmadı.

"Bazen başkalarının görmediği şeyler mi görüyorsun?"

"Küçük çocuklar 'şey' değildir," dedim. "Ama evet, bazen başkalarının görmediği şeyleri görüyorum." Ona neden güvendiğimi bilmiyordum.

Sözlerim nedense onu sevindirmiş gibiydi.

"Şaşırtıcı, gerçekten şaşırtıcı. Bu yeteneğin ne zamandır var?"

"Hep vardı."

"Büyüleyici!" Bay George çevresine bakındı. "Lütfen söyle bana, burada bizim dışımızda kaç kişi oturuyor?"

"Burada yalnızız." Bay George'un yüzündeki düş kırıklığına uğramış ifadeyi görünce hafifçe gülümsemeden edemedim.

"Bu duvarların hayaletlerle kaynadığına yemin edebilirim. Özellikle bu oda." Fincanından bir yudum çay aldı. "Bisküvi ister misin? Portakal marmelatlı?"

"Evet, çok isterim." Nedeni bisküviden söz etmesi miydi, bilmiyorum ama mide bulantısı hissi ansızın geri dönmüştü. Soluğumu tuttum.

Bay George ayağa kalkıp dolaplardan birinin çekmecesini karıştırdı. Baş dönmesi şiddetlenmişti. Bay George arkasını dönüp de yok olduğumu gördüğü takdirde herhalde pek şaşırmazdı. Belki de onu önceden uyarsam iyi olacaktı. Kalbi zayıf olabilirdi.

"Bay George?"

"Şimdi yine sıra sende, Gwendolyn." Bisküvileri tıpkı Bay Bernhard'ın yaptığı gibi düzgünce bir tabağa yerleştirdi. "Sanırım sorunun yanıtını biliyorum."

Kendimi dinledim. Baş dönmesi biraz azalmıştı.

Tamam, yanlış alarm.

"Pekâlâ, diyelim ki bu binanın henüz var olmadığı bir zamana sıçradım. O zaman kendimi yeraltında bulup boğulacak mıyım?"

"Ben de sarışın küçük çocukla ilgili bir şey soracağını sandım. Tamam, pekâlâ; sonuçta şimdiye dek hiç kimsenin beş yüz yıldan daha öncesine sıçramadığını biliyoruz. Ayrıca kronografta da yakut, daha doğrusu senin için çemberdeki ilk zaman yolcusu Lancelot de Villiers'in doğumu olan İsa'dan sonra 1560 yılına dek ayarlama yapılabilir. Bu bizi hep üzmüştür çünkü son derece ilginç, birçok yıla yolculuk yapamıyoruz... İşte, bir tane al. Bunlar benim en sevdiğim bisküvilerdir."

Biri ansızın kanepeyi altımdan çekmiş gibi hissettim. Tabak gözümün önünde yok olduğu halde elimi bisküvilere uzattım.

Erkeklerin Soyağacı

Lancelot de Villiers
"Kehribar"
(1562/1560 - 1607)

|

William de Villiers
"Akik"
(1636 - 1689)

|

Saint Germain Kontu
"Zümrüt"
(1703 - 1784)

/ \

Jonathan de Villiers
"Karneol"
(1875 - 1944)

|

Gideon de Villiers
"Elmas"
(*1992)

Timothy de Villiers
"Karneol"
(1875 - 1930)

|

Paul de Villiers
"Kara Turmalin"
(*1974)

Muhafızların Günceleri'nden,
Cilt 4, On İkinin Çemberi

8.

Elimdeki bisküviyle soğuk taşın üzerine kıçüstü düştüm. En azından bisküvi hissi veriyordu. Çevremde tam bir karanlık hüküm sürüyordu, zifiri karanlık. Korkudan felç olmam gerekirdi ama tuhaf bir şekilde hiç korkmuyordum. Belki de bunun nedeni Bay George'un rahatlatıcı sözleriydi ama belki de artık sıçramalara alışmış olmamdandı. Bisküviyi ağzıma attım (gerçekten nefisti!), sonra boynumdaki el fenerini yoklayarak ipini başımın üzerinden geçirdim.

Düğmesini bulmam birkaç saniye sürdü. Lambanın ışığı sayesinde kitap raflarını gördüm, şömineyi (ne yazık ki soğuk ve ateşsiz) tanıdım, daha önce üzerinde asılı duran tablo yine aynı yerde duruyordu; zamanda yolculuk eden beyaz peruklu Kont falan filan. Aslında birkaç koltuk, küçük masa ve özellikle üzerinde oturduğum kanepe eksikti.

Bay George geri sıçrayış yapana dek burada beklememi tembihlemişti. Kanepe hâlâ burada duruyor olsaydı, herhalde öyle de yapacaktım. Ama kapının önüne bir göz atmanın zararı olmazdı.

Dikkatle önümü yokladım. Kapı kilitliydi. Pekâlâ, tamam. En azından artık tuvalete gitmem gerekmiyordu.

Lambanın ışığında odayı araştırdım. Belki hangi yılda olduğuma dair bir ipucu bulabilirdim. Herhalde duvara asılmış ya da çalışma masasının üzerinde duran bir takvim vardı.

Çalışma masası rulo halinde birçok kâğıt, kitap, açılmış mektuplar ve küçük kutularla doluydu. Işık hüzmesi, mürekkep hokkaları ve tüy kalemleri aydınlattı. Kâğıtlardan birini elime aldım. Kalın ve kabaydı. Kargacık burgacık harflerden üzerindeki yazıyı seçmem zordu.

"Saygıdeğer Doktor," diyordu. *"Mektubunuz bugün elime geçti, dokuz haftadır yoldaydı. Eğlenceli haberinizin bu hızına, kolonilerin koşullarında ve ardında ne kadar uzun bir yol katettiği düşünülecek olursa, ancak şaşılabilir."*

Sırıtmadan edemedim. Bir mektup için dokuz hafta! Bir de İngiliz postasının güvenilmezliğinden şikâyet ederler. Tamam, demek ki mektupların hâlâ posta güverciniyle gönderildiği bir zamanda bulunuyordum. Hatta sümüklü böceklerle.

Çalışma masasına oturup birkaç mektup daha okudum. Oldukça sıkıcı şeylerdi. İsimler de bana hiçbir şey ifade etmiyordu. Bunun ardından küçük kutucukları araştırdım. İlk açtığımın içi süslü motifli damga mühürlerle doluydu. On iki köşeli bir yıldız aradım ama yalnızca çelenkler, birbirine geçmiş harfler ve organik desenler vardı. Çok hoştular. Ayrıca her renkte mühür mumu da buldum, hatta altın ve gümüş renginde bile.

Bir sonraki kutu kilitliydi. Belki anahtarı çekmecelerden birindeydi. Bu küçük hazine arayışını gittikçe eğlenceli bulmaya başlamıştım. Kutunun içindeki hoşuma gittiği takdirde, onu yanıma alacaktım. Yalnızca denemek için. Bisküviyle başarılı olmuştum. Leslie'ye küçük bir hatıra götürebilirdim, herhalde bu kadarına izin olmalıydı.

Yazı masasının altındaki çekmecelerde başka birçok tüy kalem, mürekkep hokkası, zarflarının içinde özenle katlı duran mektuplar, bağlı not defterleri, bir tür hançer, bir budama bıçağı ve... anahtarlar buldum.

Çeşitli boy ve biçimlerde yığınlarca anahtar vardı. Leslie delirecekti. Bu odada herhalde her anahtarın uyacağı bir de kilit olmalıydı, her kilidin ardında da küçük bir sır ya da hazine.

Kutucuğun kilidi için yeterince uygun görünen birkaç anahtarı denedim. Ama içlerinde kilide uyan yoktu. Yazık. Herhalde içinde değerli mücevherler olmalıydı. Belki de kutuyu olduğu gibi yanıma almalıydım? Ama biraz hantaldı ve ceketimin iç cebine sığmayacak kadar büyüktü.

Bir başka kutuda bir pipo duruyordu. Güzel olmasına güzeldi, süslü oymaları vardı, herhalde fildişindendi ama bu da Leslie için uygun değildi. Belki de ona mühürlerden birini götürmeliydim ya da güzel bir hançer veya bir kitap?

Bir şey çalmamak gerektiğini elbette biliyordum ama bu sıra dışı bir durumdu. Yaşadığım olağanüstülük nedeniyle bir tazminat hakkım olduğunu düşünüyordum. Ayrıca eşyaları geçmişten kendi zamanıma götürüp götüremeyeceğimi denemem gerekiyordu. En küçük bir vicdan azabı duymuyordum ve Leslie, Harrods'un lezzetli yiyecekler reyonundaki bedava deneme lokmalarından fazla yediğinde ya da geçenlerde olduğu gibi, parktaki çiçeklerden birini kopardığında bunu doğru bulmayan ben, şimdi bu durumuma şaşıyordum.

Karar veremiyordum. En değerlisi hançer gibi görünüyordu. Kabzasındaki taşlar gerçekse, o zaman bir hazine değerinde olmalıydı. Ama Leslie hançerle ne yapacaktı? Mühür daha çok hoşuna giderdi. Ama hangisi?

Kararsızlığım azalmıştı çünkü baş dönmesi geri geliyordu. Yazı masası gözlerimin önünde kaybolurken elimin uzandığı ilk eşyayı kaptım.

Yavaşça ayaklarımın üzerine indim. Parlak ışık gözlerimi kamaştırdı. Son anda kaptığım anahtarı cebimdeki cep telefonunun yanına tıkıştırarak çevreme bakındım. Her şey daha önce Bay George'la çay içerken bıraktığım gibiydi, odada şömineden yayılan hoş bir sıcaklık vardı.

Bay George artık yalnız değildi. Falk de Villiers ve suratsız gri Doktor White'la (ve sarışın hayalet çocuk) birlikte odanın ortasında durmuştu, üçü fısıldayarak sohbet ediyordu. Gideon de Villiers kitap raflarından birine hafifçe dayanmıştı. Beni ilk fark eden o oldu.

"Merhaba, Wendy," dedi.

"Gwendolyn," diye düzelttim. Tanrım, bunu hatırlamak bu kadar zor muydu? Sonuçta ben ona *Gisbert* demiyordum.

Diğerleri korkuyla sıçrayarak bana baktılar. Doktor White şüpheyle kıstığı gözleriyle, Bay George ise açıkça sevinç dolu gözlerle.

"Neredeyse on beş dakika oldu," dedi. "Her şey yolunda mı, Gwendolyn? Kendini iyi hissediyor musun?"

Başımı salladım.

"Seni gören oldu mu?"

"Hiç kimse yoktu. Söylediğiniz gibi bulunduğum yerden kıpırdamadım." El fenerini ve mühür yüzüğü Bay George'a uzattım. "Annem nerede?"

"Yukarıda, diğerleriyle birlikte," dedi Bay De Villiers çabucak.

"Onunla konuşmak istiyorum."

"Elbette, bunu yapabilirsin. Ama daha sonra," dedi Bay George. "Önce... ah, nereden başlayacağımı hiç bilmiyorum." Yüzü ışıl ışıldı. Neden bu kadar seviniyordu ki?

"Yeğenim Gideon'u zaten tanıyorsun," dedi Bay De Villiers. "O, senin şimdi yaşadığın şeyi iki yıl önce ardında bıraktı. Şüphesiz senden çok daha iyi hazırlanmıştı. Geçen yıllarda kaçırdığın şeyleri telafi etmek zor olacak."

"Zor mu? Yerinizde olsam olanaksız derdim," dedi Doktor White.

"Bu hiç de gerekli değil," dedi Gideon. "Tek başıma her şeyi çok daha iyi halledebilirim."

"Göreceğiz," dedi Bay De Villiers.

"Sanırım kızı hafife alıyorsunuz," dedi Bay George. Sesi oldukça resmi, hatta neredeyse gururlu çıkmıştı. "Gwendolyn Shepherd! Çok eski bir sırrın parçası oldun. Artık bu sırrı anlamanın zamanı geldi. Öncelikle bilmelisin ki..."

"Hiçbir şeyi aceleye getirmemeliyiz," diyerek onun sözünü kesti Doktor White. "Gen Taşıyıcı olabilir ama bu onun güvenilir birisi olduğu anlamına gelmez."

"Ya da konunun ne olduğunu anlayıp anlamadığını göstermez," dedi Gideon.

Aha. Demek beni biraz yetersiz buluyordu.

Kendini beğenmiş budala.

"Kimbilir, annesinden hangi talimatları aldı," dedi Doktor White. "Elbette kimbilir annesi de bu talimatları kimden aldı. Elimizde bir tek bu kronograf kaldı, bir daha hata yapma lüksümüz yok. Yalnızca bunun hesaba katılmasını istiyorum."

Bay George yüzüne tokat yemiş gibi baktı. "İşler gereksiz yere karmaşıklaşabilir," diye mırıldandı.

"Şimdi onu muayene odasına alacağım," dedi Doktor White. "Sakın gücenme, Thomas. Ama açıklamalar için daima zaman vardır."

Sözleri tüylerimi diken diken etmişti. Son istediğim şey, Doktor *Frankenstein*'la bir *muayene odasına* gitmekti. Bir çocuk gibi görünme riskini göze alarak, "Annemi istiyorum," dedim.

Gideon küçümsercesine gözlerini devirdi.

"Korkmana gerek yok, Gwendolyn," diye açıkladı Bay George. "Yalnızca biraz kanına ihtiyacımız var ayrıca Doktor White bağışıklık sisteminden ve sağlığından sorumlu. Ne yazık ki insan organizmasının bugün artık tamamen yabancı olduğu birçok tehlikeli faktör, geçmişte pusuda bekliyor. Fazla uzun sürmez."

Söylediklerinin kulağa ne denli korkunç geldiğinin farkında mıydı acaba? *Yalnızca biraz kanına ihtiyacımız var...* Ve *fazla uzun sürmez...* Tanrım!

"Ama ben... onunla yalnız kalmak istemiyorum, Doktor *Franken*... White'la," dedim. Bu adamın beni nazik bulup bulmadığı umrumda bile değildi. Ayrıca onun da nazik olduğu söylenemezdi. Gideon'a gelince... O da hakkımda dilediğini düşünebilirdi!

"Doktor White, göründüğü kadar... kalpsiz değildir," dedi Bay George. "Gerçekten çekinmen..."

"Hiç de değil, çekinmeli," diye homurdandı Doktor White.

Yavaş yavaş tepem atıyordu. Bu duygusuz kemik torbası kendini ne sanıyordu? Önce kendine düzgün renkte bir takım elbise satın almalıydı!

"Yaa, öyle mi? Karşı koyarsam ne yapacaksınız?" diye tıslarken aynı anda kara çerçeveli gözlüklerinin ardında bana öfkeyle bakan gözlerinin kıpkırmızı olduğunu fark ettim.

Harika bir doktor, diye düşündüm. Daha kendini bile tedavi edemiyor.

Doktor White benimle ne yapacağını düşünürken (zihnimde şimşek hızıyla birkaç nahoş ihtimal belirdi) neyse ki Bay De Villiers araya girdi. "Bayan Jenkins'e haber vereyim," dedi. Sesi hiçbir itiraza sabrı yokmuş gibiydi. "O gelene dek Bay George sizinle birlikte olacak."

Doktora dil çıkartır gibi zafer dolu bir bakış attım ama o beni görmezden geldi.

"O halde yarım saat sonra yukarıdaki Ejder salonunda buluşuruz," diye devam etti Bay De Villiers.

Bunu istemiyordum ama dışarı çıkarken Doktor White'a karşı kazandığım zaferin üzerinde bir etki bırakıp bırakmadığını görmek için çabucak arkamı dönüp bir kez daha Gideon'a baktım. Anlaşılan bırakmamıştı çünkü bacaklarıma bakıyordu, herhalde onları Charlotte'un bacaklarıyla karşılaştırıyordu.

Lanet olsun! Onunkiler daha ince ve uzundu. Hem herhalde bir önceki gece eski püskü eşyalar ve doldurulmuş timsahlar arasında sürünerek dolaşmadığı için, baldırında çizik falan da yoktu.

Doktor White'ın muayene odası sıradan bir doktor odasını andırıyordu. Takım elbisesinin üzerine beyaz bir gömlek geçirip ellerini uzun uzadıya yıkarken Doktor White'ın da sıradan bir doktordan farkı yoktu. Bir tek yanındaki sarışın küçük hayalet çocuk biraz tuhaf kaçıyordu.

"Ceket ve kollar yukarı," dedi Doktor White.

Bay George onun dediklerini tercüme etti. "Lütfen bir iyilik yap ve ceketini çıkarıp gömleğinin kolunu sıyır."

Küçük hayalet ilgiyle bakıyordu. Ona gülümseyince çabucak Doktor White'ın arkasına saklandı ama birkaç saniye sonra bakmaya devam etti. "Yoksa beni görüyor musun?"

Başımı salladım.

"Bakma," diye homurdandı Doktor White kolumu lastikle bağlarken.

"Kan görebilirim," dedim. "Kendi kanımı da."

"Başkaları beni göremiyor," dedi küçük hayalet.

"Biliyorum," dedim. "Adım Gwendolyn, ya senin?"

"Senin için hâlâ Doktor White'ım," dedi Doktor White.

"Adım Robert," dedi hayalet.

"Bu çok güzel bir ad," dedim.

"Çok teşekkürler," dedi Doktor White. "Senin de damarların çok güzel." İğnenin batışını neredeyse hissetmemiştim. Doktor White küçük bir tüpü kanımla doldurdu. Sonra dolu tüpü başka boş bir tüple değiştirerek onu da aynı şekilde doldurdu.

"O *seninle* konuşmuyor, Jake," dedi Bay George.

"Ah, öyle mi? Peki kimle konuşuyor?"

"Robert'la," dedim.

Bay White'ın başı ansızın yukarı kalktı. İlk kez doğrudan bana baktı. "Nasıl?"

"Ah, yok bir şey," dedim.

Doktor White kendi kendine anlaşılmaz bir şeyler homurdandı. Bay George bana bakıp kurnazca gülümsedi.

Kapı çalındı. Kalın gözlüklü sekreter Bayan Jenkins içeri girdi.

"Ah, sonunda geldiniz," dedi Doktor White. "Sen gidebilirsin, Thomas. Bayan Jenkins koruma görevini üstlenebilir. Arkadaki sandalyeye oturabilirsiniz. Ama çenenizi kapalı tutun."

"Her zamanki gibi nazik," dedi Bayan Jenkins ama itaatkâr bir tavırla ona gösterilen sandalyeye oturdu.

"Birazdan tekrar buluşacağız," dedi Bay George. İçinde kanımın bulunduğu küçük tüplerden birini tutup havaya kaldırdı. "Şimdi depoyu doldurmaya gidiyorum," deyip bana bakarak sırıttı.

Kapı Bay George'un ardından kapanırken, "Şu kronograf nerede duruyor ve neye benziyor?" diye sordum. "İçine oturulabilir mi?"

"Bana kronografı soran son kişi tam iki yıl sonra onu çaldı." Doktor White sondayı kolumdan çekip iğne yerinin üzerine bir parça gazlı bez bastırdı. "Bu nedenle sorunun yanıtını neden vermediğimi mutlaka anlıyor olmalısın."

"Kronograf çalındı mı?"

Adı Robert olan hayalet şiddetle başını salladı.

"Bizzat büyüleyici kuzenin Lucy tarafından," dedi Doktor White. "İlk kez burada oturduğu günü hâlâ çok iyi hatırlıyorum. Tıpkı senin şu anda olduğun gibi tamamen zararsız ve deneyimsiz görünüyordu."

"Lucy çok iyi," dedi Robert. "Ondan hoşlanıyorum." Bir hayalet olduğu için herhalde Lucy'yi en son dün gördüğünü sanıyordu.

"Kronografı Lucy mi çaldı? Peki neden?"

"Ne bileyim? Şizofren kişilik bozukluğu herhalde," diye homurdandı Doktor White. "Belli ki genlerinizde var. Kadınların hepsi histerik, şu Montroselar. Hem ayrıca Lucy suç işlemeye oldukça meyilliydi."

"Doktor White!" dedi Bayan Jenkins. "Bu hiç doğru değil!"

"Siz ağzınızı kapalı tutmayacak mıydınız?" dedi Doktor White.

"Lucy çaldıysa kronograf nasıl hâlâ burada bulunuyor?" diye sordum.

"Evet, acaba nasıl?" Doktor White kolumdaki lastiği çözdü. "Çünkü ikinci bir tane daha var, seni uyanık. Tetanos aşını en son ne zaman oldun?"

"Bilmiyorum. Demek birçok kronograf var?"

"Hayır, yalnızca bu ikincisi," dedi Doktor White. "Herhalde çiçek hastalığına karşı aşılanmadın." Yoklarcasına kolumun üst tarafına vurdu. "Herhangi kronik bir hastalığın var mı? Alerji?"

"Hayır. Veba aşısı da olmadım. Kolera da. Variola da." Aklıma James geldi. "Variolaya karşı aşı var mı? Sanırım bir arkadaşım bu hastalıktan öldü."

"Buna inanmam zor," dedi Doktor White. "Variola çiçek hastalığının diğer adıdır. Hem uzun süredir bu hastalıktan hiç kimse ölmüyor."

"Zaten arkadaşım da uzun zaman önce öldü."

"Ben variolanın kızamığın diğer adı olduğunu sanıyordum," dedi Bayan Jenkins.

"Ben de susacağınız konusunda anlaştığımızı sanıyordum, Bayan Jenkins."

Bayan Jenkins sustu.

"Neden herkese karşı bu kadar aksisiniz?" dedim. "Aah!"

"Yalnızca küçük bir çimdikti," dedi Doktor White.

"O da neydi?"

"İnan bana, bilmek istemezsin."

İç geçirdim. Robert adındaki küçük hayalet de iç geçirdi. "Hep böyle midir?" diye ona sordum.

"Çoğunlukla," diye yanıtladı Robert.

"Aslında pek öyle değildir," dedi Bayan Jenkins.

"Bayan Jenkins!"

"Tamam."

"Başlangıç için işim bitti. Bir sonraki sefere kadar gerekli olan kan değerlerini aldım, sinir bozucu annen belki aşı karnelerini ve hastalık geçmişini de ortaya çıkarır."

"Hiç hasta olmadım. Şimdi veba aşısı mı yaptınız?"

"Hayır. Aslında yapsam da pek işe yaramaz. Yine de altı ay uzak tutar ve yan etkileri oldukça fazladır. Zaten hiçbir zaman vebalı yıllara yolculuk yapmayacağını tahmin ediyorum. Giyinebilirsin. Bayan Jenkins seni yukarıya, diğerlerinin yanına götürecek. Ben de birkaç dakika sonra gelirim."

Bayan Jenkins ayağa kalktı. "Gel, Gwendolyn. Mutlaka acıkmışsındır; burada yemek de var. Bayan Mallory bugün kuşkonmazlı dana kızartması pişirdi. Çok lezzetli."

Aslında acıkmıştım. Hatta normalde kuşkonmazlı dana kızartmasının büyük hayranı olmasam da onu bile yiyebilirdim.

"Biliyor musun, aslında doktor çok iyi kalpli bir insandır," dedi Bayan Jenkins yukarıya çıkarken. "Sadece güleryüzlü olmak ona biraz zor geliyor."

"Evet, belli oluyor."

"Eskiden çok farklıydı. Neşeliydi, hep iyimserdi, gerçi o zaman da bu korkunç siyah takımları giyiyordu ama en azından kravatları renkliydi. Bu, küçük oğlu ölmeden önceydi... Ah, kötü bir trajedi. Adam o zamandan beri değişti."

"Robert."

"Doğru, küçük oğlanın adı Robert'tı," dedi Bayan Jenkins. "Bay George sana ondan söz etti mi?"

"Hayır."

"Altın sarısı saçları olan bir yavrucaktı. Tanıdıklarının doğum günü partisinde havuzda boğuldu, insanın aklı almıyor." Bayan Jenkins yürürken parmaklarıyla yılları sayıyordu. "On sekiz yıl olmuş. Zavallı doktor."

Zavallı Robert. En azından suda boğulmuş bir ceset gibi görünmüyordu. Bazı hayaletler ortalarda öldükleri anki gibi dolaşmayı eğlenceli buluyorlardı. Neyse ki şimdiye dek kafasında baltayla dolaşan birisine hiç rastlamamıştım. Başı olmayan birisine de.

Bayan Jenkins bir kapıyı çaldı. "Madam Rossini'de küçük bir mola vereceğiz. Ölçülerini alması gerek."

"Ölçü mü? Ne için?" Ama Bayan Jenkins'in beni içeri çektiği oda bana yanıtı hemen vermişti: Burası bir dikiş atölyesiydi. Kızılımsı sarı saçları oldukça ihtişamlı görünen toplu bir kadın, kumaşların, elbiselerin, dikiş makinelerinin, mankenlerin, makasların ve iplik makaralarının arasından bana gülümsedi.

"Hoş geldiniz," dedi Fransız aksanıyla. "Sen Gwendolyn olmalısın. Ben Madam Rossini'yim ve senin gardırobunla ilgileneceğim." Elindeki mezurayı yukarı doğru tuttu. "Sonuçta seni *eski zamanlarda* bu korkunç okul üniformasıyla dolaştıramayız, *n'est-ce pas*?"[12]

---

12 (Fr.) Değil mi? (ed.n.)

Başımı salladım. *Okul üniformaları,* madamın dediği gibi, gerçekten de en *iğrenç* giysiydi, hangi yüzyılda olursa olsun.

"Oralarda sokakta böyle dolaşsan herhalde isyan çıkar," diyerek ellerini mezurayla birlikte açtı.

"Acele etmemiz gerek, yukarıda bizi bekliyorlar," dedi Bayan Jenkins.

"Elimi çabuk tutacağım. Lütfen ceketini çıkarır mısın?" Madam Rossini mezurayı belime doladı. "Harika. Şimdi de kalçalar. Ah, genç bir tay gibi. Sanırım diğeri için hazırladığım her şeyi kullanabiliriz, belki ufak tefek değişikliklerle."

"Diğeri"yle kastettiği herhalde Charlotte'tu. Gözüm elbise askısında duran ve *Aşk ve Gurur*'un[13] kostüm odasındaki giysilerden birine benzeyen beyaz dantelli sarı elbiseye takıldı. Charlotte bu elbisenin içinde herhalde nefes kesici görünürdü.

"Charlotte benden uzun ve zayıftır," dedim.

"Evet, biraz," dedi Madam Rossini. "İskelet gibi." ("İzgelett" dediği için hafifçe kıkırdadım.) "Ama bu hiç sorun değil." Mezurayı yine boğazıma ve başıma koyup oraları da ölçtü. "Şapkalar ve peruklar için," diyerek bana güldü. "Ah, bir esmer için dikiş dikmek ne büyük değişiklik olacak. Kızıl saçlılarda renklere daima çok dikkat etmek gerek. Burada yıllardan beri bir parça tafta kumaşım var, soğan kabuğu renginde. Sen bu rengi taşıyacak ilk kişi olaçaksın..."

---

13 Orijinal adı: Pride and Prejudice. Jane Austen'in romanından sinemaya uyarlanan film, (ç.n.)

"Madam Rossini, *lütfen!*" Bayan Jenkins kolundaki saati gösterdi.

"Evet evet, hemen bitiriyorum," dedi Bayan Rossini, bunu derken bir yandan da elindeki mezurayla çevremde dolanıp duruyordu. Bu arada bileklerimi bile ölçmüştü. "Hep aceleleri vardır, şu erkekler! Ama moda ve güzellik aceleye gelmez." Sonunda sırtıma dostça vurdu: "Sonra görüşürüz, kuğu boyunlu."

Kadının boynu olmadığını fark ettim. Başı sanki doğruca omuzlarının arasına oturtulmuş gibiydi. Gerçekten çok sevimliydi.

"Sonra görüşürüz, Madam Rossini."

Yine dışarıdaydık, Bayan Jenkins yüksek ökçeli ayakkabılarıyla koşar adım yürümeye koyuldu. Ayağımda koyu mavi, biraz kaba ama rahat okul ayakkabılarım olduğu halde ona yetişmekte güçlük çekiyordum.

"Birazdan varacağız." Önümüze yine sonsuz gibi görünen uzun bir koridor çıkmıştı. Bu labirentte yolu bulmak benim için hâlâ bir bilmeceydi.

"Burada mı oturuyorsunuz?"

"Hayır, Islington'da oturuyorum," dedi Bayan Jenkins. "Mesaim saat beşte bitiyor. Sonra eve, kocamın yanına dönüyorum."

"Kocanız, bodrumunda bir zaman makinesinin durduğu gizli bir locada çalışmanıza ne diyor?"

Bayan Jenkins güldü. "Ah, bundan hiç haberi yok. İş sözleşmesinde bir suskunluk maddesi imzaladım. Burada olanları ne kocama ne de başka birine söyleyebilirim."

"*Yoksa* ne olur?" Herhalde bu duvarların arasında epey fazla geveze sekreter cesedi çürüyor olmalıydı.

"Yoksa işimi kaybederim," dedi Bayan Jenkins. Sesi sanki bu düşünceyi gerçekten de üzücü buluyormuş gibiydi. "Zaten kimse bana inanmaz," diye neşeyle ekledi. "Hele kocam, hiç inanmaz. Adamın hiç fantezisi yok. Son derece sıradan bir avukatlık bürosunda, sıkıcı dosyaların arasında uğraşıp durduğumu sanıyor... Ah hayır! Dosya!" Olduğu yerde durdu. "Onu masada bıraktım! Doktor White beni öldürecek." Kararsızlık içinde bana baktı. "Kalan yolu bensiz bulabilir misin? Köşeden sola döneceksin, sonra sağdaki ikinci kapı."

"Köşeden sola, sağdan ikinci kapı, sorun değil."

"Çok tatlısın!" Bayan Jenkins koşmaya başlamıştı bile. Yüksek ökçelerle bunu nasıl becerdiğine hayret ediyordum. Buna karşın "kalan yol" için kendime rahatlıkla zaman ayırabilirdim. Nihayet duvardaki (soluk) resimlere dilediğimce bakabilir, bir şövalyenin (paslı) zırhını tıklatabilir ve işaret parmağımı (tozlu) resim çerçevelerinin üzerinde dikkatle gezdirebilirdim. Köşeyi döndüğümde sesler duydum.

"Bekle, Charlotte."

Hemen geri çekildim, sırtımı duvara dayadım. Charlotte Ejder salonundan dışarı çıkmıştı ve Gideon ardından giderek onu sıkıca kolundan tuttu, bu kadarını görebilmiştim. Umarım beni görmemişlerdi.

"Bütün bunlar korkunç derecede utanç verici ve küçük düşürücü," dedi Charlotte.

"Hayır, hiç de değil. Bunun için yapabileceğin bir şey yok." Sesi ne kadar da tatlı ve dostça çıkabiliyordu.

Ona âşık olmuş, diye düşündüm ve bu durum saçma bir biçimde bana hafif bir acı verdi. İkisinin neler yaptığını görmeyi çok istesem de duvara daha sıkı yapıştım. El ele mi tutuşmuşlardı?

Charlotte avutulacak gibi değildi. "Hayali semptommuş! Yerin dibine geçebilirdim. Gerçekten de her an olabileceğine inanmıştım..."

"Ama senin yerinde olsam ben de öyle düşünürdüm," dedi Gideon. "Teyzen yıllar boyunca sustuğu için deli olmalı. Hem kuzenin gerçekten zarar verebilir."

"Öyle mi dersin?"

"Düşünsene! Bununla nasıl başa çıkacak? Hiçbir şeyden haberi yok... Son on yılda öğrenmiş olduklarımızı nasıl telafi edecek?"

"Evet, zavallı Gwendolyn," dedi Charlotte. Sesi nedense içten değildi. "Ama yine de kendine özgü yetenekleri var."

Ah, bu gerçekten çok hoştu.

"Kız arkadaşıyla kıkırdayıp durmak, mesaj yazmak ve filmlerin oyuncularını ezberden saymak. Bunları gerçekten iyi yapabilir."

Hayır, hoş değildi.

Köşeden dikkatle ikisini gözetlemeye devam ettim.

"Evet," dedi Gideon. "Onu ilk kez gördüğümde ben de tam olarak böyle düşündüm. Hey, seni gerçekten de özleyeceğim... Özellikle eskrim derslerimizi."

Charlotte iç geçirdi. "Çok eğlendik, değil mi?"

"Evet. Şimdi elinde nasıl bir olanağın olduğunu düşünsene, Charlotte! Sana bu yüzden imreniyorum! Artık özgürsün ve dilediğini yapabilirsin."

"Burada olmaktan başka hiçbir şey istememiştim."

"Evet, çünkü başka seçeneğin yoktu," dedi Gideon. "Ancak şimdi tüm dünya önünde duruyor... Ben şu lanet... kronograftan bir günden fazla ayrı kalamaz ve gecelerimi 1953'te geçirmek zorunda kalırken, sen yurt dışında okuyabilir, uzun seyahatlere çıkabilirsin. İnan bana... Seninle yer değiştirmeyi çok isterdim!"

Ejderha salonunun kapısı tekrar açıldı, Leydi Arista ve Glenda teyze koridora çıktılar. Başımı hemen geri çektim.

"Onlara zarar verecek," dedi Glenda teyze.

"Glenda, lütfen! Biz bir aileyiz," dedi Leydi Arista. "Bir arada durmak zorundayız."

"Bunu Grace'e söylesen daha iyi olur," dedi Glenda teyze. "Hepimizi bu berbat duruma sokan kendisiydi. *Korumakmış!* Hah! Aklı başında olan hiç kimse onun bir tek sözüne bile inanmaz! Tüm olanlardan sonra olmaz. Bu artık bizim sorunumuz değil. Gel, Charlotte."

"Arabaya kadar size eşlik edeyim," dedi Gideon.

Yağcı!

Ayak sesleri uzaklaşıp yok olana kadar bekledim, sonra saklandığım yerden çıkmaya cesaret ettim. Leydi Arista hâlâ orada duruyordu. Bir parmağıyla alnını ovdu. Yorgun görünüyordu. Sanki ansızın yaşlanmış gibiydi. Balerin öğretmeni disiplini onu terk etmişe benziyordu ve yüz çizgileri biraz perişandı. Ona acımıştım.

"Merhaba," dedim kısık sesle. "Her şey yolunda mı?"

Büyükannem duruşunu düzelterek sopa yutmuş pozisyonuna geçti.

"Demek buradasın," dedi. Araştıran gözleri bluzumun üzerinde kaldı. "Yoksa orada bir leke mi var? Çocuğum, dış görünüşüne daha fazla dikkat etmeyi öğrenmelisin."

Her zaman sıçraması arasındaki aralık, kronograf tarafından kontrol edilmediği sürece her Gen Taşıyıcı'ya göre farklılıklar gösterir. Saint Germain Kontu'nun yaptığı gözlemler, sonucu kadın Gen Taşıyıcıların erkeklerden kayda değer biçimde daha az ve daha kısa sıçrama yaptıklarına dair tespitini bugünkü koşullarda artık onaylayamayız. Kontrolsüz zaman sıçramaları kayıtların başlangıcından bu yana sekiz dakika on iki saniye (Timothy de Villiers'in İnisiyasyon Sıçraması, 5 Mayıs 1892) ile iki saat dört dakika (Margret Tilney, 2. Sıçrama, 22 Mart 1894) arasında değişiyor. Kronografın zaman sıçramaları için oluşturduğu zaman penceresi en az otuz dakika, en fazla dört saat açık kalır. Kontrolsüz zaman sıçramasında kişinin kendi yaşam dilimine yolculuk ettiği bugüne dek tespit edilmemiştir. Saint Germain Kontu yazılarında bunun süreç nedeniyle (Bak. Cilt 3. Süreç Yasaları) olanaksız olduğunu belirtir. Yine kronograftaki ayarlamalar da sıçrama yapan kişinin kendi yaşamından geri dönüşü olanaksız kılar.

Muhafızların Günceleri'nden
Cilt 2, Evrensel Yasalar

9.

Annem beni en az üç yıldır kayıpmışım gibi kucakladı. Sorular sormaya son verene dek ona her şeyin yolunda olduğunu teker teker söylemek zorunda kaldım.

"Peki, sen iyi misin, anne?"

"Evet canım, iyiyim."

"O halde herkes iyi," dedi Bay De Villiers alayla. "Bunu açıklığa kavuşturmamız iyi oldu." Tıraş losyonunun kokusunu albileceğim kadar yakınımıza geldi. (Baharatlı meyveli bir şeydi, biraz da tarçın vardı. Açlığım hemen artmıştı.)

"Peki, şimdi seninle ne yapacağız, Grace?" Kurt gözleri anneme çevrilmişti.

"Gerçeği söyledim."

"Evet, en azından Gwendolyn'in kaderi konusunda," dedi Bay De Villiers. "Ama o zamanlar doğum kâğıtlarında sahtecilik yapacak kadar yardımsever olan ebenin, özellikle bugün ansızın seyahate çıkmak zorunda kalmasını da açıklayabilseydin iyi olurdu."

Annem omuzlarını silkti. "Ben olsam her rastlantıya bu kadar anlam yüklemezdim, Falk."

"Yine erken doğum olacağı belli olan bir durumda, evde doğum yapma kararı almayı da aynı derecede garip buluyorum. Aklı başında her kadın ilk belirtilerde hemen hastaneye koşardı."

Bu konuda şüphesiz haklıydı.

"Her şey çok çabuk oldu," dedi annem gözünü kırpmadan. "Ebeyi bulduğuma şükretmiştim."

"Öyle olsa bile yine de erken bir doğumda, çocuk doğduktan hemen sonra muayene edilmesi için derhal hastaneye gidilmesi gerekirdi."

"Bunu zaten yaptık."

"Ancak ertesi gün," dedi Bay De Villiers. "Hastane raporunda, çocuğun ayrıntılı biçimde muayene edildiği ama annenin muayene edilmeyi reddettiği yazıyor. Bunun nedeni nedir, Grace?"

Annem bir kahkaha attı. "Kendin bir çocuk doğurmuş ve birkaç düzine jinekolojik muayeneden geçmiş olsaydın, sanırım beni daha iyi anlardın. Darmadağın olmuştum. Yalnızca bebeğimin iyi olup olmadığını bilmek istiyordum. Beni şaşırtan, bir hastane raporuna bu kadar çabuk erişebilmiş olman. Bu tür bilgilerin gizli olduğunu sanıyordum."

"Bana göre veri koruma yasasını çiğnediği için hastaneyi mahkemeye verebilirsin," dedi Bay De Villiers. "Biz de bu arada ebeyi aramaya devam ederiz. Kadının söyleyeceklerini gerçekten merak etmeye başladım."

Kapı açıldı, Bay George ve Doktor White, bir yığın dosya taşıyan Bayan Jenkins'le birlikte içeri girdiler.

Arkalarından Gideon da yavaşça salona girdi. Bu kez yalnızca güzel yüzünü değil, bedeninin geri kalanını da incelemek için zamanım oldu. Kendimi onunla kıyasladığımda kusurlu hissetmemek için hoşuma gitmeyecek bir şeyler arıyordum. Ne yazık ki bir şey bulamamıştım. Ne (polo oyunu yüzünden) bacakları eğriydi ne de kolları uzundu ya da şişkin kulak memeleri vardı (ki Leslie'nin iddiasına göre bu kötü karakterin bir işaretiydi). Şimdi kalçalarını çalışma masasına dayayarak kollarını göğsünde kavuşturması tek kelimeyle, mükemmeldi.

Aptal bulabileceğim tek şey, omuz hizasındaki saçlarıydı. Ne yazık ki bunu bile becerememiştim. Çok sağlıklı, parlak saçları vardı; öyle ki onlara dokunmanın nasıl olabileceğini elimde olmadan düşündüm.

Böyle bir güzellik boşa harcanmıştı, ne yazık.

"Her şey hazırlandı," dedi Bay George ve bana göz kırptı. "Zaman makinesi kalkışa hazır."

Hayalet çocuk Robert çekingen bir tavırla bana el salladı. Ben de ona karşılık verdim.

"Öyleyse artık hepimiz tamamız," dedi Bay De Villiers. "Elbette Glenda ve Charlotte ne yazık ki veda ettiler. Ama hepinize içten selamlarını ilettiler."

"Evet, buna bahse girerim," dedi Doktor White.

"Zavallı kız! İki gün boyunca şu hayali ağrılarla uğraştı, bu kesinlikle eğlenceli bir durum değildi," dedi Bay George ve yuvarlak yüzünü astı.

"Ayrıca şu anne," diye mırıldandı Doktor White. Bir yandan da Bayan Jenkins'in getirdiği dosyaların sayfalarını çeviriyordu. "Gerçekten cezalandırılmalı, zavallı çocuk."

"Bayan Jenkins, Bayan Rossini'nin Gwendolyn'in gardırobuyla ilgili çalışmaları hangi aşamada?"

"Daha biraz önce... Pekâlâ, gidip soracağım." Bayan Jenkins aceleyle tekrar kapıya koşturdu.

Bay George bir an önce işe başlamak istermiş gibi ellerini ovuşturdu. "O halde artık başlayabiliriz."

"Onu tehlikeye atmayacaksınız, değil mi?" dedi annem Bay George'a dönerek. "Onu bu konunun dışında tutacaksınız."

"Onu kesinlikle uzak tutacağız," dedi Gideon.

"Gwendolyn'i korumak için elimizden gelen her şeyi yapacağız," diye güvence verdi Bay George.

"Onu bu işin dışında tutamayız," dedi Bay De Villiers. "O *bu konunun* bir parçası. Bunu daha önce anlaman gerekirdi. Aptalca saklanma oyununa başlamadan önce."

"Sayenizde kızınız tamamen hazırlıksız ve bilgisiz," dedi Doktor White. "Ki bu da görevimizi oldukça zorlaştıracak. Gerçi belki de niyetiniz tam olarak buydu."

"Niyetim, Gwendolyn'i tehlikeye atmamaktı," dedi annem.

"Tek başıma epey ilerledim," dedi Gideon. "Bunu yalnız da bitirebilirim."

"Tam olarak umduğum buydu," dedi annem.

Bunu yalnız da bitirebilirim. Tanrım! Kıkırdamamı zorlukla bastırdım. Söyledikleri tıpkı kötü macera filmlerinde yüz yirmi kişilik Ninja ordusuna, bir uzay gemisi filosuna ya da bir dolu tepeden tırnağa silahlı hayduda karşı tek başına savaşarak dünyayı kurtaran melankolik bakışlı kas yığını tiplerin repliklerini andırıyordu.

"Hangi görevlere uygun olabileceğini göreceğiz," dedi Bay De Villiers.

"Kanını aldık," dedi Gideon. "Daha fazlasına ihtiyacımız yok. Bana göre her gün buraya gelip *elapse* olabilir... Ve hepimiz mutlu oluruz."

Nasıl? *Elapse*[14] olmak mı? Bu, Bay Whitman'ın İngilizce dersinde bizi şaşırttığı kavramlara benziyordu. *"Prensipte fena bir yorum eki değil ama bir dahaki sefere biraz daha ekliptik ol, lütfen."*

Ya da *Elaps* ol mu demişti? Fark etmezdi, ne Gordon ne de sınıfın geri kalanı daha önce böyle bir söz duymuştuk. Elbette Charlotte dışında.

Bay George şaşkın yüz ifademi fark etmiş olmalıydı. "*Elapse olmak*, olası zaman sıçramaların başladığında seni kronografla birkaç saatliğine hedeflenmiş bir geçmişe göndermemiz demek. Böylece kontrolsüz zaman sıçramalarının da önüne geçmiş oluyoruz." Diğerlerine döndü. "Gwendolyn'in zaman içinde potansiyeliyle hepimizi şaşırtacağından eminim. O..."

"O bir *çocuk!*" diye söze karıştı Gideon. "Hiçbir şeyden haberi yok."

---

14 Yazarın kendisinin uydurduğu bir sözcük, (ç.n.)

Kıpkırmızı oldum. Bu ne küstahlıktı? Hem bana nasıl da küçümseyerek bakıyordu. Aptal, kendini beğenmiş... *Polo oyuncusu!*

"Hiç de değil," dedim. Ben çocuk değildim! On altı buçuk yaşındaydım. Tıpkı Charlotte gibi. Marie-Antoinette benim yaşımdayken çoktan evlenmişti. (Bunu tarih dersinden değil, Leslie'yle birlikte DVD'de izlediğimiz *Kirsten Dunst*'ın filminden biliyordum.) Hem savaşa gittiğinde *Jeanne d'Arc* da ancak on beşinde...

"Ah, öyle mi?" Gideon'un sesi alayla titriyordu. "Pekâlâ, tarih hakkında ne biliyorsun?"

"Yeterince şey," dedim. Tarih sınavında daha yeni A almamış mıydım?

"Gereçekten mi? I. George'dan sonra tahta kim çıktı?"

En ufak bir fikrim yoktu. "II. George?" dedim rastgele.

Hah! Gideon şaşkınlıkla baktı. Anlaşılan tutturmuştum.

"Peki, Stuart hanedanı 1702'de hangi saraydan ayrıldı ve neden?"

Lanet olsun! "Şey... Henüz oralara gelmedik," dedim.

"Evet, doğru." Gideon diğerlerine döndü. "Tarih hakkında hiçbir şey bilmiyor. Doğru dürüst konuşamıyor bile. Nereye sıçrarsak sıçrayalım, benekli bir köpek gibi göze batacaktır. Ayrıca konunun ne olduğu hakkında hiçbir fikri yok. Tüm görevi tehlikeye atmaktan başka hiçbir işe yaramayacak."

Nasıl? Daha *doğru dürüst* konuşamıyor muydum? Ama aklıma yüzüne karşı söylemeye can atacağım doğru dürüst birkaç küfür geliyordu.

"Sanırım fikrini yeterince açık ifade ettin, Gideon," dedi Bay De Villiers. "Şimdi Kont'un tüm bunlara ne diyeceğini bilmek ilginç olurdu."

"Bunu yapamazsınız." Bunu söyleyen annemdi. Sesi ansızın boğuk çıkmıştı.

Bay George onun itirazına aldırmadan, "Kont seninle tanışmaktan çok mutlu olacaktır, Gwendolyn," dedi. "On ikinci yakut, çemberin sonuncusu. Karşı karşıya gelmeniz çok özel bir an olacak."

"*Hayır!*" dedi annem.

Herkes ona baktı.

"Grace!" dedi büyükannem. "Yine başlama!"

"Hayır" diye tekrarladı annem. "Lütfen! Onunla tanışmasına gerek yok. Kanıyla çemberi tamamlaması ona yetmeli."

"*Tamamlanabilseydi,*" dedi Doktor White, hâlâ dosyanın sayfalarını çeviriyordu. "Hırsızlıktan sonra en başa dönmeseydik, tamamlanabilirdi."

"Ne olursa olsun... Gwendolyn'in onunla tanışmasını istemiyorum," dedi annem. "Bu benim şartım. Gideon bunu tek başına üstlenebilir."

"Bu konuda karar vermek sana düşmez," dedi Bay De Villiers. Doktor White haykırdı: "*Şartlar!* Bize *şart* koşuyor!"

"Haklı. Kızı bu işin içine çekmemizin hiç kimseye bir yararı olmayacak," dedi Gideon. "Neler olduğunu Kont'a anlatırım, onun da benimle aynı fikirde olacağından eminim."

"Kendine bir tablo oluşturmak için onu mutlaka görmek isteyecektir," dedi Falk de Villiers. "Bu onun için bir tehlike oluşturmaz. Evden dışarı çıkmasına bile gerek yok."

"Bayan Shepherd. Size garanti ederim, Gwendolyn'in başına hiçbir şey gelmeyecek," dedi Bay George. "Kont hakkındaki fikirleriniz, herhalde bertaraf etmeyi hepimizin çok istediği önyargılara dayanıyor."

"Ne yazık ki bunu başaramazsınız."

"Kont'u... yaşamında hiç karşılaşmadığın birisini... hangi bilgiye dayanarak bu denli reddettiğini mutlaka bizimle paylaşmak istersin, sevgili Grace," dedi Bay De Villiers.

Annem dudaklarını birbirine bastırdı.

"Dinliyoruz!" dedi Bay De Villiers.

Annem sustu. "Bu... bu yalnızca bir his," diye fısıldadı sonunda.

Bay De Villiers alaylı bir gülümseme takındı. "Kendime engel olamıyorum, Grace, sürekli bizden bir şey sakladığın hissine kapılıyorum. Neden korkuyorsun?"

"Şu Kont da kim ve neden onunla tanışmamam gerekiyor?" diye sordum.

"Çünkü annen öyle bir *hisse* kapılıyor," dedi Doktor White ceketini düzelterek. "Bu arada adam iki yüzyıl önce öldü, Bayan Shepherd."

"*Öyle de kalmalı,*" diye mırıldandı annem.

"Saint Germain Kontu on iki zaman yolcusundan beşincisi, Gwendolyn," diye açıkladı Bay George. "Daha önce belge salonunda onun portresini gördün. O, kronografın nasıl çalıştığını ilk kavrayan ve eski belgelerin şifrelerini çözen kişi. O, yalnızca kronografla istenilen yıla ve güne nasıl gidilebileceğini değil sırrın ardındaki sırrı da ortaya çıkardı. *On ikilerin sırrı.* Kronografın yardımıyla çemberde, kendinden önce doğmuş olan dört zaman yolcusunun izini sürerek onlara sırrı öğretti. Kont kendi döneminin en parlak matematikçilerini, simyacılarını, büyücülerini ve filozoflarını bulup onların desteğini aldı. Hepsi onun yeteneği karşısında büyülendiler. Hep birlikte eski yazıtları ayıklayıp şifreleri çözdüler ve çemberi tamamlamak için henüz doğmamış yedi zaman yolcusunun doğum tarihlerini hesapladılar. Kont 1745'te burada, Londra'da muhafızlar cemiyetini kurdu, Saint Germain Kontu'nun gizli locasını."

"Kont eski yazıların deşifre edilmesini, Raimundus Lullus, Agrippa von Nettesheim, John Colet, Henry Draper, Simon Forman, Samuel Hartlib, Kenelm Digby ve John Wallis gibi ünlü isimlere borçludur," dedi Bay De Villiers

İsimlerden hiçbiri bana bir şey ifade etmiyordu.

"İsimlerden hiçbiri sana bir şey ifade etmiyor," dedi Gideon alayla.

Tanrım! Yoksa düşüncelerimi mi okuyordu? Bunu yapabileceğini varsayarak ona kötü bir bakış attım ve tüm gücümle düşündüm: *Seni budala! Kendini beğenmiş!*

Bakışlarını yana çevirdi.

"Ama Isaac Newton 1727'de öldü. O halde nasıl muhafızların üyesi olabildi?" Bunun şimdi aklıma gelmiş olmasına kendim de şaşırmıştım. Leslie dün telefonda söylemişti ve nedense aklıma takılmıştı. Hiç de şu Gideon'un iddia ettiği kadar aptal değildim.

"Doğru," dedi Bay George gülümseyerek. "Bu da zaman yolcularının avantajlarından biridir. İnsan kendine geçmişten de dost seçebilir."

"Peki, şu sırrın ardındaki sır nedir?" diye sordum.

"On ikilerin sırrı, on iki zaman yolcusunun kanları kronografa geçtiği zaman açığa çıkacak," dedi Bay George, resmi bir tavırla. "Bu nedenle çemberin kapanması gerek. Bu, üstesinden gelinmesi gereken büyük bir görev."

"Ama ben on ikilerin sonuncusuyum! Dairenin benimle tamamlanması gerek!"

"Evet, öyle olacaktı," dedi Doktor White. "Kuzenin Lucy on yedi yıl önce kronografı çalma fikrine kapılmasaydı."

"Kronografı *Paul* çaldı," dedi Leydi Arista. "Lucy yalnızca..."

Bay De Villiers elini havaya kaldırdı. "Evet evet, ikisi birlikte çaldılar, diyelim. İki çılgın çocuk... Böylece beş yüz yıllık çalışma boşa gitti. Görev neredeyse mahvolacak ve Saint Germain Kontu'nun mirası sonsuza dek kaybolacaktı."

"Sır bu miras mı?"

"Neyse ki bu duvarlar arasında bir kronograf daha vardı," dedi Bay George. "Bir gün çalıştırılması gerekeceği hiç akla gelmemişti. Bozuktu, yüzyıllar boyunca el sürülmemişti ve üzerindeki değerli taşlar çalınmıştı. İki yüz yıl süren özenli onarım çalışmalarından sonra muhafızlar aleti..."

Doktor White sabırsızlıkla söze girdi: "Hikâyeyi biraz kısaltmak gerekirse: Alet onarıldı ve gerçekten kullanılır duruma getirildi ama denemesini ancak on birinci zaman yolcusu, Gideon inisiyasyon sıçraması yapacak yaşa geldiğinde yapabildik. Kronografla birlikte on zaman yolcusunun kanını da kaybetmiştik. Şimdi ikincisiyle baştan başlamak zorundayız."

"On ikinin sırrını... şey... çözmek için," dedim. Neredeyse "ortaya çıkarmak" diyecektim. Sanki gittikçe beynim yıkanıyormuş gibi hissetmeye başlamıştım.

Doktor White ve Bay George ciddi bir tavırla başlarını sallayarak karşılık verdiler.

"Evet, peki bu ne tür bir sır?"

Annem gülmeye başladı. Bu ortamın ciddiyetine tamamen ters düşen bir hareketti ama tıpkı Caroline'ın televizyonda Bay Bean'ı izlerken güldüğü gibi kıkırdayarak gülüyordu.

"Grace!" diye tısladı Leydi Arista. "Toparla kendini!"

Ama annem daha çok gülmeye başlamıştı. Gülme krizinin arasında, "Sırrın içindeki sırrın içindeki sır," deyip duruyordu. "Bu hep böyledir."

"Dedim ya, bu kadınların hepsi histerik!" diye homurdandı Doktor White.

"Bunca şeye rağmen hâlâ gülünecek bir şey bulabilmen güzel," dedi Bay De Villiers.

Annem gülmekten yaşaran gözlerini sildi. "Üzgünüm. Ansızın oldu. Aslında ağlamak isterdim, gerçekten."

Sırrın doğası gereği, sorularımla fazla ilerleyemeyeceğimi kavramıştım.

Bunun yerine, "Şu kontta tanışmamamı gerektirecek kadar kötü olan şey ne?.." diye sordum.

Annem başını iki yana salladı. Ansızın son derece ciddileşmişti. Onun için endişelenmeye başlıyordum. Bu ruh hali değişiklikleri hiç ona uygun değildi.

Doktor White onun yerine, "Hiçbir şey," diye yanıtladı. "Annen yalnızca kendi anlayışına ters düşen ruhsal düşüncelere temas etmenden korkuyor. Şüphesiz bu duvarlar arasında karar verebileceği hiçbir şey yok."

"Ruhsal düşünceler," diye tekrarladı annem, bu kez sesi alayla titriyordu. "Bu gereksiz bir tekrar, değil mi?"

"Ne olursa olsun, Kont'la tanışma kararını Gwendolyn'in kendisine bırakalım."

"Yalnızca bir görüşme mi? Geçmişte?" Doktor White'ın ve Bay George'un yüzlerine baktım. "Bana sırla ilgili sorumun yanıtını verebilir mi?"

"Eğer isterse," dedi Bay George. "Onunla 1782 yılında karşılaşacaksın. Kont o zaman çok yaşlıydı. Pratik olması açısından bir kez daha buraya, Londra'ya gelmişti. Tarihçilerin ve biyografi yazarlarının bilmediği çok gizli bir görev için. Bu evde geceledi. Bu nedenle ikiniz için bir konuşma ayarlamak çok kolay olacak. Elbette Gideon da sana eşlik edecek."

Gideon kulağıma arada "budala" ve "bebek bakıcısı" gibi sözlerin çalındığı anlaşılmaz bir şeyler mırıldandı. *Aptal bebek bakıcısı* mı?

"Anne?"

"Hayır de, canım."

"Ama neden?"

"Henüz hazır değilsin."

"Neye henüz hazır değilim? Neden bu kontla görüşmemem gerekiyor? Bu kadar tehlikeli olan ne?.. Söyle bana, anne."

"Evet, söylesene, Grace," dedi Bay De Villiers. "Bu sır saçmalıklarından nefret ediyor. Birisinin kendi annesi tarafından incitilmesi sanırım çok daha acı verici."

Annem susuyordu.

"Görüyorsun ya, bizi gerçekten yararlı bilgilerle aydınlatması zor," dedi Bay De Villiers. Kehribar gözleri bana ciddi ciddi bakıyordu.

Annem hâlâ susuyordu.

Onu sarsmayı çok isterdim. Falk de Villiers haklıydı: Bu aptalca imalarla bana bir parça olsun yardımı dokunmuyordu.

"O halde bunu kendim ortaya çıkarırım," dedim. "Onunla tanışmak istiyorum." Bana ansızın ne olduğunu bilmiyordum ama artık kendimi eve koşup yatağının altına saklanmak isteyen beş yaşındaki bir çocuk gibi hissetmiyordum.

Gideon inledi.

"Grace, bunu duydun," dedi Bay De Villiers. "Sana şimdi Mayfair'e gidip bir sakinleştirici almanı öneririm. Gwendolyn'le... İşimiz bittiğinde onu eve bırakırız."

"Onu yalnız bırakmam," dedi annem.

"Caroline ve Nick birazdan okuldan döner, anne. Rahatlıkla gidebilirsin. Kendime dikkat ederim."

"Edemezsin," diye fısıldadı annem.

"Sana eşlik edeyim Grace," dedi Leydi Arista. Sesi şaşırtıcı biçimde yumuşaktı. "İki gündür buradan bir an olsun ayrılmadım ve başım ağrıyor. Olaylar önceden kestirilemeyen bir değişikliğe uğradı. Ama... artık bizim elimizde olan bir şey yok."

"Çok bilgece," dedi Doktor White.

Annem her an gözyaşlarına boğulacakmış gibiydi. "Pekâlâ," dedi, "Gideceğim. Gwendolyn'in başına bir şey gelmemesi için her şeyin yapılacağına inanıyorum."

"Elbette yarın sabah tam zamanında okulunda olabileceğine de," dedi Leydi Arista. "Hiçbir şeyi kaçırmaması gerek. O Charlotte gibi değil."

Şaşkınlıkla ona baktım. Okul aklımdan tamamen çıkıp gitmişti.

"Şapkam ve mantom nerede?" diye sordu Leydi Arista. Odadaki erkekler sanki bir anda rahatlamıştı. Bu duyulmasa da açıkça anlaşılıyordu.

"Bayan Jenkins her şeyle ilgilenecek, Leydi Arista," dedi Bay De Villiers.

"Gel, çocuğum," dedi Leydi Arista anneme dönerek.

Annem tereddüt etti.

"Grace." Falk de Villiers onun elini alarak dudaklarına götürdü. "Yıllardan sonra seni bir kez daha görmek büyük mutluluktu."

"O kadar da fazla olmadı," dedi annem.

"On yedi yıl."

"Altı," dedi annem, sesi biraz kırgın gibiydi. "Babamın cenaze töreninde de görüştük. Herhalde unuttun."

Bay George'a baktı. "Ona dikkat edecek misiniz?"

"Bayan Shepherd, söz veriyorum; Gwendolyn yanımızda güvende olacak," dedi Bay George. "Bana güvenin."

"Başka çarem yok." Annem Bay George'un elini bırakarak çantasını omzuna astı. "Kızımla birkaç dakika baş başa görüşebilir miyim?"

"Elbette," dedi Falk de Villiers. "İstersen hemen yan tarafta, rahatsız edilmeden konuşabilirsiniz."

"Dışarı çıkmayı tercih ederim," dedi annem.

Bay De Villiers kaşlarını yukarı kaldırdı. "Seni gizlice dinleyeceğimizden mi korkuyorsun? Belki de portrelerin arasındaki gizli deliklerden gözetleyeceğimizden?" Güldü.

"Yalnızca temiz havaya ihtiyacım var," dedi annem. Bahçe bu saatte halka açık değildi. Annem iki metre boyundaki süslü demir kapılardan birini açıp tekrar ardımızdan sürgülerken birkaç turist (boyunlarındaki fotoğraf makinelerinden öyle oldukları belliydi) kıskançlıkla onu izledi.

Çiçek tarhlarından, gür çimenlerin yeşilliğinden ve havadaki kokudan âdeta büyülenmiştim. "Çok iyi fikirdi," dedim. "Kendimi insan balık[15] gibi hissetmeye başlamıştım." Yüzümü özlemle güneşe doğru çevirdim. Işınları nisan başlangıcına göre oldukça güçlüydü.

---

15 Hem karada hem de suda yaşayabilen (amfibi), kaygan derisi ve boru biçimindeki beden yapısıyla "insanbalık"da denen, 30 santim uzunluğunda bir semender, (ç.n.)

Annem tik ağacından bir banka oturarak Leydi Arista'nınkine çok benzeyen bir hareketle alnını ovdu, tek fark onun gibi yaşlı görünmemesiydi. "Bu gerçek bir kâbus," dedi.

Bankta onun yanına çöktüm. "Evet. Düşünmesi bile zor. Dün sabah her şey eskisi gibiydi, sonra ansızın... Aklım bir anda o kadar fazla şeyle meşgul ki, birazdan patlayacak gibi. Beynimin almak istemediği binlerce bilgi var."

"Çok üzgünüm," dedi annem. "Seni tüm bunlardan uzak tutabilmeyi çok isterdim."

"Geçmişte onları bu kadar kızdıracak ne yaptın?"

"Lucy ve Paul'ün kaçmalarına yardım ettim." Kimsenin gözetlemediğinden emin olmak için kısa bir an çevresine bakındı. "Bir süre Durham'da, bizim evde gizlendiler. Elbette *onlar* izlerini buldu. Lucy ve Paul kaçmak zorundaydı."

Bugün öğrendiklerimi düşündüm. Ansızın kuzenimin nerede olduğunu anladım.

Ailenin kara koyunu, Leslie'nin, benim ve ailenin diğer çocuklarının hayal ettiği gibi Amazonlar'daki yerlilerin arasında ya da İrlanda'daki bir rahibe manastırında yaşamıyordu.

Hayır, Lucy ve Paul çok başka bir yerdeydiler.

"Kronografla birlikte geçmişe kaçtılar, değil mi?"

Annem başını salladı. "Başka seçenekleri kalmamıştı. Ama bu onlar için kolay bir karar değildi."

"Peki neden?"

"Kronograf kendi bulunduğu zamandan uzaklaştırılamaz. Bu yapılırsa, onu götüren kişi bir daha geri yolculuk yapamaz.

Kronografı kendisiyle birlikte geçmişe götüren kişi orada kalmak zorundadır."

Yutkundum. "İnsanın böyle bir şeyi göze alması için nasıl bir nedeni olabilir ki?" diye alçak sesle sordum.

"Kendileri ve kronograf için günümüzde güvenli bir yer bulamayacaklarını anlamışlardı. Muhafızlar dünyanın her yerinde er ya da geç onların izini bulacaklardı."

"Peki onu *neden* çaldılar, anne?"

"Kan çemberinin kapanmasını... engellemek istiyorlardı."

"Kan çemberi kapanınca ne olur?" Tanrım, şimdi tıpkı onlar gibi konuşmaya başlamıştım. *Kan çemberi.* Herhalde bir sonraki adımda kafiyeler kullanarak konuşmaya başlayacaktım.

"Dinle, tatlım. Fazla zamanımız yok. Şimdi tam tersini iddia edecek olsalar da seni görev denen şu şeyin içine çekmeye çalışacaklar. Çemberi kapamak ve sırrı ortaya çıkarmak için sana ihtiyaçları var."

"Sır nedir, anne?" Bu soruyu sanki binlerce kez sormuş gibiydim. İçimden neredeyse haykırmak geliyordu.

"Ben de diğerleri kadar az şey biliyorum. Yalnızca tahminlerde bulunabilirim. Çok güçlü ve onu kullanmak isteyen kişiye çok büyük bir güç sağlıyor. Bu güç, yanlış insanların ellerine geçtiğinde çok tehlikeli olabilir. Lucy ve Paul bu yüzden sırrın açığa çıkmaması gerektiği fikrindeydiler. Bu nedenle büyük bir özveride bulundular."

"Bunu anladım. Ama neden olduğunu anlamadım."

"İçerideki o birkaç adamı harekete geçiren yalnızca bilimsel merak olabilir ama birçoklarının niyeti hiçbir şekilde onurlu değil. Hedeflerine erişmek için hiçbir şeyden geri kalmayacaklarını biliyorum. Onların hiçbirine güvenme. *Hiçbirine,* Gwendolyn."

Göğüs geçirdim. Bana söylediklerinin hiçbiri işime yarayacakmış gibi görünmüyordu.

Bahçenin ön tarafında bir motor gürültüsü duyduk. Buraya araba girişi olmadığı halde ana kapının önünde bir araba durdu.

"Zaman geldi, Grace!" diye bağırdı Leydi Arista dışarıdan.

Annem ayağa kalktı. "Ah, bu akşam harika olacak. Glenda'nın buz gibi bakışları artık tüm yemekleri dondurur."

"Ebe neden özellikle bugün yolculuğa çıktı? Hem neden beni hastanede doğurmadın?"

"Zavallı kadını rahat bırakmalılar," dedi annem.

"Grace! Haydi, gel artık!" Leydi Arista şemsiyesinin ucuyla demir parmaklıklara vurdu.

"Sanırım dayak yiyeceksin," dedim.

"Seni burada yalnız bırakmak zorunda kalmak kalbimi parçalıyor."

"Seninle rahatça eve gidebilirdim," dedim ama daha söylerken bile aslında bunu hiç istemediğimi anlamıştım. Tıpkı Falk de Villiers'in dediği gibiydi: *Bu konunun bir parçasıydım* ve bu garip bir şekilde hoşuma gidiyordu.

"Hayır, bunu yapamazsın," dedi annem. "Kontrolsüz zaman sıçramalarında yaralanabilir, hatta ölebilirsin. Burada en azından güvendesin." Beni kucakladı. "Sana söylediklerimi unutma.

Kimseye güvenme. Ayrıca Saint Germain Kontu'ndan uzak dur. Karşısındakinin ruhuna girebilme yeteneği olduğu söyleniyor. Düşüncelerini okuyabilir, daha da kötüsü, eğer kendini bırakırsan iradeni kontrol altına alabilir."

Ona olabildiğince sıkı sarıldım. "Seni seviyorum, anne." Omuzlarının ardından şimdi Bay De Villiers'in de kapının önünde olduğunu gördüm.

Sırtını dönünce annem de onu gördü. "Hele *ondan* özellikle uzak durmalısın!" dedi kısık sesle. "Çok tehlikeli bir adam oldu." Sesinde hissedilir biçimde hayranlığa benzer bir şeyler vardı. Ansızın aklıma geleni pat diye sordum: "Onunla daha önce bir ilişkin oldu mu, anne?"

Bana hiçbir şekilde yanıt vermesine gerek yoktu, yüz ifadesinden doğru yere parmak bastığımı anlamıştım.

"On yedi yaşındaydım ve ondan etkilenmiştim," dedi.

"Anlıyorum," dedim sırıtarak. "Oldukça muhteşem gözleri var."

Annem de sırıttı. Yavaş ve güçlü adımlarla yürüyerek ana kapıya yaklaştık. "Ah evet. Paul'ün gözleri de aynı renkti. Ama büyük erkek kardeşine oranla hiç kendini beğenmiş değildi. Lucy'nin ona âşık olmasına şaşmamalı..."

"İkisine ne olduğunu öğrenmeyi çok isterdim."

"Ne yazık ki er ya da geç bunu öğreneceksin."

"Bana anahtarı ver," dedi Falk de Villiers sabırsızca. Annem parmaklıkların arasından anahtar destesini ona uzattı. Bay De Villiers kapıyı açtı. "Size bir araba çağırttım."

"Yarın sabah kahvaltıda görüşürüz, Gwendolyn," dedi Leydi Arista ve çenemi tuttu. "Başını dik tut! Sen bir Montrose'sun, bizler dik duruşumuzu her zaman koruruz."

"Buna çaba göstereceğim, büyükanne."

"Çok iyi. Ah!" Sıkıcı sinekleri kovalar gibi kollarıyla çevresini yelpazeledi. "Bu insanlar ne sanıyor? Ben kraliçe değilim!" Şık şapkası, şemsiyesi ve ona uygun renkteki mantosuyla, turistlerin gözünde açıkça fazla İngilizdi, öyle ki her yönden fotoğrafını çekmeye koyulmuşlardı.

Annem beni bir kez daha kucakladı. "Bu sır neredeyse insanların yaşamına mal olacaktı," diye kulağıma fısıldadı. "Bunu unutma."

Köşeyi dönüp kaybolana dek karışık duygular içinde onun ve büyükannemin ardından baktım.

Bay George elimi tutarak sıktı. "Korkma, Gwendolyn. Yalnız değilsin."

Doğru, yalnız değildim. Güvenmemem gereken insanlarla birlikteydim. *Hiçbirine,* demişti annem. Bay George'un dost görünen mavi gözlerine bakarak içlerinde tehlikeli olan, yalancı bir şeyler aradım. Ama hiçbir şey bulamadım.

Kimseye güvenme.

Kendi duygularına bile.

"Gel, içeri gidelim. Midene bir şeyler girmesi gerek."

"Umarım annenle yaptığın küçük görüşme senin için aydınlatıcı olmuştur," dedi Bay De Villiers yukarı çıkarken. "Dur, tahmin edeyim... Seni bizimle ilgili uyardı. Hepimiz vicdansız ve yalancıyız, doğru mu?"

"Siz bunu mutlaka benden daha iyi biliyorsunuz," dedim. "Aslında bir zamanlar annemle olan ilişkiniz hakkında konuştuk."

Bay De Villiers şaşkınlıkla kaşlarını kaldırdı. "Bunu o mu söyledi?" Gerçekten de yüzünde utanca benzer bir ifade belirmişti. "Şey, uzun zaman oldu. Gençtim ve..."

"...Kolayca etkilenmiştiniz," diye tamamladım. "Annem de böyle söyledi."

Bay George yüksek sesle güldü. "Ah evet, doğru ya! Bunu tamamen unutmuştum. Sen ve Grace Montrose, hoş bir çifttiniz, Falk. Yalnızca üç hafta sürse de. Sonra Holland House'taki şu hayır balosunda gömleğine bir parça peynirli pasta yapıştırıp bir daha seninle asla tek kelime bile konuşmak istemediğini söylemişti."

"O ahududu kremalı pastaydı," dedi Bay De Villiers ve bana göz kırptı. "Aslında onu yüzüme fırlatmak istemişti. Neyse ki gömleğime isabet etti. Lekesi hiç çıkmadı. Üstelik bu yalnızca adını bile hatırlamadığım bir kızı kıskandığı içindi."

"Larissa Crofts, hazine bakanının kızı," diye atıldı Bay George.

"Sahi mi?" Bay De Villiers gerçekten şaşırmışa benziyordu. "Şimdiki mi, yoksa o zamanki mi?"

"O zamanki."

"Güzel miydi?"

"İdare ederdi."

"Grace okuldan bir çocukla çıkmaya başladığı için de kalbimi kırmıştı. Adını hâlâ hatırlıyorum."

"Evet. Çünkü burnunu kırmıştın ve ailesi bu yüzden neredeyse seni dava edecekti," dedi Bay George.

"Bu gerçek mi?" Kesinlikle büyülenmiştim.

"O bir kazaydı," dedi Bay De Villiers. "Birlikte bir Rugby takımında oynuyorduk."

"Arada uçurumlar açılıyor, değil mi Gwendolyn?" Bay George Ejder salonunun kapısını açarken hâlâ keyifle gülüyordu.

"Öyle denebilir." Gideon'un salonun ortasındaki masada oturduğunu görünce durdum. Kaşlarını çatarak bana doğru baktı.

Bay De Villiers beni öne doğru itti. "Ciddi bir şey değildi," dedi. "Montroselar ile De Villiersler'in arasındaki aşk ilişkilerinde fazla şansları yoktur. Daha ilk baştan başarısızlığa mahkûmdur."

"Sanırım bu uyarı tamamen gereksiz, amca," dedi Gideon kollarını göğsünde kavuşturarak. "O kesinlikle tipim değil."

"O", demekle beni kastetmişti. Aşağılamanın bana ulaşması bir ya da iki saniye sürdü. İlk dürtüm, "Ben de kendini beğenmiş tipler için deli olmuyorum" ya da "Ah, rahatladım. Çünkü bir erkek arkadaşım var. *Nazik* bir erkek," türünden bir şeyler söylemek oldu. Ama sonra ağzımı kapadım.

Tamam. Onun tipi değildim. Ne olmuş? Umurumda bile değildi.

Hem de hiç.

Muhafızların Günceleri'nden

4 Ağustos 1953

Bugün gelecekten bir ziyaretçi kabul edildi.
On ikinin çemberindeki on birinci.
Gideon de Villiers bundan böyle her gece üç saat bizde elapse olacak. Ona Sör Walter'ın bürosunda kalacak bir yer hazırladık. Orası serin ve rahat. Çocuk meraklı bakışlar ve aptalca sorulardan uzakta, epey güvende. Bugünkü ziyareti sırasında görev başındaki tüm memurlar "tamamen rastlantı eseri" uğradılar. Ayrıca tamamen rastlantı eseri gelecekle ilgili birkaç soru sordular.
Çocuk her ne demekse, Apple'ın hisse senetlerini satın almamızı önerdi.

Robert Peel, İç Çember

10.

"MAnto; Venedik ipeği, ipek taftayla astarlanmış. Elbise; Alman emprime keteni, Devonshire danteli, korsajı işlemeli ipek brokar." Madam Rossini elbiseleri dikkatle teker teker masanın üzerine yaydı. Bayan Jenkins yemekten sonra beni tekrar dikiş atölyesine götürmüştü. Bu küçük odayı donuk yemek salonundan daha fazla sevmiştim, her yere harika kumaşlar yayılmıştı ve boyunsuz Madam Rossini annemin bile şüphe duymayacağı tek kişiydi. "Hepsi krem renkli işlemeli ve mavinin tonlarında, şık bir öğleden sonra takımı," diye devam etti. "Elbette ona uyan ipek brokar ayakkabılar. Göründüklerinden çok daha rahatlar." Okul üniformamı parmaklarının ucuyla tutarak kenara koydu. "Püff, püff, püff, bunun içinde en güzel kız bile korkuluk gibi görünür. Hiç olmazsa etekte moda olan bir boya izin verselerdi. Ah, hele şu iğrenç idrar rengi! Bunu kim düşündüyse öğrencilerden tüm kalbiyle nefret ediyor olmalı!"

"İç çamaşırlarım kalabilir mi?"

"Yalnızca külot kalsın," dedi Madam Rossini. (Bunu 'killot' biçiminde söyleyişi çok hoştu.) "Pek uymuyor ama herhalde kimse eteğinin altına bakacak değil. Bunu yapmaya kalkan olursa, en iyisi onu buna pişman olacağı biçimde tekmele. Bu ayakkabılar belli etmeselerde burunları demir perçinlidir. Tuvalete gitmiş miydin? Bu çok önemli çünkü bir kez elbiseyi giydiğinde..."

"Evet, tuvalete gitmek zor olur. Bunu üç kez sordunuz, Madam Rossini."

"Emin olmak istedim."

Burada bana gösterilen özene ve en küçük şeylerin bile hesaba katılmasına tekrar tekrar şaşırıp duruyordum. Hatta Bayan Jenkins, yemekten sonra dişlerimi fırçalayıp yüzümü yıkadıktan sonra kullanmam için bana yepyeni bir makyaj çantası bile getirmişti.

Korsenin içinde nefes almakta zorlanacağımı ve dana kızartmasının midemde yamyassı olacağını sanmıştım ama onunla rahatça dolaşmak gerçekten şaşırtıcıydı. "Ben de kadınların bu şeylerin içinde bayılmalarının yaygın olduğunu düşünmüştüm."

"Evet, öyle de oluyordu. Öncelikle, çok sıkı bağladıkları için. Ayrıca hava makasla dahi kesilmeyecek kadar yoğundu çünkü hiç kimse yıkanmıyor, herkes yalnızca parfüm sürüyordu," dedi Madam Rossini, sonra bu düşünceyle titredi. "Perukların içi bit ve pire kaynıyordu, hatta bir yerde içlerine farelerin bile yuva yaptığını okumuştum. Ah, modanın en güzel olduğu zamanlardı ama hijyen için aynı şeyi söylemek zor. Sen o zavallı yaratıklar gibi korse giymek yerine *a lâ* Madam Rossini'nin özel bir tasarımını giyeceksin, tıpkı ikinci bir ten gibi rahat."

"Öyle mi?" İç çamaşırlarımla çemberli eteğin içine girerken son derece heyecanlıydım. "Sanki üzerinde kocaman bir kuş kafesi taşıyormuş gibiyim."

"Bu hiçbir şey değil," dedi Madam Rossini elbiseyi dikkatle başımdan geçirirken. "Bu çemberli etek o dönemde Versailles'ta giyilenlerin yanında çok küçük kalır. Dört buçuk metre genişliğinde, yalan değil. Hem seninki balık kılçığı yerine tüy kadar hafif, ileri teknoloji karbon fiberden yapıldı. Hiç kimse göremez."

Çevremde krem renkli çiçek desenleriyle soluk mavi kumaş dalgalandı. Aynı şekilde kanepe için döşemelik olarak da rahatça kullanılabilirdi. Uzun ve korkunç biçimde geniş olsa da elbisenin son derece rahat olduğunu itiraf etmem gerekirdi, üzerime tam oturmuştu.

Madam Rossini, "Büyüleyici," diyerek beni aynanın önüne çekti.

"Ah!" dedim şaşkınlıkla. Döşemelik kumaşın böylesine muhteşem görünebileceği kimin aklına gelirdi? Elbette benim de gelmemişti. Belim ne kadar ince görünüyordu ve gözlerim ne kadar maviydi. Hah! Yalnızca dekoltem patlamak üzere olan bir opera sanatçısı gibi görünüyordu.

Bakışlarımı izleyen Madam Rossini, "Oraya biraz dantel gelecek," dedi. "Bu ne de olsa bir öğleden sonra giysisi. Ama akşamları neyin varsa göstermen gerek. Umarım senin için bir balo elbisesi yapma zevkine erişiriz! Şimdi saçlarınla ilgilenelim."

"Peruk mu takacağım?"

"Hayır," dedi Madam Rossini. "Sen genç bir kızsın ve şimdi aydınlık bir öğleden sonrası. Saçlarını tarayıp bir şapka takman yeterli olacaktır." (Şapka yerine 'Japka' demişti.) "Tenine bir şey yapmamız gerekmez. Zaten kaymak taşı gibi. Şakağındaki şu sevimli hilal lekesi de bir güzellik nişanesinden başka bir şey değil. *Trés chic.*"[16]

Madam Rossini saçlarımı maşayla kıvırdı, son olarak ön kısmı tel tokalarla saçıma ustaca tutturdu ve saçların geri kalanını yumuşak bukleler halinde omuzlarıma bıraktı. Aynada kendime baktım ve gerçekten hayran oldum.

Geçen yıl Cynthia'nın verdiği kıyafet balosunu düşündüm. Aklıma daha iyi bir fikir gelmediği için otobüs durağı kılığına girmiş, herkes yol tarifi sorduğu için gecenin sonunda tabelamla kendimi dövmek istemiştim.

Hah! Keşke Madam Rossini'yi o zaman tanımış olsaydım! Herhalde gecenin yıldızı olurdum!

Aynanın önünde kendime hayran olarak bir kez daha etrafımda döndüm ama Madam Rossini tekrar arkamda durup "Japka"yı başıma geçirdiğinde hayranlığım sona erdi. Bu, tüylü, mavi kurdeleli kocaman bir hasır şapkaydı ve bana göre tüm gösterişi berbat etmişti. Madam Rossini'yi ikna etmeye çalıştım ama inatla boyun eğmedi.

"Şapkasız... Hayır, bu yakışık almaz! Bu güzellik yarışması değil, *ma chérie*! Önemli olan özgünlük!"

Okul üniformamın ceketinin ceplerinde cep telefonumu aradım. "En azından bir fotoğrafımı çekebilir misiniz... şapkasız?"

Madam Rossini güldü. "*Bien sûr,*[17] tatlım!"

16 (Fr.) Çok şık, (ed.n.)

17 (Fr.) Elbette, (ed.n.)

Ben poz verirken Madam Rossini her yönden en az otuz fotoğrafımı çekti, birkaçı da şapkalıydı. Sonuçta Leslie'ye de gülünecek bir şeyler gerekti.

"Evet, şimdi yolculuğa hazır olduğunu yukarıya haber vereceğim. Burada bekle ve artık şapkayı elleyip durma! Başına mükemmel oturuyor."

"Tamam, Madam Rossini," dedim uslu uslu. O odadan çıkar çıkmaz parmaklarımla uçarcasına Leslie'nin cep numarasını tuşladım, mesajla ona şapkalı fotoğraflarımdan birini gönderdim. On dört saniye sonra aradı. Tanrıya şükür ki cep telefonu Madam Rossini'nin dikiş atölyesinde çekiyordu.

"Otobüsteyim," diye kulağıma haykırdı Leslie. "Ama not defterimi ve kalemimi çıkardım. Daha yüksek sesle konuş çünkü yanı başımda kulakları ağır işiten iki Hintli var ve ne yazık ki işaret diliyle konuşmuyorlar!"

Tüm olanları çabucak anlattım ve nerede olduğumu, annemin neler söylediğini kısaca ona açıkladım. Oldukça karmaşık konuştuğum halde Leslie beni takip edebiliyordu. Arada bir dönüşümlü olarak "Delice!" ve "Dikkatli ol!" deyip duruyordu. Ona Gideon'u tarif ettiğimde (her ayrıntıyı bilmek istiyordu) şöyle dedi: "Uzun saçları ben de o kadar kötü bulmuyorum. Ayrıca seksi de *görünebilir. Tutkunun Şövalyesi*'ni düşünsene. Ama kulaklarına dikkat et."

"Zaten önemi de yok. Kasıntı ve kendini beğenmiş. Ayrıca Charlotte'a âşık. *Felsefe Taşı*'nı not ettin mi?"

"Evet, hepsini not ettim. Eve gider gitmez bilgisayarın başına oturacağım. Saint Germain Kontu... Bu isim bana neden bu kadar tanıdık geliyor? Onu bir filmden biliyor olabilir miyim? Hayır, o *Monte Kristo Kontu*'ydu."

"Ya gerçekten düşünceleri okuyabiliyorsa?"

"O zaman sen de zararsız şeyler düşünürsün. Olmadı binden geriye say. Ama sekizer sekizer. Bu arada zaten başka bir şey düşünemezsin."

"Her an gelebilirler. Geldikleri an kapatacağım. Ah, on sekiz yıl önce, bir yüzme havuzunda boğulmuş olan Robert White adında küçük bir çocukla ilgili olarak bir şeyler bulabilir misin, bir bak bakalım."

"Not aldım," dedi Leslie. "Tanrım, bu delice. Sana bir çakı ya da biber gazı bulmalıydık... Biliyor musun? En azından cep telefonunu yanına al."

Elbisemin içinde minik adımlarla kapıya yürüyüp koridora baktım. "Geçmişe mi? Seni oradan arayabileceğimi mi düşünüyorsun?"

"Saçmalama! Sadece bize yardımcı olabilecek fotoğraflar çekebilirsin. Ah, şu Gideon'un bir fotoğrafını görmeyi çok isterdim doğrusu. Mümkünse kulaklarının göründüğü bir tane. Kulaklar bir insan hakkında çok fazla şey söyler. Özellikle kulak memeleri."

Şimdi ayak sesleri duyulmaya başlamıştı. Kapıyı yavaşça kapadım. "Zaman geldi. Sonra görüşürüz, Leslie."

"Yalnızca dikkatli ol," dedi Leslie, sonra cep telefonunu kapatıp dekoltemden içeri attım. Göğüslerimin altındaki küçük boşluk cep telefonunu saklayabileceğim uygunluktaydı. Kadınlar geçmişte orada neler saklamış olabilirlerdi acaba? Zehir şişeleri, tabanca (çok küçük) ya da aşk mektupları mı?

Gideon salona girdiğinde aklımdan ilk geçen, onun neden şapka takmadığı oldu. İkincisi ise şuydu: Birisi kırmızı hareli yelek, koyu yeşil kısa pantolon ve çizgili ipek külotlu çorap içinde nasıl bu kadar yakışıklı görünebilirdi? Daha sonra bir şeyler düşünmüşsem, bu en fazla şöyle bir şey olabilirdi: Umarım kimse ne düşündüğümü yüzümden anlamıyordur.

Yeşil gözler bana kaçamak bir bakış attı. "Şık şapka."

Pislik herif.

"Muhteşem," dedi onun ardından atölyeye giren Bay George. "Madam Rossini, harika bir iş çıkardınız."

"Evet, biliyorum," dedi Madam Rossini. Koridorda durmuştu. Dikiş atölyesi hepimizi alacak kadar büyük değildi, zaten eteğim odanın yarısını kaplıyordu.

Gideon buklelerini ensesinde bağladığı için misilleme yapacak bir fırsat bulmuştum. "Bu oldukça şık bir ipek bağ," dedim tüm alaycılığımla. "Coğrafya öğretmenimizde de aynısı var!"

Gideon bana öfkeyle bakmak yerine güldü. "Pekâlâ, ipek bağ gerçekten zararsız. Sen beni bir de perukla gör."

Aslına bakılırsa, zaten görmüştüm.

"Mösyö Gideon, size limon sarısı kısa pantolon hazırlamıştım, koyu olanı değil." Kızdığı zaman Madam Rossini'nin aksanı daha da güçleniyordu. "Kiza pantol" ve "diyil" demişti.

Gideon, Madam Rossini'ye döndü. "Kırmızı yeleğe sarı pantolon, *Pippi Uzunçorap* külotlu çorapları ve altın düğmeli kahverengi bir manto mu? Bu bana fazla renkli geldi."

"Rokoko dönemi erkeği renkli *giyinir!"* Madam Rossini ona öfkeyle baktı. "Burada uzman olan benim, siz değilsiniz."

"Evet, Madam Rossini," dedi Gideon nazikçe. "Bir dahaki sefere sizi dinleyeceğim."

Kulaklarına baktım. En ufak bir çıkıntı yapmadıkları gibi, hiçbir şekilde göze de çarpmıyorlardı. Bu konuda biraz rahatlamıştım. Elbette hiçbir şekilde umrumda olmasa da...

"Sarı güderi eldivenler nerede?"

"Pantolonu giymediğim için eldivenlere de ihtiyacım olmayacağını düşündüm."

"Ama elbette!" Madam Rossini dilini şaklattı. "Moda anlayışınıza saygı duyuyorum, genç adam. Burada önemli olan zevk değil özgünlük. Bunun dışında tüm seçilmiş renklerin yüzünüze iyi uyması için çok dikkat ettim. Nankör çocuk."

Geçmemiz için homurdanarak kenara çekildi.

"Çok, çok teşekkürler, Madam Rossini," dedim.

"Ah, kuğu boyunlum! Benim için zevkti. Sen en azından işimi takdir etmeyi biliyorsun." Gülmeden edemedim. Kuğu boyunlu olmak çok hoşuma gitmişti.

Bay George bana göz kırptı. "Lütfen beni izleyin, Bayan Gwendolyn."

"Önce gözlerini bağlayalım," dedi Gideon ve şapkamı başımdan çıkarmaya hazırlandı.

Bay George, "Doktor White bu konuda ısrarlı," diyerek üzgün bir tavırla gülümsedi.

"Ama saçını mahvedecek!" Madam Rossini, Gideon'un parmaklarına vurarak kenara itti. "*Tiens!*[18] Saçlarını yolmak mı istiyorsunuz? Şapka iğnesi diye bir şey duymadınız mı hiç? İşte böyle!" Şapkayı ve iğneyi Bay George'a uzattı. "Lütfen onu dikkatli taşıyın!"

Gideon gözlerimi siyah bir bezle bağladı. Eli yanağıma değince elimde olmadan soluğumu tuttum ve ne yazık ki yüzümün kızarmasını engelleyemedim. Neyse ki arkamda duruyordu ve bunu görmedi.

Saçımı da birlikte düğümlediği için, "Ah!" diye inledim.

"Özür dilerim. Bir şey görebiliyor musun?"

"Hayır." Gözlerimin önünde karanlıktan başka bir şey yoktu. "Nereye gittiğimi görmeme neden izin verilmiyor?"

"Kronografın durduğu yeri bilmemen gerekiyor," dedi Gideon. Bir elini sırtıma koyarak beni öne itti. Kör gibi boşluğa adım atmak garip bir duyguydu ve Gideon'un sırtımdaki eli beni ayrıca rahatsız ediyordu. "Bana göre gereksiz bir önlem. Ev başlı başına bir labirent. Bu odayı asla bulamazsın. Zaten Bay George seni olası bir ihanetle ilgili her tür şüphenin üzerinde görüyor."

Bunun ne anlama geldiğini tam olarak anlamasam da, Bay George çok nazikti. Kronografın durduğu yerle kim ilgilenecekti ki? Hem neden?

Omzumu sert bir şeye çarptım. "Ah!"

---

18 (Fr.) Hey! (ed.n.)

"Elini tutun, Gideon, dikkat etmelisiniz," dedi Bay George biraz öfkeli. "O bir alışveriş arabası değil!"

Onun sıcak ve kuru elinin benimkini kavradığını hissedince sıçradım.

"Sakin ol," dedi Gideon. "Benim. Şimdi birkaç basamak ineceğiz. Dikkat et."

Bir süre sessizce yan yana yürüdük, kimi zaman dümdüz, bazen yine birkaç merdiven inerek köşeleri döndük. Aslında tek dikkat ettiğim, elimin titremesine engel olmaktı. Bir de terlemesine. Gideon, ona yakın olmaktan utandığımı düşünmemeliydi. Acaba kalp atışlarımın hızlandığını duyabiliyor muydu?

Ansızın ayağım boşluğa geldi, Gideon iki eliyle beni tutup çekmeseydi kesinlikle yere yapışacaktım. Elleri belimde duruyordu.

"Dikkat, merdiven," dedi.

"Ah, teşekkürler, bunu ben de fark ettim," dedim öfkeyle. "Ayağımı burktuktan sonra!"

"Tanrım, Gideon; dikkat etsenize!" diye öfkeyle bağırdı Bay George. "İşte! Siz şapkayı tutun. Ben Gwendolyn'e yardım ederim."

Bay George'un elini tutarak yürümem daha kolay olmuştu. Belki elimin titremesini engellemeye çalışmaktan çok, adımlarıma daha iyi odaklanabildiğim içindi. Gezintimiz epey uzun sürmüştü. Yine yerin dibine indiğimiz hissine kapılıyordum. Nihayet durduğumuzda, yolu iyice şaşırmam için bana fazladan birkaç tur daha attırdıklarından şüphelendim.

Bir kapı açıldı ve tekrar kapandı. Bay George nihayet gözümdeki bağı çözdü.

"Geldik."

"Taze bir mayıs sabahı kadar güzel," dedi Doktor White. Bunu Gideon'a söylemişti.

"Çok teşekkürler!" Gideon hafifçe öne eğilip selamladı. "Paris'in son çılgınlığı. Aslında sarı pantolon ve buna uygun eldivenler giymem gerekirdi ama cesaret edemedim."

"Madam Rossini çok kızdı," dedi Bay George.

Doktor White'ın arkasında beliren Bay De Villiers, "Gideon!" dedi suçlarcasına.

"*Sarı Pantolon,* Falk amca!"

"Oraya seninle alay edecek eski okul arkadaşlarınla buluşmaya gitmiyorsun," dedi Bay De Villiers.

"Hayır," dedi Gideon şapkamı bir masaya atarak. "Daha çok pembe işlemeli fraklar giyen ve bunu çok şık bulan tiplerin arasına gidiyorum." Huzursuzca silkindi.

Önce göz alan aydınlığa alışmam gerekmişti. Çevreme merakla baktım. Oda beklediğim gibi penceresizdi ve şömine de yoktu. Gözlerimin bir zaman makinesi görme çabaları boşunaydı. Yalnızca bir masa, birkaç sandalye, bir sandık, bir dolap ve duvarda taşa kazınmış Latince bir söz gördüm.

Bay De Villiers bana dostça gülümsedi. "Mavi sana çok yakışmış, Gwendolyn. Madam Rossini'nin saçlarına yaptığı şey çok hoş."

"Ah! Teşekkürler."

"Acele etmemiz gerek, bu giysiler içinde patlayacağım." Gideon paltosunun kemerinin arasındaki hançeri yana itti.

"Burada kal." Doktor White, masaya yaklaşarak elindeki kımızı ipek örtüye sarılı olan şeyi açtı. İlk bakışta kocaman bir masa saatini andırıyordu. "Bütün hazırlıkları tamamladım. Zaman penceresini üç saatliğine kullanabilirsiniz."

Tekrar baktığımda bunun bir saat olmadığını anladım. Cilalı ahşap ve metal karışımı bir kutuydu. Üzerinde sayısız düğme, kapak ve çark vardı. Yüzeyinin her yanı minyatür güneş, ay ve yıldızlarla, gizemli işaret ve desenlerle süslenmişti. Bir keman kutusu gibi kıvrımlıydı, gerçek olamayacak kadar parlak görünen birçok değerli taşla süslüydü.

"Kronograf bu mu? Bu kadar küçük mü?"

"Dört buçuk kilo ağırlığında," dedi Doktor White. Yeni doğan bebeğinin kilosuyla ilgili olarak övünen gururlu bir babaya benziyordu. "Hem... sen sormadan söyleyeyim... Evet, taşların hepsi gerçek. Yalnızca şuradaki yakut altı karat."

"Önce Gideon gidecek," dedi Bay De Villiers. "Parola?"

"*Qua redit nescitis,*" dedi Gideon.

"Gwendolyn?"

"Evet?"

"Parola?"

"Ne parolası?"

"*Qua redit nescitis,*" dedi Bay De Villiers. "24 Eylül günü için muhafızların parolası."

"Ama bugün ayın altısı."

Gideon gözlerini devirdi. "24 Eylül'e gidiyoruz, tam bu duvarların arasına. Muhafızların bizi doğramaması için parolayı bilmemiz gerek. *Qua redit nescitis.* Söyle!"

"*Qua redit nescitis,*" dedim. Cümle kesinlikle bir saniyeden fazla aklımda kalmayacaktı. İşte, çoktan unutmuştum bile. Acaba bir kâğıda mı yazsaydım? "Bunun anlamı ne?"

"Sakın okulda Latince öğrenmediğinizi söyleme!"

"Hayır," dedim. Fransızca ve Almanca öğreniyordum ve bu yeterince kötüydü.

"Saatin tekrarlanışını bilmiyorsunuz," dedi Doktor White.

"Mecazi bir çeviri," dedi Bay George. "Şöyle de çevrilebilir: *Saatin ne zaman tekrar ede..."*

"Baylar!" Bay De Villiers anlamlı bir hareketle kol saatinin üzerine tıkladı. "Sonsuza dek zamanımız yok. Hazır mısın, Gideon?"

Gideon, Doktor White'ın eline uzandı. Doktor kronograftaki bir kapağı açarak Gideon'un işaret parmağını aralığa soktu. Aletin içindeki dişliler harekete geçince hafif bir ses duyuldu. Tıpkı müzikli saat gibi. Değerli taşlardan biri -kocaman bir elmas- ansızın içten dışa doğru parlayarak Gideon'un yüzünü bembeyaz bir ışığa boğdu ve Gideon ansızın kayboldu.

"Muhteşem," diye fısıldadım.

"Kelimenin tam anlamıyla," dedi Bay George. "Şimdi sıra sende. Tam şurada dur."

Doktor White devam etti. "Sana tembihlediklerimizi aklından çıkarma: Gideon'un sözünü dinleyeceksin. Ne olursa olsun, her zaman onun yanında kal." Elimi alıp işaret parmağımı açık bir kapaktan içeri soktu. Sivri bir şey parmak ucuma batınca elimi geri çektim. "Ah!"

Doktor White, elimi tutup sıkıca bastırdı. "Kıpırdama!"

Bu kez kronografın üzerinde kocaman, kırmızı bir taş parladı. İçinden yayılan kırmızı ışık gözlerimi kamaştırdı. Son gördüğüm, masanın üzerinde unuttuğumuz kocaman şapkam oldu. Sonra çevremdeki her şey karardı.

Bir el omzumu tuttu.

Lanet olsun, şu aptal parola neydi? Qua falanta filanis. "Sen misin, Gideon?" diye fısıldadım.

"Başka kim olacak," diye fısıldayarak karşılık verirken omzumu bıraktı. "Bravo, düşmeden indin!" Bir kibrit yandı, hemen ardından odanın içi yanan bir meşalenin aleviyle aydınlandı.

"Harika. Bunu yanında mı getirdin?"

"Hayır, buradaydı. Tut şunu."

Meşaleyi elime aldığımda o aptal şapkayı takmamış olduğuma sevindim. Savrulan kocaman tüylerin anında tutuşup beni alev alev yanan bir meşaleye dönüştürmesi kaçınılmaz olurdu.

Gıkımı bile çıkarmamış olsam da, "Sessiz ol," dedi Gideon. Kapının kilidini açtı (anahtarı yanında mı getirmişti, yoksa kilidin üzerinde miydi, dikkat etmemiştim) ve dikkatle dışarıya baktı. Her yer zifiri karanlıktı.

"Burada bir şey kokuyor, çürük gibi," dedim.

"Saçma. Hadi gel!" Gideon kapıyı ardımızdan kapatarak meşaleyi tekrar eline aldı ve karanlık geçide çıktı. Onu izledim.

"Tekrar gözlerimi bağlamayacak mısın?" diye şaka yollu sordum.

"Ortalık zifiri karanlık, zaten bir şey göremezsin," diye yanıtladı Gideon. "Hep yakınımda olman için bir neden daha... Çünkü en geç üç saat sonra tekrar burada, aşağıda olmamız gerek."

Yolu öğrenmem için bir neden daha. Gideon'un başına bir şey geldiği ya da ayrıldığımız takdirde yolumu nasıl bulacaktım? Beni böyle bilgisiz bırakmalarının hiç de iyi bir plan olmadığını düşünüyordum. Ama dilimi ısırdım. Canım özellikle şimdi Bay Antipatik'le dalaşmayı hiç istemiyordu.

Küf kokuyordu, bizim zamanımızdakinden çok daha küflü. Hangi yıla gelmiştik?

Bu koku gerçekten tuhaftı, sanki aşağıda bir şey çürüyormuş gibi. Nedense aklıma birden fareler geldi. Filmlerde meşalelerin aydınlattığı geçitlerde hep fareler olurdu! Karanlıkta gözleri parlayan iğrenç fareler. Elbette ölü fareler de. Ah evet ve örümcekler. Aslında örümcekler de vardı. Duvarlara dokunmamaya, şişko örümceklerin eteğimin dantellerine tutunup yavaşça içeri sürüneceklerini, çıplak bacaklarımdan yukarı doğru tırmanacaklarını düşünmemeye çalıştım.

Bunun yerine her dönemece gelinceye dek adımlarımı saydım. Yirmi dört adım sonra sağa saptık, elli beş adım sonra sola, sonra yine sola ve nihayet yukarı çıkan bir döner merdivene vardık. Adımlarımı Gideon'unkilere uydurabilmek için eteklerimi olabildiğince yukarı kaldırdım. Yukarılarda bir yerden ışık geliyordu ve merdivenleri çıktıkça ortalık aydınlanmaya başlamıştı. Sonunda duvarlardaki birçok meşale tarafından aydınlatılan geniş bir geçide çıktık. Geçidin sonunda geniş bir kapı vardı, sağında ve solunda tıpkı bizim zamanımızdaki gibi paslı görünen iki şövalye zırhı duruyordu.

Neyse ki hiç fare görmemiştim, yine de gözetlendiğim hissine kapılıyordum, kapıya yaklaştıkça bu his daha da artmaya başlamıştı. Çevreme bakındım ama geçit boştu.

Şövalye zırhlarından biri ansızın kolunu kıpırdatıp tehlikeli görünen mızrağıyla (ya da her neyse) önümüzü kesince olduğum yerde kalarak soluğumu tuttum. Şimdi bizi kimin gözetlediğini anlamıştım.

Zırh oldukça gereksiz bir tavır ve küstahlıkla, "Dur!" dedi.

Korkudan çığlık atmak istedim ama ağzımdan tek bir ses çıkmadı. Yine de konuşanın ve kıpırdayanın zırh yerine içindeki kişi olduğunu oldukça çabuk anladım. Ayrıca diğer zırhın içi de dolu görünüyordu.

"Üstatla konuşmamız gerek," dedi Gideon. "Acil bir konu."

"Parola," dedi ikinci zırh.

"*Qua redit nescitis,*" dedi Gideon.

Ah evet, doğru. Bir an için gerçekten bundan etkilenmiştim. Bunu kesinlikle fark etmişti.

"Geçebilirsiniz," dedi zırh, hatta kapıyı bile açtı.

Ardında yine meşalelerin aydınlattığı bir koridor uzanıyordu. Gideon meşalemizi, duvardaki halkalardan birine geçirip ilerledi. Çemberli eteğimin elverdiği ölçüde onu izlemeye çalıştım. Bu arada biraz soluk soluğa kalmıştım.

"Bu tıpkı korku filmi gibiydi. Neredeyse kalbim duracaktı. O şeylerin dekorasyonun bir parçası olduğunu sandım! Doğrusu şövalye zırhları 18. yüzyıla göre fazla modern sayılmazdı, değil mi? Ayrıca bence hiç de kullanışlı değil."

"Muhafızlar o zırhları geleneğe uymak için giyiyor," dedi Gideon. "Bizim zamanımızda da durum farklı değil."

"Bizim zamanımızda hiç zırhlı şövalye görmedim." Ama sonra yine de birkaç tane görmüş olabileceğimi hatırladım. Onların şövalyesiz zırhlar olduğunu sanmıştım.

"Biraz acele et," dedi Gideon.

Söylemesi kolaydı, sonuçta beraberinde çadıra benzer bir etek sürükleyen o değildi.

"*Üstat* kim?"

"Locaya başkanlık eden bir büyük üstat vardır. Elbette bu zamanda başkan, kontun kendisidir. Loca henüz yeni, kont onu kuralı otuz yedi yıl oldu. Daha sonraları, De Villiers ailesinin üyeleri de sık sık başkanlık yaptı."

Bu Saint Germain Kontu'nun De Villiers ailesinden olduğu anlamına mı geliyordu? Eğer öyleyse neden ona Saint Germain Kontu deniyordu?

"Peki bugün?.. Şey, *bizim* zamanımızda? Büyük üstat kim?"

"Şu anda amcam Falk," dedi Gideon. "Büyükbaban Lord Montrose'un yerine geçti."

"Gerçekten mi?" Her zaman güleryüzlü olan sevgili büyükbabam, Saint Germain Kontu'nun locasının büyük üstadıydı ha! Bense hep onun büyükannemin yönetimi altında olduğunu düşünmüştüm.

"Leydi Arista'nın locadaki görevi ne?"

"Hiçbir görevi yok. Kadınlar locanın üyesi olamaz. Yüksek dereceli çember üyelerinin aile üyeleri otomatikman dış çember üyesi sayılırlar ama söz hakları yoktur."

Tabii ya.

Belki de bana karşı takındıkları tavır De Villiersler'in kanında vardı? Kadınlara yalnızca küçümseyen bir bakış atmalarına neden olan bir tür genetik bozukluk olabilir mi? Ama Charlotte'a karşı çok nazikti. Hem o anda oldukça terbiyeli olduğunu itiraf etmeliydim.

"Büyükannenize neden hep Leydi Arista diyorsunuz?" diye sordu. "Neden diğer çocuklar gibi büyükanne ya da anneanne demiyorsunuz?"

"Öyle işte," dedim. "Kadınlar neden üye olamıyor?"

Gideon kolunu uzatıp beni arkasına doğru çekti. "Bir süre ağzını kapalı tut."

"Efendim?"

Koridorun sonunda bir merdiven daha vardı. Yukarıdan içeri gün ışığı süzülüyordu ama biz daha merdivenlere erişmeden karanlıktan kılıçlarını çekmiş iki adam ortaya çıktı. Sanki bizi bekliyorlardı.

"İyi günler," dedi Gideon. Benim aksime kılı bile kıpırdamamıştı. Onun da elini kılıcına götürdüğünü fark ettim.

"Parola!" diye bağırdı ilk adam.

"Dün de buradaydınız," dedi diğeri ve Gideon'u incelemek üzere bir adım yakına geldi. "Belki de erkek kardeşiniz. Benzerlik şaşırtıcı."

"Bu ansızın ortaya çıkabilen çocuk değil mi?" diye sordu diğer adam. İkisi de şaşkınlıktan açık kalmış ağızlarıyla Gideon'a baktılar. Onlar da benzer giysiler giymişlerdi ve görünüşe bakılırsa Madam Rossini gerçekten haklıydı: Rokoko dönemi erkeği rengi seviyordu. Adamlardan biri turkuaz üzerine kırmızı ve mor çiçekli, diğeriyse limon sarısı bir frak giymişti. Aslında korkunç görünmesi gerekirdi ama bu renklerde nedense çekici bir şeyler vardı. Yalnızca biraz fazla renkliydi.

İkisi de kulaklarında sosis biçiminde bukleleri ve enselerinde ipek kurdeleyle bağlı fazladan bir tutam kuyruk bulunan peruklar takmışlardı.

"Bu evde sizin bilmediğiniz yolları biliyorum, diyelim," dedi Gideon küçümseyen bir gülümsemeyle. "Ben ve yanımdaki hanım, Üstat'ı görmek zorundayız. Çok önemli bir konu hakkında."

"Önce hanımlar," diye mırıldandım.

"Parola?"

Quark edit bisküvi ya da öyle bir şey.

"*Qua redit nescitis,*" dedi Gideon.

Eh, en azından yaklaşmıştım.

Kadınların Soyağacı

Elaine Burghley
"Opal"
1562 - 1580

Cecilia Woodville
"Akuamarin"
1628 - 1684

Jeanne de Pontcarrée,
(Madam d'Urfé)
"Sitrin"
1705 - 1775

Margarete Tilney
"Yeşim"
1877 - 1944

Lucy Montrose
"Safir"
(*1976)

Gwendolyn Shepherd
"Yakut"
(*1994)

Muhafızların Günceleri'nden,
Cilt 4, On İkinin Çemberi

11.

Sarı fraklı adam kılıcını kınına koydu. "Beni izleyin."

Önünden geçtiğimiz ilk pencereden dışarı baktım. Demek 18. yüzyıl böyleydi. Heyecandan yüzüm karıncalanmaya başlamıştı. Dışarıda güzel bir bahçe vardı. Ortasında daha önce de görmüş olduğum fıskiyeli bir havuz duruyordu.

Tekrar merdivenlerden çıktık. Gideon beni öne geçirdi.

"Dün de burada mıydın?" diye merakla sordum. Sarılı adamın bizi duymaması için fısıldayarak konuşuyordum. Yalnızca birkaç adım önümüzde yürüyordu.

"Onlar için dündü," dedi Gideon. "Aslında neredeyse iki yıl oldu."

"Peki, buraya neden gelmiştin?"

"Konta kendimi tanıtmak ve ilk kronografın çalındığını haber vermek için," dedi Gideon.

"Bunu herhalde pek hoş karşılamamıştır."

Sarılı adam görünüşte bizi dinlemiyormuş gibiydi ama beyaz sosisli saçlarının altındaki kulaklarını nasıl diktiği açıkça belli oluyordu.

"Sandığımdan daha soğukkanlı karşıladı," dedi Gideon. "Hem... ilk korkudan sonra ikinci kronografın gerçekten çalışabilir durumda olduğunu öğrenince çok sevindi. Böylece her şeyin sonuçlanabilmesi için bir şans daha vardı."

"Peki, kronograf şimdi nerede?" diye fısıldadım. "Demek istediğim bu zamanda?"

"Herhalde bu binada bir yerlerde. Kont ondan asla uzun süre ayrı kalamaz çünkü o da kontrolsüz zaman sıçramalarını önlemek için elapse olmak zorunda."

"Peki, buradaki kronografı neden yanımızda geleceğe götüremiyoruz?"

"Birçok neden yüzünden," dedi Gideon. Ses tonu değişmişti. Artık kibirli konuşmuyordu. Daha çok lütufkârdı.

"En önemlileri çok açık. Muhafızların kronografla ilgili on iki altın kuralından biri de sürecin asla kesintiye uğramaması gerektiğidir. Kronografı geleceğe götürürsek kont ve ondan sonra doğmuş olan zaman yolcuları başlarının çaresine onsuz bakmak zorunda kalırlar."

"Evet ama o zaman onu da kimse çalamaz."

Gideon başını iki yana salladı. "Şimdiye dek zamanın doğasını çok az anladığın belli oluyor. Kesintiye uğradığında tehlikeli sonuçlar yaratabilecek olaylar zinciri vardır. En kötü ihtimalle hiç doğmamış olabilirsin."

"Anlıyorum," diye yalan söyledim.

Bu arada birinci kata gelmiştik. Sarı fraklı adam önümüze çıkan iki adamla kısaca bir şeyler fısıldaştı. Şu parola neydi? *Qua neskuik moskito* muydu? Bunu mutlaka kafamın bir yerine yazmalıydım.

Her iki adam da Gideon'a ve bana küçümseyen bir tavırla baktılar, biz önlerinden geçtikten hemen sonra yine fısıldaşmaya devam ettiler. Ne söylediklerini duymayı çok isterdim.

Sarı fraklı adam bir kapıyı tıklattı. İçeride, çalışma masasının ardında bir başka adam oturuyordu; yine onun da başında peruk (sarı) ve üzerinde bol renkli bir giysi vardı. Çalışma masasının üzerinde kalan bölümünde turkuaz renkli frak ve çiçekli yelek göze çarpıyordu, alttan ise kırmızı kısa pantolon ve çizgili çoraplar sırıtıyordu. Artık bunlara hiç şaşırmıyordum.

"Bay sekreter," dedi sarı fraklı. "Dünkü ziyaretçi tekrar geldi ve parolayı yine bildi..."

Sekreter inanmayan gözlerle Gideon'un yüzüne baktı. "İki saat önce bildirilen parolayı o zamandan bu yana evden dışarı hiç kimse çıkmadığı halde nasıl bilebilirsiniz? Tüm girişler titizlikle korunuyor. Ayrıca *o* kim? Kadınların buraya girmesi yasaktır."

Nazik bir şekilde adımı söylemeye hazırlandım ama Gideon koluma yapışarak beni engelledi. "Kontla konuşmak zorundayız. Çok önemli bir konu. Acelemiz var."

"*Aşağıdan* geliyorlar," dedi sarı fraklı.

"Ama kont evde değil," dedi sekreter. Ayağa fırlayıp ellerini çırptı. "Bir haberci yollayabiliriz..."

"Hayır, onunla yüz yüze görüşmemiz gerek. Habercinin gidip gelmesini bekleyecek kadar zamanımız yok. Kont şu anda nerede?"

"Dünkü ziyaretinizden sonra, son derece önemli bir toplantı için... Lord Brompton'ı Wigmore Caddesi'ndeki yeni evinde ziyarete gitti."

Gideon kısık sesle sövdü. "Bizi Wigmore Caddesi'ne götürecek bir araba gerek, hemen."

"Bunu ayarlayabilirim," dedi sekreter ve sarı fraklıya işaret etti. "Bunu sen hallet, Wilbour."

Bodruma giden uzun yolu düşününce, "Ama... zamanımız kısıtlı değil mi?" diye sordum. "*Atlı arabayla* Wigmore Caddesi'ne gidene dek..." Dişçimizin muayenehanesi Wigmore Caddesi'ndeydi. En yakın metro durağı Central Line, Bond Caddesi'ndeydi. Buradan oraya en az bir kez aktarma yapmak gerekiyordu. Dediğim gibi, metroyla! Atlı bir arabayla bunun ne kadar sürebileceğini düşünmek bile istemiyordum. "Belki başka bir zaman gelmemiz daha doğru olur."

"Hayır," dedi Gideon ve ansızın bana gülümsedi. Yüzünde tam anlayamadığım bir ifade vardı. Macera tutkusu muydu?

"Hâlâ iki buçuk saatten fazla zamanımız var," dedi keyifle. "Wigmore Caddesi'ne gidiyoruz."

Londra'nın içinde atlı arabayla dolaşmak şimdiye dek yaşadığım her şeyden daha heyecanlıydı. Nedense arabasız bir Londra'yı tamamen sakin bir yer olarak hayal etmiştim. Caddelerde ağır ağır gezinen şemsiyeli ve şapkalı insanlar, arada sırada yoldan geçen atlı arabalar, egzoz kokusunun ve yeşil yandığında yayaları ezecek kadar saygısızca hız yapan taksilerin olmadığı bir Londra. Gerçekten de öyleydi ama sakin olmaktan çok uzaktı. Öncelikle yağmur yağıyordu. İkincisi, trafik araba ve otobüs olmadan da beklenmedik biçimde karmaşıktı: Her tür ve boyda fayton ve yük arabası birbirlerini sıkıştırmıştı. Sular ve çamurlar her yere sıçrıyordu. Egzoz olmasa da caddenin güzel koktuğu söylenemezdi; biraz çöp, at pisliği ve başka şeyler...

Şimdiye dek hiç bu kadar çok atı bir arada görmemiştim. Faytonumuz dört at tarafından çekiliyordu, hepsi siyahtı ve fazlasıyla güzeldiler. Sarı fraklı adam sürücü yerinde oturuyor, hayvanları bu karmaşa arasında son derece tehlikeli bir hızda yönetiyordu. Fayton deli gibi sallanıyordu. Atlar her viraja girdiğinde devrileceğimizi sanıyordum. Korkudan ve araba sarsılırken Gideon'un üzerine devrilmekten çekindiğimden faytonun penceresinden görünen Londra'ya doğru dürüst göz atamamıştım. Dışarı bakabildiğim anlarda bana tanıdık gelen tek bir şey bile göremedim. Sanki tamamen başka bir kente gelmiştim.

"Burası Kingsway," dedi Gideon. "Tanınmaz halde, değil mi?"

Faytonumuz cesurca bir sollama yaparak bir öküz arabasını ve bizimkine benzeyen bir faytonu geride bıraktı. Bu kez yerçekiminin beni Gideon'a savurmasını engelleyememiştim.

"Bu herif kendini Ben-Hur sanıyor herhalde," dedim tekrar kendi köşeme kayarken.

"Fayton sürmek müthiş eğlenceli," dedi Gideon, sesinde sürücü yerindeki adamı kıskanıyormuş gibi bir tını vardı.

"Üstü açık bir arabayla daha da eğlenceli olur. Yine de açık bir faytonu tercih ederim."

Fayton tekrar savrulurken midemin bulanmaya başladığını hissettim. Bulantının araba tutmasıyla bir ilgisi yoktu. "Sanırım bir Jaguar'ı tercih ederim," dedim donuk bir sesle.

Yine de Wigmore Caddesi'ne düşündüğümden daha kısa sürede varmış olduğumuzu itiraf etmem gerekirdi. Görkemli bir evin önünde arabadan indiğimizde etrafa bakındım ama kentin, dişçimizin bulunduğu bu bölümünü kendi zamanımızda ne yazık ki sık sık ziyaret etmek zorunda kalsam da, hiçbir şey aynı değildi. Yine de her şey az da olsa bir tanıdıklık hissi uyandırıyordu. Yağmur da dinmişti.

Bize kapıyı açan uşak önce Lord Brompton'un evde olmadığını iddia etti ama Gideon, bizi efendisinin ve konuğunun yanına götürmediği takdirde aynı gün işini kaybedeceği konusunda onu ikna etti. Adamın avcuna mühür yüzüğünü sıkıştırırken acele etmesini emretti.

Lobide beklerken, "Kendine ait bir mühür yüzüğün mü var?" diye sordum.

"Evet, elbette," dedi Gideon. "Heyecanlı mısın?"

"Neden? Olmalı mıyım?" Fayton yolculuğunun stresini üzerimden henüz atamadığım için heyecanlı bir şey düşünecek zamanım olmamıştı. Ancak Gideon böyle söyleyince kalbim deli gibi çarpmaya başladı. Annemin Saint Germain Kontu hakkında söylediklerini düşündüm. Bu adam düşünceleri gerçekten okuyabiliyorsa...

Saçlarımı yokladım, fayton yolculuğu nedeniyle hepsi birbirine girmişti olmalıydı.

"Saçların kusursuz," dedi Gideon hafifçe gülümseyerek.

Bu da neydi şimdi? Beni sinir etmek mi istiyordu?

"Biliyor musun, bizde çalışan aşçı kadının adı da Brompton," dedim utangaçlığımı örtbas etmek için.

"Evet, dünya küçük," dedi Gideon.

Uşak, etekleri uçuşa uçuşa merdivenlerden aşağı koşarak indi. "Baylar sizi bekliyor, efendim."

Adamı birinci kata doğru izledik.

"Gerçekten düşünceleri okuyabiliyor mu?" diye fısıldadım.

"Uşak mı?" diye fısıldadı Gideon. "Umarım okumuyordur. Biraz önce onun bir sansara benzediğini düşündüm."

Yoksa bu sözlerinde hafif bir esprinin gölgesi mi vardı? 'Bay çekilin yoldan önemli bir zaman yolculuğundayım' gerçekten şaka mı yapmıştı? Çabucak sırıttım. (Ne de olsa böyle bir şeyin olumlu biçimde desteklenmesi gerekirdi.)

"Uşak değil, Kont," dedim daha sonra.

Başını salladı. "En azından öyle olduğu iddia ediliyor."

"*Senin* düşüncelerini okudu mu?"

"Eğer yaptıysa bile ben bir şey fark etmedim."

Uşak bize bir kapıyı açarak yerlere dek eğildi. Olduğum yerde kaldım. Belki de hiçbir şey düşünmemeliydim. Ama bu kesinlikle olanaksızdı. Tam hiçbir şey düşünmemeye çalışırken aklıma milyonlarca düşünce gelmişti.

"Önden hanımlar," dedi Gideon ve beni eşiğin üzerinden geçirdi.

İleri doğru birkaç adım attım, sonra ne yapmam gerektiği konusunda kararsız kalarak tekrar durdum. Gideon beni izledi, uşak tekrar yerlere dek eğilerek kapıyı ardımızdan kapattı.

Bulunduğumuz salon büyüktü ve pencereleri yüksekti. İşlemeli perdelerden rahatlıkla elbise yapılabilirdi. Mobilyalar oldukça soylu görünüyordu.

Üç adam bize doğru baktı. İlki, sandalyesinde zorlukla doğrulabilen, şişman bir adamdı. İkincisi daha gençti ve alışılmadık biçimde sağlam bir görünüşü vardı. Aralarında peruk takmayan tek kişiydi. Üçüncüsü zayıf ve uzun boyluydu, yüz çizgileri belge salonundaki portreye benziyordu.

Saint Germain Kontu.

Gideon uşak kadar olmasa da, hafifçe eğildi. Üç adam da eğilerek ona karşılık verdiler.

Ben bir şey yapmadım. Hiç kimse bana çemberli bir eteğin nasıl büküleceğini öğretmemişti. Ayrıca eğilmeyi aptalca buluyordum.

Saint Germain Kontu olduğunu sandığım kişi, "Sizinle bu kadar çabuk karşılaşmayı beklemiyordum, genç dostum," dedi. Tüm yüzü ışıldıyordu. "Lord Brompton, size torunumun oğlunun torununun oğlunu tanıştırabilir miyim? Gideon de Villiers."

"Lord Brompton!" Yine küçük bir eğilme. Anlaşılan tokalaşmak henüz moda olmamıştı.

"Sanırım soyağacım en azından görsel olarak oldukça mükemmel gelişmiş," dedi Kont. "Anlaşılan kadınlarımın seçimlerinde oldukça şanslıyım. Abartılı Roma burnu kusursuz gelişmiş."

"Ah, Aziz Kont! Beni yine inanılmaz hikâyelerinizle etkilemeye çalışıyorsunuz," dedi Lord Brompton. Kendini tekrar üzerine bıraktığı sandalyesi öyle küçük görünüyordu ki, bir an ağırlığı altında parçalanacağından korktum. Lord, Bay George gibi biraz toparlak değildi... Bu adam tam bir yağ tulumuydu!

"Ama buna karşı değilim," diye devam etti, domuza benzer gözlerini keyifle devirerek. "Sizinle sohbet etmek her zaman çok zevkli. Her saniye sürprizlerle dolu."

Kont gülerek, daha genç olan peruksuz adama döndü. "Lord Brompton inançsızdır ve hep öyle de kalacak, sevgili Miro! Onu bu konu hakkında ikna etmek için daha fazla çabalamalıyız."

Adam kulağa sert ve kırık gelen yabancı dilde bir şeyler söyledi, Kont yine güldü, Gideon'a döndü. "Sevgili torunum, bu iyi dostum ve ruh ikizim Miro Rakoczy; Muhafızların Güncesi'nde *Siyah Leopar* olarak bilinir."

"Çok sevindim," dedi Gideon.

Tekrar karşılıklı eğilmeler.

Rakoczy... Bu adı nereden biliyordum? Hem bakışları neden beni bu kadar huzursuz ediyordu?

Bakışları yavaşça üzerime çevrilirken Kont'un dudakları hafif bir gülümsemeyle kıvrıldı. Elimde olmadan yüzünde Gideon'la ya da Falk de Villiers'le bir benzerlik aradım. Ama hiçbir şey bulamadım. Kontun gözleri çok karanlıktı ve bakışlarında bana hemen annemin sözlerini hatırlatan bir keskinlik vardı.

Düşünme! Sakın bunu yapma. Ama beynimin bir şeyle meşgul olması gerekliydi, bu nedenle aklımdan "*Tanrı kraliçeyi korusun*"u söylemeye başladım.

Kont hemen anlayamadığım bir aksanla Fransızca konuşmaya başladı (özellikle düşüncelerimde hararetle milli marşımızı söylerken bunu yapmak zordu) ama biraz tereddütten ve sözcük haznemin zayıflığının neden olduğu boşluklardan sonra söylediklerini şöyle tercüme edebilirdim: "Ve sen, güzel kız, demek sen Jeanne d'Urfé'ün nokta noktasından bir nokta noktasın. Bana saçlarının kızıl olduğu söylenmişti."

Eh, Fransızca öğretmenimizin dediği gibi, gerçekten bir yabancı dili A'dan Z'ye anlamak için sözcük haznesini geliştirmek gerekti. Ne yazık ki Jeanne d'Urfé'ün de kim olduğunu bilmiyordum.

"Fransızca bilmiyor," dedi Gideon yine Fransızca. "Hem o beklediğiniz kız değil."

"Bu nasıl olabilir?" Kont başını iki yana salladı. "Bütün hepsi en fazla nokta nokta."

"Ne yazık ki nokta nokta üzerinde yanlış kız belirtilmiş."

Evet, *ne yazık ki.*

"Bir hata mı? Bütün bunlar bana zaten baştan sona bir hata gibi göründü."

"Bu, Gwendolyn Shepherd; size dün sözünü ettiğim Charlotte Montrose'un kuzeni."

"Son nokta noktaya göre yine Lord Montrose'un torunlarından biri, değil mi?" Saint Germain Kontu karanlık gözleriyle beni süzmeye başlayınca, düşünmemek için yine içimden şarkı söylemeye başladım.

Ona zafer ve şan ihsan et...

"Nokta noktanın nokta noktası basitçe anlamak istemediğim bir şey."

"Bilim adamlarımız genetik nokta noktaların ..."

Kont, Gideon'un sözünü kesmek üzere elini kaldırdı. "Biliyorum, biliyorum! Bilim yasalarına göre bu doğru olabilir. Yine de içimde kötü bir his var."

Benim de durumun farklı değildi.

"Demek Fransızcan yok?" diye sordu bu kez Almanca. Almancada biraz daha iyiydim (en azından dört yıldır düzenli olarak B alıyordum) ama yine burada da aptalca sözcük boşlukları ortaya çıkmıştı. "Neden bu kadar kötü hazırlandı?"

"Hiçbir şekilde hazırlanmadı, Marki. Yabancı dili yok." Gideon şimdi Almanca konuşmaya başlamıştı. "Bunun dışında her bakımdan 'nokta noktalarla' dolu. Charlotte ve Gwendolyn aynı gün doğdular. Gwendolyn'in bir gün sonra doğduğu sanılmış."

"Böyle bir şey nasıl gözden kaçar?" Ah, sonunda her sözcüğü anlayabilmiştim. Çünkü Kont'un tamamen aksansız konuştuğu İngilizceye dönmüşlerdi. "Neden senin zamanındaki muhafızların işlerini iyi yapmadığı hissine kapılıyorum?"

"Sanırım yanıtı bu mektupta." Gideon frakının iç cebinden mühürlü bir zarf çıkarıp Kont'a uzattı.

Delici bakışlar bana çevrildi.

...hilekâr oyunlarını önle, bize umut ver, Tanrı hepimizi korusun...

Tüm gayretimle karanlık bakışlarından sakınarak diğer iki adama baktım. Görünüşe bakılırsa Lord Brompton'un benden daha fazla sözcük boşluğu vardı (sayısız gıdının üzerindeki ağzı hafifçe açıktı ve biraz aptal görünüyordu) ve diğer adam, Rakoczy, dikkatle tırnaklarına bakıyordu.

Henüz gençti; belki otuzundaydı, siyah saçları ve uzun ince bir yüzü vardı. Çok yakışıklı görünebilirdi ama dudakları son derece acı bir şey tatmış gibi aşağı sarkmıştı ve teni hastalık derecesinde solgundu.

Açık renk pudra sürmüş olabileceğini düşündüğüm sırada ansızın bakışlarını kaldırıp doğruca gözlerimin içine baktı. Gözleri kömür gibi karaydı, irisinin ve gözbebeğinin nerede başladığını göremiyordum. Nedenini bilmiyordum ama ölü gibiydiler.

Ani bir dürtüyle yine, "Tanrı kraliçeyi korusun"u söylemeye koyuldum. Bu arada Kont mührü kırıp mektubu açmıştı. Bir iç çekişle okumaya başladı. Arada sırada başını kaldırıp bana bakıyordu. Hâlâ bulunduğum yerden kıpırdamamıştım.

Bu ülkede hiçbir şey tek başına değil ama Tanrı'nın merhametine bak...

Mektupta ne yazıyordu? Görünüşe bakılırsa Lord Brompton ve Rakoczy de bunu merak ediyorlardı. Lord Brompton mektupta yazılı olanlara göz atabilmek için kalın boynunu uzatırken, Rakoczy de daha çok kontun yüzüne odaklanmıştı. Herhalde ağzındaki tatsız ifade doğuştandı.

Yüzünü tekrar bana çevirdiğinde de kollarımdaki tüyler diken diken oldu. Gözleri kara deliklere benziyordu, neden böyle göründüklerini ancak şimdi fark edebilmiştim: Gözlerinin feri yoktu. Bu, yalnızca garip değil, aynı zamanda korkunçtu. Bu gözlerle aramda en az beş metre mesafe olmasından mutluydum.

"Çocuğum, annen alışılmadık biçimde dik başlı birine benziyor, doğru mu?" Kont mektupta yazılı olanları okumayı bitirdikten sonra katladı. "Bunu yapma nedeni hakkında ancak tahmin yürütülebilir." Birkaç adım yakına geldi. Delici bakışları altında artık milli marşın sözlerini bile hatırlayamıyordum.

Sonra, daha önce mesafeden ve korkudan göremediğim bir şeyi fark ettim: Kont yaşlıydı. Gözlerinden enerji kıvılcımları saçılsa, duruşu dik olsa, sesi kulağa genç ve canlı gelse de, yaşlılığın izleri gözden kaçmıyordu. Yüzü ve ellerinin derisi parşömen gibi buruşuktu, içinde mavi renkte damarlar parlıyordu. Kırışıklar pudra tabakasının altında daha da belirginleşmişti. Yaşı ona kırılgan bir hava vermişti, neredeyse merhamet duymaya başlamıştım.

Korkum aniden uçup gitmişti. O yalnızca yaşlı bir adamdı, büyükannemden bile daha yaşlı.

"Gwendolyn ne annesinin niyetini ne de onu bu duruma sokan olaylardan haberdardı," dedi Gideon. "Onun hiçbir şeyden haberi yok."

"Garip, çok garip," dedi Kont yavaş adımlarla çevremde dönerken. "Gerçekten daha önce hiç karşılaşmadık."

Elbette daha önce hiç karşılaşmamıştık, nasıl karşılaşacaktık ki?

"Ama yakut olmasaydın burada olamazdın. *Yakut kırmızısı karganın yeteneğini almıştır, çemberde on ikinin oluşturduğu sol majörü kilitler."* Turunu tamamlayıp tam önümde durdu ve gözlerimin içine baktı. "Senin büyün nedir, kızım?"

... Korusun yine kıyılarımızı, barış, gücünü eksik etmesin...

Ah! Ne yapıyordum ben? O yaşlı bir adamdı. Ona yılan karşısında paralize olmuş tavşan gibi bakmak yerine saygılı ve kibar davranmalıydım.

"Bilmiyorum, efendim."

"Sende özel olan nedir? Bana söyle."

Bende özel olan neydi? İki gündür geçmişe yolculuk yapabildiğim bir yana bırakılacak olursa?.. Ansızın Glenda teyzenin sözleri zihnimde canlandı: *Charlotte'un yüce bir amaç için doğduğu daha bebekken belliydi. O sıradan çocuklarla bir tutulamaz.*

"Sanırım bende özel olan bir şey yok, efendim."

Kont dilini şaklattı. "Büyük olasılıkla haklısın. Bu yalnızca anonim bir şiir." Ansızın bana olan ilgisini yitirmiş gibi Gideon'a döndü. "Sevgili oğlum. Yaptıklarını büyük bir hayranlıkla okudum. Lancelot de Villiers'in izini Belçika'da bulmuşsun! William de Villiers, büyüleyici akuamarinimiz Cecilia Woodville ve hiç tanımadığım ikizler de yine aynı şekilde işaretlenmişler. Düşünün Lord Brompton, bu çocuk bir de Madam Jeanne d'urfé'ü, yani Pontcarré'ı Paris'te ziyaret etmiş, küçük bir kan bağışında bulunması için onu ikna etmiş."

"Sayesinde babamın Pompadour'la ve son olarak sizinle de dostluk kurduğu Madam d'Urfé'den mi söz ediyorsunuz?"

"Ben başka bir d'Urfé tanımıyorum," dedi Kont.

"Ama madam on yıldır ölü."

"Net söylemek gerekirse yedi yıldır," dedi Kont. "O sıralar Marki Karl Alexander von Ansbach'ın sarayındaydım. Ah, kendimi Almanya'ya çok yakın hissediyorum. Orada Hür Masonlar'a ve simyaya olan ilgi çok büyük. Bana yıllar önce söylendiği gibi, Almanya'da öleceğim."

"Konuyu saptırıyorsunuz," dedi Lord Brompton. "Bu çocuk nasıl olur da Madam d'Urfé'ü Paris'te ziyaret etmiş olabilir? Yedi yıl önce kendisi henüz bir çocuktu."

"Hep yanlış düşünüyorsunuz, sevgili Lord. Madam d'Urfé'ün kanını alma onuruna ne zaman eriştiğini Gideon'a sorun."

Lord soran gözlerle Gideon'a baktı.

"1759 yılının Mayıs ayında," dedi Gideon.

Lord tiz bir kahkaha kopardı. "Ama bu imkânsız. Daha yirmi yaşında bile değilsiniz."

Kont da gülüyordu, bu neşeli bir kahkahaydı. "1759. Madam bundan bana söz etmemişti, yaşlı sır küpü."

"O sırada siz de Paris'teydiniz ama yolunuza çıkmamak için kesin emir almıştım."

"Süreç yüzünden, biliyorum." Kont iç geçirdi. "Bazen kendi koyduğum yasalarla biraz çelişiyorum... Sevgili Jeanne'a geri dönelim. Şiddet kullanmak zorunda kaldın mı? Çünkü benimle işbirliğine pek yanaşmamıştı."

"Bunu bana anlattı," dedi Gideon. "Onu kronograf konusunda nasıl kandırdığınızı da."

"Kandırmakmış! Büyükannesinden ne tür bir mücevher miras aldığından haberi bile yoktu. Zavallı, hırpalanmış alet, çatı katındaki tozlu bir sandığın içinde ne işe yaradığı bilinmeksizin öylece duruyordu. Er ya da geç tamamen unutulup gidecekti. Onu kurtardım, eski anlamını kronografa tekrar kazandırdım. Hem locama gelecekte katılan dehalar sayesinde bugün yine çalışır durumda. Bu neredeyse bir mucize."

"Madam ayrıca, sizin büyük büyükannenizin kızlık soyadını ve doğum tarihini bilmediği için onu neredeyse boğmaya kalktığınızı da söyledi."

Boğmak mı? Bu nasıl bir kabalıktı!

"Evet, doğru. Bu tür bilgi boşlukları bana sürekli zaman kaybettirdi, önemli şeylerle uğraşmak yerine zamanımı eski kilise kayıtlarını araştırmaya harcadım. Jeanne kesinlikle kinci biri. Onu işbirliğine ikna etmiş olmanız da bir o kadar şaşırtıcı."

Gideon gülümsedi. "Kolay olmadı. Sanırım üzerinde güven veren bir izlenim bıraktım. Hem onunla Gavot dansı[19] bile yaptım. Ayrıca sizinle ilgili yakınmalarını sabırla dinledim."

"Ne haksızlık. Ne de olsa ona Kasanova'nın ilgisini çekebileceği heyecan verici bir büyücülük numarası öğretmiştim. Diğeri yalnızca onun parasına göz dikmiş olsa da Jeanne birçok kadını kıskandırdı. Üstelik kronografımı onunla kardeşçe paylaştım. Eğer ben olmasaydım..." Kont fark edilir bir neşeyle tekrar bana döndü. "Büyük büyükannen nankör bir kadındı. Ne yazık ki yüksek zekâyla kutsanmamıştı. Sanırım kendisine aslında ne olduğunu hiçbir zaman doğru dürüst anlayamamıştı, zavallı yaşlı şey. Ayrıca on ikinin çemberinde yalnızca sitrini temsil ettiği için

19 17. ve 18. yüzyıllarda el ele tutuşup seri ayak hareketleriyle daire çizilerek yapılan bir dans, (ç.n.)

yakınırdı. *Siz zümrüt olabiliyorken ben neden berbat bir sitrinim,* demişti. *Mücevher seven hiç kimse bugün sitrin takmıyor.*" Kendi kendine kıkırdadı. "Kendisi gibi olanları arayacak kadar saftı. Eski günlerinde zamanda ne sıklıkla sıçrama yaptığını bilmeyi çok isterdim. Belki de artık hiç yapmıyordu. Zaten hiçbir zaman büyük bir sıçrayışçı olmamıştı. Bazen hiçbir yere kaybolmadan bir ay geçirdiği oluyordu. Kadınların kanının bizimkinden daha uyuşuk olduğunu söyleyebilirim. Tıpkı kadın zekâsının erkeklerinkinin altında olduğu gibi... Bana katılır mıydın, kızım?"

Gözlerimi yere indirirken *yaşlı şovenist,* diye düşündüm, *ahmak, kibirli şey.* Tanrım! Delirmiş miydim? Hiçbir şey düşünmemeliydim!

Görünüşe bakılırsa kont düşünce okuma sanatına pek hâkim değildi çünkü yine keyifle kıkırdadı. "Pek de konuşkan değil galiba, değil mi?"

"Biraz utangaç," dedi Gideon.

Korkmuş, daha uygun bir sözcük olurdu.

"Utangaç kadın yoktur," diye karşı çıktı Kont. "Görünüşte utanarak yere inen gözlerin ardında saflıklarını saklarlar."

Gittikçe ondan korkmam gerekmediği sonucuna varıyordum. O yalnızca narsist, kendini dinletmeyi seven yaşlı bir kadın düşmanıydı.

"Anlaşılan karşı cinsle ilgili pek iyi düşünceler beslemiyorsunuz," dedi Lord Brompton.

"Asla!" diye karşı çıktı Kont. "Kadınları severim. Gerçekten! Yalnızca insanlığı ileriye götürecek zekâya sahip olmadıklarını düşünüyorum. Bu nedenle locamda kadınların işi yoktur." Lorda ışıldayan bir gülümsemeyle baktı. "Ayrıca birçok erkeğin locamızın üyesi olmak için talepte bulunmaları da bunun kesin kanıtı olsa gerek, Lord Brompton."

"Kadınlar yine de sizi seviyor! Babam kadınlar üzerindeki başarınızı heyecanla anlatmaktan yorulmuyor. Hem burada, Londra'da hem de Paris'te her zaman ayaklarınıza kapanıyor olmalılar."

Kont sanki birçok kadınla ilgili anıları arasında mest olmuş gibiydi. "Kadınları baştan çıkarmak ve iradelerini kırmak pek zor değildir, sevgili Lordum. Hepsi birbirine benzer. Daha yüce şeylerle uğraşmasaydım, erkeklerin kadınlarla başa çıkabilmeleri için çoktan bir el kitabı yazmıştım."

Evet, elbette. Ona uygun bir başlığım hemen hazırdı. *Boğarak Başarı Sağlama.* Belki de *Saçmalayarak Kadınları Nasıl Etkisiz Hale Getirebilirsiniz.* Neredeyse kıkırdayacaktım. Ama daha sonra Rakoczy'nin beni izlediğini fark ettim ve keyfim geldiği gibi ansızın yok oldu.

Herhalde çıldırmış olmalıydım! Kara gözleri bir saniyeliğine benimkilere dikildi, sonra gözlerimi mozaik zemine indirerek duyduğum paniğe karşı savaşmaya çalıştım. Burada dikkat edilmesi gereken kişi Kont değildi, bu çok açıktı. Ama bu yüzden kendimi güvende hissetmemeliydim.

"Bütün bunlar çok eğlenceli," dedi Lord Brompton. Gıdısı keyifle oynadı. "Size ve yanınızdaki hanıma gerçekten yazık olmuş. Şüphesiz, çok iyi birer oyuncu olabilirdiniz. Babamın dediği gibi hikâyelerinizle herkesi şaşırtabilirsiniz, sevgili Kontum. Ama ne yazık ki bunları kanıtlayamazsınız. Bu konuda şimdiye dek bir tek hüner bile görmedim."

"*Hüner!*" diye bağırdı Kont. "Sevgili Lordum, çok şüpheci birisiniz. Kendimi babanıza (Mezarında rahat uyusun) karşı sorumlu hissetmeseydim size olan sabrımı çoktan yitirirdim. Bir de elbette paranıza ve nüfuzunuza olan ilgim bu denli büyük olmasaydı."

Lord biraz soğukça güldü. "En azından dürüstsünüz."

"Simya desteklenmeden olmuyor." Kont bir hamlede Rakoczy'ye döndü. "Galiba sevgili lordumuza hünerlerimizden birkaçını göstermek zorundayız, Miro. Kendisi gördüğüne inanan insanlardan. Önce torunumun torunuyla baş başa konuşmam ve locamın gelecekteki büyük üstadına bir mektup yazmam gerek."

"Yan taraftaki yazı kabinini rahatlıkla kullanabilirsiniz," dedi Lord ve ardındaki bir kapıyı işaret etti. "Ben gösteri için şimdiden heyecanlandım."

"Gel, oğlum." Kont, Gideon'un koluna girdi. "Sana sormam gereken birkaç şey var. Elbette ki bilmeni istediğim birkaç şey de."

"Yalnızca yarım saatimiz var," dedi Gideon, altın zincirle yeleğinin içine tutturulmuş cep saatine göz atarak. "Sonra hemen mabedin yolunu tutmamız gerek."

"Bu yeterli bir süre," dedi Kont. "Mektubu yazarken ikisini de çabucak yaparım: Konuşmayı ve yazmayı."

Gideon hafifçe güldü. Görünüşe bakılırsa Kont'u gerçekten de esprili buluyordu ve benim de orada bulunduğumu unutmuşa benziyordu.

Öksürdüm. Tam kapıdan çıkarken bir kez daha dönüp bana baktı ve sorarcasına kaşlarını havaya kaldırdı.

Ben de sessizce yanıt verdim çünkü bunu sesli söyleyemezdim. *Beni bu manyaklarla burada yalnız bırakma.*

Gideon tereddüt etti.

"O bizi yalnızca rahatsız eder," dedi Kont.

"Beni burada bekle," dedi Gideon beklenmedik bir yumuşaklıkla.

"Bu arada Lord ve Miro, size eşlik eder," dedi Kont. "Ona gelecek hakkında bir şeyler sorabilirsiniz. Bu bir kez karşınıza çıkacak bir fırsat. Kendisi 21. yüzyıldan geliyor, ona Londra'nın altından giden otomatik trenleri sorun. Hatta bin aslan gürültüsündeki gümüş renkli uçan aletlerin kilometrelerce yüksekten denizi nasıl aştığını."

Lord öyle şiddetle güldü ki, altındaki sandalyenin her an dağılacağından korktum. Bedenindeki etlerin her dirhemi sallanıyordu. "Başka bir şey var mı?"

Onunla ve Rakoczy'yle hiçbir şekilde yalnız kalmak istemiyordum. Ona yalvarırcasına baktığım halde Gideon yalnızca gülümsedi.

"Birazdan dönerim," dedi.

Muhafızların Günceleri'nden

12 Haziran 1948

Kara Turmalin Paul de Villiers sözleştiğimiz gibi bugün belge odasında 1992'den elapse oldu. Ama bu kez üstadımız Lucas Montrose'un torunu Lucy Montrose olduğunu iddia eden kızıl saçlı bir kızla birlikte. Her bakımdan Arista Bishop'la (Yeşim sülalesinden gözlem numarası 4) müthiş bir benzerliği vardı.

İkisini Lucas'ın bürosuna götürdük. Artık hepimiz, Lucas'ın umduğumuz gibi Claudine Seymoure'a değil de Arista'ya bir teklif yapacağını biliyoruz. (Arista'nın bacakları ve ters vuruşları gerçekten daha iyi olsa da.) İnsanın henüz çocuğu olmadığı halde torunları tarafından ziyaret edilmesi çok garip.

Rapor: Kenneth de Villiers, İç Çember

12.

Kapı Gideon ve Kont'un ardından kapanırken elimde olmadan bir adım geri attım.

Lord, "Rahatlıkla oturabilirsiniz," derken narin sandalyelerden birini gösterdi. Rakoczy dudaklarını büzdü. Yoksa bu bir gülümseme miydi? Eğer öyleyse bunu ayna karşısında birkaç kez daha çalışması gerekirdi.

"Hayır, teşekkürler. Ayakta dursam daha iyi olacak." Kapının yanındaki bir kaidenin üzerinde duran çıplak bir meleğe çarpana dek bir adım daha geriledim. Kara gözlerle aramda ne kadar mesafe fazla olursa o kadar iyiydi.

"Gerçekten de 21. yüzyıldan geldiğinizi mi iddia ediyorsunuz?"

Eh, aslında buna *iddia etmek* denemezdi. Ama başımı salladım.

Lord Brompton ellerini ovuşturdu. "Pekâlâ, o zaman... söyleyin bakalım, 21. yüzyılda İngiltere'yi hangi kral yönetiyor?"

"Ülkeyi yöneten bir başbakanımız var," dedim tereddüt ederek. "Kraliçe daha çok temsili bir görev üstlenmiş durumda."

"Kraliçe mi?"

"II. Elizabeth. Çok iyi biri. Hatta geçen yılki çok uluslu okul festivalimize katılmıştı. Ulusal marşımızı yedi dilde söyledik. Gordon Gelderman, kraliçenin İngilizce kitabına attığı imzayı eBay'da seksen *pound*'a açık artırmaya çıkardı. Şey, elbette bu size bir şey ifade etmeyebilir, yine de bir başbakanımız ve halk tarafından seçilmiş milletvekillerinden oluşan bir kabinemiz var."

Lord Brompton takdirle güldü. "Bu çok komik bir hayal, değil mi Rakoczy? Kont yine müthiş hayaller kurmuş. Peki, 21. yüzyılda Fransa'nın durumu nasıl?"

"Sanırım onların da bir başbakanı var. Bildiğim kadarıyla temsili bir kralları da yok. Devrimden sonra kralla birlikte tüm soyluları feshettiler. Zavallı Marie Antoinette'in başını kestiler, korkunç değil mi?"

"Ah evet," diye güldü Lord. "Fransızlar kesinlikle korkunç insanlar. Bu yüzden biz İngilizler onlarla uzlaşamıyoruz. Söyleyin bana, 21. yüzyılda kimlerle savaş yapıyoruz?"

"Hiç kimseyle?" dedim biraz şüpheyle. "En azından tam olarak değil. Zaman zaman bir yerlere karıştığımız oluyor, Yakındoğu'ya örneğin. Doğruyu söylemek gerekirse, politikayla ilgili fazla bilgim yok. Bana daha çok... buzdolapları hakkında bir şeyler sorabilirsiniz. Elbette nasıl çalıştıklarını değil çünkü bunu bilmiyorum. Yalnızca *çalıştıklarını* biliyorum. Londra'daki her evde bir buzdolabı var ve içinde peynir, süt, et gibi yiyecekleri günlerce saklayabilirsiniz."

Lord Brompton buzdolaplarına pek ilgi duyuyormuş gibi görünmüyordu. Sandalyesinde bir kedi gibi gerindi. Ayağa kalkma fikrine kapılmamasını umdum.

"Bana telefonları da sorabilirsiniz," dedim çabucak. "Yine onların da nasıl çalıştıklarını bilmiyorum." Tahminimce Lord Brompton zaten anlamazdı. Doğruyu söylemek gerekirse ona lambanın prensibini açıklamanın bile bir yararı olmazdı. Onun ilgisini çekecek başka bir şeyler düşündüm.

"Şey... Dover ve Calais arasında yerin altından geçen bir tünel var."

Lord Brompton bunu son derece tuhaf bulmuştu. Kocaman kalçalarına vurarak güldü. "Mükemmel! Mükemmel!"

Tam biraz gevşemeye başladığım sırada Rakoczy bir şey söyledi. İngilizceyi sert bir aksanla konuşuyordu. "Peki, Transilvanya'da durum nasıl?"

"Transilvanya mı?" Kont Drakula'nın vatanı mı? Bunu ciddi olarak mı sormuştu? Kara bakışlarından kaçındım. Belki de bu adam Kont Drakula'nın *kendisiydi!* En azından teni kesinlikle buna uygundu.

"Güzel Karpatlar'daki vatanım. Transilvanya Prensliği. 21. yüzyılda Transilvanya'ya ne oldu?" Sesi biraz çatallıydı. Sanki içinde özleme benzer bir şey vardı. "Kuruz halkı ne yapıyor?"

Ne halkı? Kuruz mu? Hiç duymamıştım.

"Eh, şey, zamanımızda Transilvanya oldukça sessiz," dedim dikkatle. Doğruyu söylemek gerekirse nerede olduğunu bile bilmiyordum. Karpatlar'ı yalnızca deyim olarak biliyordum. Leslie Yorkshire'daki amcası Leo'dan söz ederken, "Karpatlar'da bir yerde oturuyor," derdi ve Leydi Arista için Chelsea'nın dışındaki her yer "Karpatlar"dı. Neyse, ama demek ki Kuruzlar da Karpatlar'da oturuyorlardı.

"21. yüzyılda Karpatlar'ı kim yönetiyor?" diye sordu Rakoczy. Vereceğim yanıt hoşuna gitmediği takdirde her an sandalyesinden fırlayacakmış gibi bir duruş almıştı.

Hımm, hımm. Bu gerçekten de iyi bir soruydu. Karpatlar Bulgaristan'da mıydı? Romanya'da mı? Yoksa Macaristan'da mı?

"Bilmiyorum," dedim. "Epey zaman oldu. Bayan Counter'a sormam gerek. O coğrafya öğretmenim."

Rakoczy düş kırıklığına uğramış gibiydi. Belki de ona yalan söylemeliydim. *Transilvanya'yı iki yüz yıldır Prens Drakula yönetiyor. O bölge soyu tükenmekte olan yarasaların yaşam alanı olarak diğer yerlerden ayrıldı. Kuruzlar Avrupa'nın en mutlu insanları.* Bu herhalde daha fazla hoşuna giderdi.

"Peki, 21. yüzyılda kolonilerin durumu nedir?" diye sordu Lord Brompton.

Rakoczy'nin arkasına yaslandığını görünce rahatladım. Hem oda bulutların arasından sıyrılan güneşin parlak ışınlarına boğulduğu zaman toza dönüşmemişti.

Bir süre Amerika, Jamaika ve ne yazık ki, adını daha önce hiç duymadığım birkaç adayla ilgili rahatça gevezelik ettik. Lord Brompton hepsinin özerk yönetildiğini öğrendiğinde oldukça üzüldü. (Bu işin sonunun nereye varacağından pek emin değildim.) Elbette hiçbir sözüme inanmadı ve her seferinde kahkahayı bastı. Rakoczy sohbetimize katılmak yerine gözlerini dönüşümlü olarak pençeye benzer uzun tırnaklarına ve halıya dikip durdu. Arada sırada da bana baktı.

"Ah, bir oyuncu olmanız ne üzücü," diye iç geçirdi Lord Brompton. "Yazık, yoksa size seve seve inanacaktım."

"Şey," dedim anlayışla. "Sizin yerinizde olsam bütün bunlara ben de inanmazdım. Ne yazık ki bir kanıtım yok... Ah, bekleyin!" Elimi dekoltemin içine atıp cep telefonumu çıkardım.

"Bu ne? Sigara kutusu mu?"

"Hayır!" Cep telefonunun kapağını açtım. Hat bulamadığı için ince bir sesle öttü. Elbette. "Bu bir... Şey, fark etmez. Bununla resim çekebilirim."

"Resim mi yapıyorsunuz?"

Başımı iki yana sallayarak cep telefonunu Lord ve Rakoczy ekranda görünecek biçimde havaya kaldırdım. "Gülümseyin. Tamam, çektim." Günışığı parlak olduğu için ne yazık ki flaş patlamamıştı. Yazık. Onları fazlasıyla etkileyebilirdim.

"Bu da neydi?" Lord Brompton yağ kütlesini şaşılacak bir hızla yukarı kaldırarak bana doğru geldi. Ona ekrandaki resmi gösterdim. Onu ve Rakoczy'yi mükemmel bir şekilde etkilemiştim.

"Ama... bu nedir? Bu nasıl mümkün olur?"

"Buna 'fotoğraf çekmek' diyoruz," dedim.

Lord Brompton'un kalın parmakları cep telefonunu hayranlıkla okşadı. "Harika! Rakoczy, buna bakmanız gerek."

"Hayır, teşekkürler," dedi Rakoczy uyuşuk bir sesle.

"Bunu nasıl yaptığınızı bilmiyorum ama şimdiye dek gördüğüm en iyi numara. Ah, şimdi ne oluyor?"

Ekranda Leslie'nin fotoğrafı görünmüştü. Lord bir tuşa basmış olmalıydı.

"Bu, kız arkadaşım Leslie," dedim özlemle. "Bu resmi geçen hafta çektim. Bakın, arkasında Marylebone High Caddesi görünüyor, elbette Prét a Manger ve Aveda Shop da... Gördünüz mü? Annem saç spreylerini hep oradan alır." Ansızın içimi delicesine bir ev özlemi doldurmuştu. "Bu da bir taksinin parçası. Atsız giden bir tür fayton diyelim..."

"Bu sihirli kutu için ne istersiniz? Size dilediğiniz fiyatı veririm, ne olursa olsun!"

"Şey, hayır, gerçekten... Bu satılık değil. Ona hâlâ ihtiyacım var." Üzgün bir tavırla omuzlarımı silkerek sihirli kutuyu... Daha doğrusu cep telefonunu kapatıp tekrar korsajımın içindeki gizli yere koydum.

Tam zamanında davranmıştım çünkü kapı açıldı ve kontla Gideon geri döndüler. Kont keyifle gülümserken Gideon çok daha ciddiydi. Artık Rakoczy de sandalyesinden kalkmıştı.

Gideon'un beni yoklar gibi bakışlarına inatla karşılık verdim. O yokken ortadan yok olacağımı mı sanmıştı? Aslında bunu hak ediyordum. Sonuçta, ne olursa olsun yanından ayrılmamamı tembihlemiş, sonra da ilk fırsatta beni yalnız bırakmıştı.

"Ee? 21. yüzyılda yaşamak hoşunuza gitti mi, Lord Brompton?" diye sordu kont.

"Kesinlikle! Ne harika fikirleriniz var!" dedi Lord ellerini çırparak. "Gerçekten çok eğlenceliydi."

"Hoşunuza gideceğini biliyordum. Ama en azından zavallı çocuğa oturması için bir yer gösterebilirdiniz."

"Ah, gösterdim. Ama o ayakta durmak istedi." Lord ona doğru teklifsizce eğildi. "Şu gümüş kutucuğu satın almayı *gerçekten* çok isterdim, sevgili Kont."

"Gümüş kutucuk mu?"

"Ne yazık ki artık veda etmemiz gerekiyor," dedi Gideon, salonu birkaç adımda geçerek yanımda durdu.

"Anlıyorum, anlıyorum! Elbette, 21. yüzyıl bekliyor," dedi Lord Brompton. "Ziyaretiniz için çok teşekkürler. Çok eğlenceliydi."

"Buna katılıyorum," dedi Kont.

"Umarım bu keyfi bir kez daha yaşarız," dedi Lord Brompton.

Rakoczy bir şey söylemedi. Yalnızca bana baktı. Ansızın boğazıma buz gibi bir elin sarıldığını hissettim. Korkuyla soluğumu tutarak kendime baktım. Görünürde hiçbir şey yoktu. Ama boğazımı çevreleyen parmakları tam olarak hissedebiliyordum.

"Her an sıkabilirim."

Bunu söyleyen Rakoczy değildi, Kont'tu. Ama bu arada dudaklarını bile oynatmamıştı.

Gözlerim şaşkınlıkla dudaklarından eline kaydı. Benden en az dört metre uzaktaydı. Aynı anda nasıl olup da elini boğazıma koyabiliyordu? Hem hiç konuşmadığı halde sesini kafamın içinde nasıl duyabiliyordum?

"Bu işte ne tür bir rolün olduğunu ya da önemli olup olmadığını bilmiyorum, genç hanım. Ama kurallarımın çiğnenmesine katlanamam. Bu bir uyarı. Anladın mı?" Parmakların baskısı artmıştı.

Korkudan adeta felç olmuştum. Zorlukla soluyarak ona baktım. Kimse şu anda olanları fark etmiyor muydu?

Anlayıp anlamadığını sordum?

"Evet," diye fısıldadım.

Boğazımı sıkan el hemen gevşedi ve uzaklaştı. Ciğerlerime giden havanın yolu açıldı.

Kont dudaklarını acıyla büzerek bileğini silkeledi.

"Tekrar görüşeceğiz," dedi.

Gideon eğildi. Üç adam ona karşılık verdiler. Yalnızca ben, olduğum yerde dimdik kaldım. Kıpırdayacak durumda değildim. Gideon elimi tutup beni odadan dışarı çekti.

Tekrar faytona bindiğimizde gerginliğim hâlâ geçmemişti. Kendimi donuk, güçsüz ve bir anlamda kirlenmiş hissediyordum.

Kont diğerleri duymadan benimle konuşabilmeyi nasıl başarabilmişti? Ayrıca benden dört metre uzakta durduğu halde nasıl olup da bana dokunabilmişti? Annem haklıydı, onun hakkında söylenenler doğruydu: Bir insanın ruhuna girip duygularını kontrol altına alabiliyordu. Kibirli davranışlarına, tutarsız gevezeliklerine, hastalıklı dış görünüşüne aldanmıştım. Onu hafife almıştım.

Ne aptalcaydı.

Bulaştığım bütün bu hikâyeyi hafife almıştım.

Fayton harekete geçti ve yine buraya gelirken olduğu gibi şiddetle sarsılmaya başladık. Gideon sarı fraklı muhafıza acele etmesini tembihlemişti. Sanki gerekliymiş gibi. Zaten buraya gelirken de arabayı canına susamış gibi sürmüştü.

"Her şey yolunda mı? Hayalet görmüş gibisin." Gideon paltosunu katlayıp yanına koydu. "Eylül ayına göre hava oldukça sıcak."

"Hayalet görmedim," dedim gözlerine bakmaya çekinerek. Sesim hafifçe titremişti. "Gördüğüm, yalnızca Saint Germain Kontu ve onun *hüner*lerinden biriydi."

"Sana karşı pek de nazik değildi," diye itiraf etti Gideon. "Zaten bu beklenen bir şeydi. Anlaşılan seni başka türlü hayal etmişti."

Karşılık vermeyince devam etti: "Kehanetlerde on ikinci zaman yolcusu hep biraz farklı tanımlanmıştı. *Karganın büyü yeteneğini alan.* Her ne demekse. Kont sıradan bir öğrenci olduğun konusunda bana inanmak istemedi."

Bu söz kontun hayali dokunuşunun içimde uyandırdığı güçsüz ve kötü duyguyu ansızın gidermişti. Bitkinlik ve korku yerine şimdi anlaşılmaz bir kırgınlık hissediyordum. Ve öfke. Dudaklarımı ısırdım.

"Gwendolyn?"

"Ne?"

"Bu bir hakaret değil. Sıradan sözcüğünü *basit* anlamında kullanmadım, daha çok ortalama demek istedim, anladın mı?"

Gittikçe daha da iyileşiyordu.

"Tamam," dedim öfkeyle ona bakarak. "Hakkımda ne düşündüğün umrumda değil."

Bakışlarıma soğukkanlılıkla karşılık verdi. "Bunun için yapabileceğin bir şey yok."

"Beni hiç tanımıyorsun!" diye homurdandım.

"Olabilir," dedi Gideon. "Ama senin gibi yığınla kız tanıyorum. Hepiniz aynısınız."

"Yığınla kız mı? Hah!"

"Senin gibi kızlar, yalnızca saç modelleri, giysiler, filmler ve popstarlarla ilgilenir. Sürekli kıkırdaşıp gruplar halinde tuvalete gidersiniz. Bir de *Marks and Spencer*'dan beş *pound*'luk tişört aldığı için Lisa'nın dedikodusunu yaparsınız."

Fena öfkelendiğim halde tiz bir kahkaha atmadan duramadım. "Tanıdığın tüm kızların *Marks and Spencer*'dan tişört alan Lisa'nın dedikodusunu mu yapıyormuş?"

"Ne demek istediğimi pekâlâ anladın."

"Evet, biliyorum." Aslında bu sohbete devam etmek istemiyordum ama öylece ağzımdan çıkıvermişti: "Charlotte gibi olmayan kızların hepsinin yüzeysel ve aptal olduğunu sanıyorsun. Sürekli gizem ve eskrim dersleri almak yerine yalnızca normal bir çocukluk geçirdiğimiz için. Gerçekte normal bir kızla tanışmaya zamanın olmamış. Bu yüzden kendine bu acınacak önyargıları hazırlamışsın."

"Hey, baksana! Ben de senin gibi liseye gittim."

"Evet, elbette!" Sözler âdeta ağzımdan fışkırıyordu. "Ömrünün yarısını Charlotte gibi zaman yolcusu olmak üzere hazırlanmakla geçirmişsen, o zaman ne erkek ne de kız arkadaşın olmuştur ve ortalama kızlarla ilgili düşüncelerin okul avlusunda tek başına dururken edindiğin gözlemlere dayalı demektir. Peki bana yatılı okuldaki arkadaşlarının hobilerini, yani Latince, Gavot dansı ve at arabası sürmeyi harika bulduklarını mı anlatacaksın?"

Gideon hakarete uğradığını düşünüyor gibi görünmüyordu, aksine eğleniyormuş gibiydi. "Keman çalmayı unuttun." Arkasına yaslanıp kollarını göğsünde kavuşturdu.

"Keman mı? Gerçekten mi?" Öfkem geldiği gibi ansızın uçup gitmişti. Keman... *pes* doğrusu!

"En azından şimdi yüzüne biraz renk geldi. Biraz önce Miro Rakoczy gibi solgundun."

Doğru. Rakoczy. "Nasıl yazılıyor?"

"R-a-k-o-c-z-y," dedi Gideon. "Neden sordun?"

"Onu Google'da araştırmak istiyorum."

"Ah, o kadar mı hoşuna gitti?"

"Hoşa gitmek mi? O bir vampir," dedim. "Transilvanya'dan geliyor."

"Transilvanya'dan geliyor. Ama o bir vampir değil."

"Bunu nereden biliyorsun?"

"Çünkü vampir diye bir şey yoktur, Gwendolyn."

"Ah, öyle mi? Zaman makineleri varsa..." ve insanlar birisinin boğazını dokunmadan sıkabiliyorsa "...neden vampirler de olmasın? Gözlerine hiç baktın mı? Kara deliklere benziyorlardı."

"Deney yaptığı güzelavrat otu suyundandır," dedi Gideon. "Bilinci artırmaya yarayan bir bitki zehri."

"Bunu nereden biliyorsun?"

"Muhafızların güncelerinde var. Rakoczy orada *Siyah Leopar* olarak tanımlanıyor. Kontu iki kez suikasttan kurtarmış. Çok güçlü ve silah kullanmakta oldukça becerikli."

"Kontu kim öldürmek istedi?"

Gideon omuzlarını silkti. "Onun gibi birisinin düşmanı çoktur."

"Buna inanırım," dedim. "Ama bana kendine dikkat edebilen birisi gibi geldi."

"Kuşkusuz," diyerek bana katıldı Gideon.

Kont'un ne yaptığını ona anlatıp anlatmamayı düşündüm. Sonra bunu yapmamaya karar verdim. Gideon ona karşı yalnızca nazik olmakla kalmamıştı, bana göre Kont'la ikisi çok iyi iki dost gibiydiler.

Kimseye güvenme.

Bunun yerine, "Gerçekten geçmişe gidip tüm o insanların kanını mı aldın?" diye sordum.

Gideon başını salladı. "Şimdi senle ve benimle birlikte on iki zaman yolcusundan sekizi kronografa geçti. Geri kalan dördünü de bulmam gerek."

Kont'un sözlerini hatırlayınca sordum: "Londra'dan Paris'e ve Brüksel'e nasıl gittin? Yani geçmişte geçireceğin zaman dilimi birkaç saatle kısıtlı değil mi?"

"Net olarak söylemek gerekirse, dört saat," dedi Gideon.

"Bu zamanda bile dört saat içinde kesinlikle Londra'dan Paris'e gidilmez; ayrıca Gavot dansı yapıp birinin kanını almaktan söz bile etmiyorum."

"Bu doğru. Bu nedenle *daha önceden* kronografla birlikte Paris'e gittik, aptal şey," dedi Gideon. "Aynısını Brüksel'de, Milano'da ve Bath'ta da yaptık. Diğerlerini Londra'da bulabilirdim."

"Anlıyorum."

"Gerçekten mi?" Gideon'un gülümsemesi yine alaycıydı. Bu kez bunu görmezden geldim.

"Evet, ama anlamadığım bir şey daha var." Pencereden baktım. "Giderken bu çayırlardan geçmemiştik, değil mi?"

"Burası Hyde Park," dedi Gideon, ansızın heyecanla yerinde doğrulup dışarı sarktı. "Hey, Wilbour ya da adınız her neyse...

Neden bu yoldan gidiyoruz? En kısa yoldan mabede varmamız gerek!"

Sürücü yerindeki adamın ne dediğini duymamıştım.

"Olduğunuz yerde kalın," diye emretti Gideon. Bana döndüğünde yüzü bembeyaz kesilmişti.

"Neler oluyor?"

"Bilmiyorum," dedi. "Adam bizi parkın güneyindeki bir buluşma noktasına götürmek üzere emir aldığını söylüyor."

Atlar durunca Gideon arabanın kapısını açtı. "Burada ters giden bir şeyler var. Zaman sıçramamız için acele etmeliyiz. Mabede varmak için atları ben süreceğim." Arabadan inip kapıyı tekrar kapadı. "Her ne olursa olsun, sen arabanın içinde kal."

O anda bir patlama oldu. İçgüdüsel bir hareketle eğildim. Bu sesi filmlerden tanıyor olsam da bir silaha ait olduğunu hemen anlamıştım. Hafif bir çığlık duyuldu. Atlar kişnedi ve fayton öne doğru sarsıldı ama sonra sallanarak olduğu yerde durdu.

"Başını eğ!" diye bağırdı Gideon. Kendimi arabanın koltuğuna attım.

İkinci bir silah sesi duyuldu. Gürültüyü izleyen sessizlik dayanılır gibi değildi.

"Gideon?" Doğrulup dışarı baktım.

Gideon çayıra bakan pencerenin önündeydi ve kılıcını çekmişti. "Eğil dedim!"

Tanrıya şükür, hâlâ yaşıyordu. Ama bu herhalde pek uzun sürmeyecekti. Ortaya ansızın siyahlar içinde iki adam çıkmıştı.

Üçüncüsü ise bir ağacın gölgesinde duruyordu, ata binmişti ve elinde parlak bir tabanca tutuyordu.

Gideon aynı anda iki adama karşı kılıç sallamaya başlamıştı. Hiçbiri konuşmuyordu. Birbirine vuran kılıçların sesi ve soluk sesleri dışında duyulan hiçbir şey yoktu. Gideon'un ustaca savunmasını birkaç saniye hayranlıkla izledim. Tıpkı bir film sahnesi gibiydi; her hareket, her atak, her sıçrayış mükemmel bir uyum içindeydi. Hepsi günlerce bu koreografilere çalışmış gibiydi. Ama adamlardan birisi haykırıp boğazından fıskiye gibi kan fışkırarak diz üstü çökünce tekrar kendime geldim. Bu film değildi, gerçekti. Hem kılıçlar ölümcül silahlar olsalar da (bu arada kılıç isabet eden adam, korkunç sesler çıkararak yerde kıvranıyordu) tabancaya karşı yapabilecekleri pek fazla şey yoktu. Gideon neden bir tabanca taşımıyordu? Evden pratik bir tabanca getirmek daha kolay olurdu. Peki, arabacı nerede kalmıştı? Neden Gideon'un yanında savaşmıyordu?

Bu arada, ağacın ardındaki atlı onlara yaklaşmış ve atından inmişti. Onun da bir kılıç çekerek Gideon'un üzerine hücum ettiğini şaşkınlıkla gördüm. Neden tabanca kullanmamıştı? Onu kimsenin bulamayacağı biçimde çimenlerin üzerine fırlatmıştı.

"Kimsiniz? Ne istiyorsunuz?" diye sordu Gideon.

"Canınızdan başka bir şey istemiyoruz," dedi son gelen adam.

"Ama onları alamayacaksınız!"

"Alacağız. Buna inanın!"

Diğerleri cansız bir şekilde yerde yatan adamı çiğneyerek kılıç sallarken pencerenin önündeki dövüş yine provası yapılmış bir tür baleye dönüşmüştü.

Gideon onların niyetlerini önceden seziyormuş gibi her atağı savuşturuyordu ama diğerleri de hiç kuşkusuz çocukluklarından beri kılıç dersi almış gibiydi. Bir an rakiplerinden birisinin kılıcı o anda başka bir atağı savuşturmakla meşgul olan Gideon'un omzunu sıyırdı.

Gideon, büyük olasılıkla kolunun yarısını kopartacak olan bir vuruştan esnek bir şekilde yana çekilerek korundu. Faytona çarpan kılıcın kırdığı tahta seslerini duydum.

Bütün bunlar gerçek olamazdı! Bu adamlar kimdi ve bizden ne istiyorlardı?

Çabucak koltuktan kaydım ve pencereden öbür tarafı görmeye çalıştım. Olanları hiç kimse görmüyor muydu? Güpegündüz bir öğleden sonra, Hyde Park'ın orta yerinde gerçekten saldırıya uğramak mümkün müydü? Dövüş sonsuza dek sürecekmiş gibi görünüyordu.

Gideon ezici güce karşı kendini iyi savunsa da bunun uzun vadede bir işe yaramayacağı belliydi. Diğer iki adam onu gittikçe daha fazla köşeye sıkıştırıyordu ve sonunda onu yeneceklerdi.

Silah sesini ilk duyduğumdan bu yana ne kadar zaman geçtiğini ya da zaman sıçramamıza ne kadar süre kaldığını bilmiyordum. Herhalde saldırganların gözleri önünde buhar olmayı ummak için fazla uzun bir zamandı. Bu ikisi Gideon'u öldürmek üzereyken faytonda oturup öylece izlemeye daha fazla dayanamayacaktım.

Belki pencereden dışarı çıkıp yardım çağırabilirdim.

Kısa bir an dev eteğimin kapı aralığına sığıp sığmayacağından korktum ama bir saniye sonra kum yola inerek çevreme bakındım.

Faytonun öbür tarafından yalnızca soluk sesleri, sövgüler ve birbirine çarpan metallerin sesi duyuluyordu.

"Teslim olun," diye soludu yabancılardan biri.

"Asla!" diye yanıtladı Gideon.

Dikkatle ön tarafa, atların bulunduğu yere doğru ilerledim. Bu arada neredeyse sarı renkli bir şeye takılıp düşecektim. Çığlığımı zorlukla bastırabildim. Bu, sarı fraklı adamdı. Sürücü yerinden kayarak düşmüştü ve kumun üzerinde yatıyordu. Yüzünün bir bölümünün yok olduğunu, kan içindeki giysilerini görünce dehşete düştüm. Yüzünün sağlam kalmış olan tarafındaki gözü kocaman açılmıştı ve boşluğa bakıyordu.

Kurşun ona önden isabet etmişti. Görünüşü korkunçtu, midemin altüst olduğunu hissettim. Şimdiye dek hiç ölü görmemiştim. Şimdi bir sinemada oturup bu sahnelere gelince gözümü kapatmak için neler vermezdim.

Ama burada olanlar gerçekti. Adam ölmüştü ve Gideon biraz ötede gerçek bir ölüm tehlikesiyle karşı karşıyaydı.

Bir metal sesi beni yarı felç durumundan kurtardı. Gideon'un inlemesi beni kesinlikle kendime getirmişti.

Ne yaptığımı bilmeden ölünün yanında duran kılıcı tutup kınından çıkardım.

Elimde tarttığımda sandığımdan da ağır geldi ama kendimi daha iyi hissettim. Bu silahla nasıl başa çıkacağımı bilmesem de, bu şey oldukça keskin ve sivriydi; bu kadarı kesindi.

Kılıç şıkırtıları kesilmemişti. Köşeden bakma riskini göze aldığımda iki adamın Gideon'un sırtını faytona dayamayı başardıklarını gördüm. Saç örgüsünden birkaç tutam dışarı çıkmış ve alnına dökülmüştü. Frakının kollarından biri derince yırtılmıştı ama neyse ki hiçbir yerde kan göremedim, henüz yaralanmamıştı.

Son bir kez çevreme baktım, görünürde yardım edebilecek kimse yoktu. Kılıcı elimde tarttım ve kararlı adımlarla ilerledim. Aniden ortaya çıkışım en azından diğer iki adamı oyalayacaktı, böylelikle belki Gideon'a bir avantaj sağlardım.

Ama gerçekte tam tersi oldu. İki adam, sırtları bana dönük olduğu için beni göremedi, ancak Gideon'un gözleri beni görünce korkuyla açıldi.

Kısa bir an geçirdiği şaşkınlık siyah giysili adamlardan birisinin kılıcını Gideon'un ceket kolunun sökülmüş yerine saplamasına yetmişti. Bu kez gerçekten kan akıyordu. Gideon hiçbir şey olmamış gibi kılıcını kullanmaya devam etti.

Adam, "Daha fazla dayanamazsınız," diye zaferle bağırarak Gideon'a şiddetle saldırmaya koyuldu. "Son duanızı edin. Çünkü birazdan Tanrınızla karşı karşıya geleceksiniz."

Kılıcın kabzasını iki elimle kavradım ve Gideon'un korku dolu bakışlarını görmezden gelerek koştum. Adamlar geldiğimi duymadı. Ancak kılıcın ucu aralarından birinin sırtından içeri girdiği zaman varlığımın farkına vardılar. Hiçbir şekilde karşı koyamadan, neredeyse sessizce. Bir an korkuyla ıskaladığımı sandım. Belki de kılıcı bedenle kolun arasındaki boşluğa sokmuştum ama adam bir hırıltı çıkararak silahını elinden düşürdü ve bir ağaç gibi yere yıkıldı. Ancak düştüğünü gördüğüm zaman kılıcın kabzasını elimden bıraktım.

Ah Tanrım.

Gideon diğer adamın bu korku anını savurduğu bir darbeyle kullandı ve o da dizüstü yere çöktü.

Gideon kılıcının ucunu rakibinin boğazına dayayıp yere düşen diğer kılıcı bir tekmede ileri savururken, "Delirdin mi?" diye bağırdı.

Adam tüm gücünü yitirmiş gibiydi. "Lütfen... Canımı bağışlayın," dedi.

Dişlerim birbirine çarpmaya başlamıştı.

Bu olamaz. Biraz önce kılıçla bir adamı yaraladım.

Kılıçla yaraladığım adam yerde hırıldıyordu. Diğeriyse birazdan ağlayacakmış gibiydi.

"Kimsiniz ve bizden ne istiyorsunuz?" diye soğuk bir sesle sordu Gideon.

"Yalnızca bana söylenenleri yaptım. Lütfen!"

"Size kim emir verdi?" Adamın boğazında duran kılıcın ucunda bir kan damlası belirdi. Gideon kılıcı saplamamak için kendini zor tutuyormuş gibi dudaklarını birbirine bastırmıştı.

"Adını bilmiyorum, yemin ederim." Korkudan çarpılmış yüz gözlerimin önünden silinmeye başladı, çevremdeki çayırların yeşili titredi. Gözlerimi kapadım ve rahatlamış bir halde kendimi, oluşan girdabın içine bıraktım.

Saint Germain Kontu'nun gizli belgelerinden

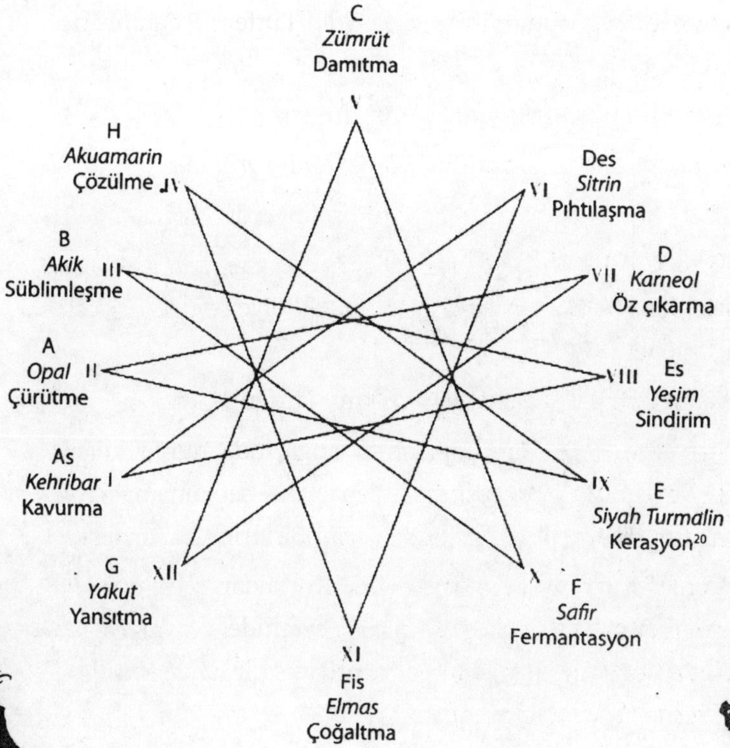

---

20 Bir simya terimi, (ç.n.)

13.

Eteğimin üzerine yumuşak iniş yapmıştım ama tekrar ayağa kalkacak durumda değildim. Bacaklarımdaki tüm kemikler sanki buharlaşmıştı, tüm bedenim titriyor ve dişlerim deli gibi takırdıyordu.

"Ayağa kalk!" Gideon elimden tuttu. Kılıcını tekrar kemerine sokmuştu. Üzerindeki kan izine ürpererek baktım. "Gel, Gwendolyn! İnsanlar bakıyor."

Akşamdı ve hava çoktan kararmıştı ama parktaki bir lambanın altına iniş yapmıştık. Kulaklıklı bir koşucu yanımızdan geçerken tuhaf bir bakış attı.

"Sana faytonda kalmanı söylememiş miydim?!" Tepki vermeyince Gideon kolumdan tutup beni ayağa dikti. Yüzündeki tüm renkler uçup gitmişti. "Yaptığın şey son derece düşüncesizce... kesinlikle... tehlikeli ve lanet olsun, çok cesurcaydı."

"Bir kaburgayı şişleyince hissedilir sanıyordum," dedim dişlerimin takırtısı arasında. "Bunun pasta keser gibi... bir duygu olduğunu düşünmemiştim. Adamın neden hiç kemiği yoktu?"

"Kesinlikle vardı," dedi Gideon. "Neyse ki kılıcın arada bir yere isabet etti."

"Ölecek mi?"

Gideon omuzlarını silkti. "Temiz bir darbeyse, ölmez. Ama 18. yüzyıldaki ameliyatları *Grey's Anatomy*'yle kıyaslamak çok zor."

Temiz bir darbeyse mi? Bu ne demekti?

Bir darbe nasıl temiz olabilirdi?

Bu gerçek neredeyse tekrar yere çökmeme neden olacaktı. Ama Gideon beni sıkıca tuttu. "Gel, mabede geri dönmemiz gerek. Diğerleri bizi merak etmiştir."

Herhalde parkın neresinde olduğumuzu biliyordu çünkü kararlı bir tavırla kolumdan çekerek köpeklerini gezdirmekte olan iki kadının meraklı bakışları arasında yoldan aşağı doğru yürüdü.

"Lütfen dişlerini takırdatmayı kes. Kulağa çok korkunç geliyor," dedi Gideon.

"Ben bir katilim," dedim

"Meşru müdafaa diye bir şey duymadın mı? Sen kendini savundun. Hatta doğruyu söylemek gerekirse, beni savundun."

Çarpık bir gülümsemeyle bana baktı. Bir saat öncesine dek böyle bir şeyi asla itiraf edemeyeceğine yemin edebilirdim. O anda aklımdan geçen buydu.

Bunu yapamazdı.

"Aslında pek de gerekli değildi ama..." dedi.

"Ah, hem de nasıl gerekliydi! Kolun nasıl? Kanıyor mu?"

"Çok kötü değil. Doktor White yaramı iyileştirir."

Bir süre konuşmadan yan yana yürüdük. Serin akşam havası bana iyi gelmişti, soluklarım gittikçe düzeliyordu, dişlerimin takırdaması da durmuştu.

"Ansızın seni karşımda görünce kalbimin duracağını sandım," dedi Gideon nihayet. Kolumu bırakmıştı. Herhalde artık tek başıma ayakta durabileceğime güveniyordu.

"Neden yanında bir tabanca yoktu?" diye ona çıkıştım. "Diğer adamda bir tane vardı!"

"Hatta iki tane," dedi Gideon.

"Neden onu kullanmadı?"

"Kullandı. Zavallı Wilbour'a ateş etti, ikinci tabancanın kurşunuysa az daha bana isabet ediyordu."

"Neden ikinci kez ateş etmedi?"

"Çünkü her tabanca bir el ateş edebilir, sersem," dedi Gideon. "James Bond filmlerinden tanıdığın küçük tabancalar o zaman henüz icat edilmemişti."

"Ama günümüzde edildi! Geçmişe giderken bu aptal kılıç yerine neden düzgün bir tabanca almıyorsun?"

"Ben kiralık katil değilim," dedi Gideon.

"Ama bu... O zaman gelecekten gelmenin ne yararı var? Ah! Demek *buradayız*!" Tam olarak Hyde Park'ın köşesindeki Apsley House'a doğru yürümüştük. Akşam gezintiye çıkanlar, koşucular ve köpek sahipleri merakla bize baktı.

"Bir taksiye binip mabede gidelim," dedi Gideon.

"Yanında para var mı?"

"Elbette yok!"

"Ama benim cep telefonum yanımda," diyerek dekolteme el attım.

"*Ah, gümüş kutucuk!* Bunu düşünmeliydim! Seni ap... Ver şunu bana!"

"Hey, o benim!"

"Ne olmuş? Arayacağın numarayı biliyor musun?"

Gideon tuşlara bastı.

"Bakar mısınız, küçük hanım." Yaşlıca bir hanım kolumu çekiştirdi. "Sormadan edemedim. Tiyatrocu musunuz?"

"Şey, evet," dedim.

"Ah, tahmin etmiştim." Hanım, *Dackel* cinsi köpeğinin tasmasını tutmakta zorlanıyordu. Hayvan ipini birkaç metre ötedeki başka bir köpeğe doğru şiddetle çekiştirdi. "Gerçekten muhteşem görünüyor, bunu ancak kostüm tasarımcıları başarabilir. Biliyor musunuz, gençken ben de çok fazla dikiş dikmiştim... Polly! Çekiştirip durma!"

"Bizi almaya gelecekler," dedi Gideon. Cep telefonunu geri verdi. "Picadilly'nin köşesine dek yürüyeceğiz."

"Peki, oyununuzu nerede izleyebilirim?" diye sordu hanım.

"Ah, şey, ne yazık ki bu akşam son oyundu," dedim.

"Ah, ne yazık."

"Evet, gerçekten öyle."

Gideon beni çekiştirdi.

"Görüşmek üzere."

"Bu adamların bizi nasıl bulduğunu anlamıyorum. Peki, şu Wilbour'a bizi Hyde Park'a götürmesini emreden kimdi? Pusu kurulacak zaman bile yoktu." Gideon yürürken kendi kendine mırıldanıyordu. Caddede yürürken parktakinden çok daha fazla meraklı bakışla karşılaşıyorduk.

"Benimle mi konuşuyorsun?"

"Birisi orada olacağımızı biliyordu. Ama nereden? Hem bu nasıl mümkün olabilir?"

"Wilbour... gözlerinden biri..." Ansızın kusmak için müthiş bir ihtiyaç hissettim.

"Ne yapıyorsun orada?"

Öğürdüm ama bir şey çıkmadı.

"Gwendolyn, ön tarafa dek yürümemiz gerek! Derin bir soluk alıp içinde tut, atlatmana yardımı olur."

Olduğum yerde durdum. Bu kadarı yeterdi. Gerçekten.

"Atlatır mıyım?" Aslında ciyak ciyak bağırmak istesem de kendimi çok ağır ve anlaşılır bir şekilde konuşmaya zorladım. "Biraz önce bir adam öldürdüğümü de atlatacak mıyım? Yaşamımın bugün ansızın, fikrim dahi sorulmadan tepetaklak edilişini de atlatacak mıyım? Biraz önce boktan yaşantını kurtarmış olsam da, kendini beğenmiş, uzun saçlı, ipek çoraplı, keman çalan sinsi birisinin bana emir vermekten başka hiçbir işi olmayışını da atlatacak mıyım? Bana sorarsan kusmak için bir yığın nedenim var! Hem eğer ilgini çekerse: Sen de bir nedensin! Mide bulandıran biri!"

Tamam, son cümle ağzımdan belki de biraz çığlık halinde çıkmıştı ama fazla değil. Ansızın her şeyi içimden atmanın ne kadar rahatlatıcı olduğunu fark ettim. Bugün kendimi ilk kez gerçekten özgür hissediyordum ve artık midem de bulanmıyordu.

Gideon şaşkınlıkla yüzüme baktı, öyle ki bu kadar çaresiz olmasaydım kıkırdayabilirdim. Hah! Sonunda ilk kez o da ne diyeceğini bilememişti!

"Artık eve gitmek istiyorum," diyerek zaferimi olabildiğince ağırbaşlı bir tavırla noktalamak istedim.

Ne yazık ki bunu tam olarak başaramadım çünkü ailem aklıma gelince ansızın dudaklarım titremeye başladı, gözlerimin yaşlarla dolduğunu hissettim.

Lanet, lanet, lanet olsun!

"Tamam," dedi Gideon.

Şaşırtıcı yumuşaklıktaki sesi, kendime hâkim olabilmemi iyice zorlaştırdı. Ben engel olamadan, gözyaşlarım yanaklarımdan süzüldü.

"Hey, Gwendolyn. Üzgünüm." Gideon ansızın bana yaklaştı, omuzlarımdan tutup beni kendine çekti. "Benim aptallığım, bütün bunların senin için ne demek olabileceğini düşünemedim," diye mırıldandı kulağımın yakınlarında bir yerde. "İlk sıçrayışımın ne denli aptalca bir duygu olduğunu hâlâ hatırlıyorum. Kılıç derslerine rağmen. Keman derslerini de unutmamak gerek..."

Elleri saçlarımı okşuyordu.

Daha yüksek sesle hıçkırmaya başladım.

"Ağlama," dedi çaresizlikle. "Her şey yolunda."

Hiçbir şey yolunda değildi. Her şey korkunçtu. Beni hırsız sandıkları dün geceki kovalamaca, Rakoczy'nin korkunç gözleri, kontun buz gibi sesi ve boğazımdaki eli, son olarak zavallı Wilbour ve kılıcı sırtına sapladığım şu adam. Gözyaşlarına boğulmaksızın Gideon'a fikrimi doğru dürüst söylemeyi bile becerememem ve onun beni teselli etmek zorunda kalması!

Toparlandım.

Tanrım, kendime olan saygıma ne olmuştu? Utanç içinde elimle yüzümü sildim.

"Mendil?" diye sorarak cebinden sarı dantelli bir mendil çıkardı. "Rokoko döneminde ne yazık ki kâğıt mendiller yoktu. Ama onu sana armağan edeyim."

Mendili alacağım sırada yanımızda siyah bir limuzin durdu.

Arabanın içinde Bay George bizi bekliyordu, dazlak kafası ter damlalarıyla doluydu. Onu görür görmez kafamın içinde sürekli dönüp duran düşünceler biraz yavaşladı, geriye yalnızca büyük bir yorgunluk kalmıştı.

"Endişeden neredeyse ölecektik," dedi Bay George. "Tanrım, Gideon, koluna ne oldu? Kanıyorsun! Gwendolyn de perişan halde! O da yaralandı mı?"

"Yalnızca yorgun," dedi Gideon çabucak. "Onu eve götürelim."

"Bu olanaksız. İkinizi de önce muayene etmemiz ve yaranla en kısa sürede ilgilenmemiz gerek."

"Kanaması uzun süre önce durdu, küçük bir sıyrık, gerçekten. Gwendolyn eve gitmek istiyor."

"Belki yeterince *elapse* olmamıştır. Yarın okula gitmek zorunda ve..."

Gideon'un sesi o eski tanıdık kibirli havasına bürünmüştü ama bu kez benim için değildi.

"Bay George. Üç saattir zamanda yolculuk ediyor, bu önümüzdeki on sekiz saat için yeterli."

"Herhalde yeterlidir," dedi Bay George. "Ama bu kurallara aykırı ve ayrıca bilmemiz gereken..."

"Bay George!"

Bay George sonunda pes ederek sürücü kabininin camını tıklattı. Cam bölme vınlayarak aşağı indi.

"Doğruca Berkeley Caddesi'ne gidin," dedi. "Yolumuzu biraz uzatacağız, Bourdonplace 81 numara."

Araba Berkeley Caddesi'ne sapınca rahatlayarak soluğumu bıraktım. Eve gidebilecektim. Annemin yanına.

Bay George bana endişeyle baktı. Sanki yaşamında benden daha acıklı bir şey görmemiş gibiydi. "Tanrı aşkına, ne oldu?"

Üzerimde hâlâ kurşun gibi bir ağırlık vardı.

"Faytonumuz Hyde Park'ta üç adamın saldırısına uğradı," dedi Gideon. "Bu arada arabacı vuruldu."

"Ah Tanrım," dedi Bay George. "Gerçi pek anlamadım ama bir anlamı var."

"Nedir?"

"Güncelerde yazılı. 14 Eylül 1782. James Wilbour adında ikinci dereceden bir muhafız Hyde Park'ta ölü bulunmuş. Bir tabanca kurşunu yüzünün yarısını parçalamış. Kimin yaptığı hiçbir zaman ortaya çıkmamış."

"Şimdi biliyoruz," dedi Gideon öfkeyle. "Daha doğrusu, katilin nasıl göründüğünü biliyorum ama adını bilmiyorum."

"Zaten ben onu öldürdüm," dedim tok bir sesle.

"Ne?"

"Wilbour'un kılıcını saldırganın sırtına sapladı," dedi Gideon. "Bir hamlede. Aslında onu gerçekten öldürüp öldürmediğini bilmiyoruz."

Bay George'un gözleri bilye gibi yuvarlaklaşmıştı. "O *ne* yaptı dedin?"

"Bire karşı iki kişiydiler," diye mırıldandım. "Öyle seyredemezdim."

"Aslında bire karşı üç kişiydiler," diye beni düzeltti Gideon. "Birisini ben hallettim. Sana ne olursa olsun arabada kalmanı söylemiştim."

"Fazla uzun dayanamayacaktın," dedim ona bakmadan.

Gideon sustu.

Bay George önce bana, sonra ona bakarak başını iki yana salladı. "Ne felaket! Annen beni öldürecek, Gwendolyn! Bunun son derece tehlikesiz bir eylem olması gerekiyordu. Sadece kontla aynı evde bir konuşma, hiç risk olmayacaktı. Bir saniye bile tehlikede olmayacaktın. Bunun yerine kentin yarısını dolaşarak haydutları kendinize saldırtmışsınız... Gideon, Tanrı aşkına! Niyetin neydi?"

"Biri bizi ele vermemiş olsaydı her şey mükemmel gidecekti." Gideon'un sesi öfkeliydi. "Birisinin ziyaretimizden haberi olduğu besbelli. Bizi Hyde Park'taki bir buluşma noktasına götürmesi için Wilbour'u ikna etmeyi bile başarmışlar."

"Ama neden sizi öldürmek istesinler? Ziyaretinizin bugün yapılacağından kimin haberi olabilir? Bütün bunlar çok mantıksız." Bay George alt dudağını ısırdı. "Geldik."

Yukarı baktım. Burası gerçekten de bizim evimizdi, tüm ışıklar yanıyordu. İçerideki odalardan birinde annem beni bekliyor olmalıydı. Yatağım...

"Teşekkür ederim," dedi Gideon.

Ona döndüm. "Ne için?"

"Belki... Belki de gerçekten fazla dayanamayacaktım," dedi. Yüzünde çarpık bir gülümseme belirdi. "Sanırım gerçekten boktan yaşantımı kurtardın."

Ah. Ne diyeceğimi bilmiyordum. Yalnızca ona bakabildim. Bu arada aptal alt dudağımın yine titremeye başladığını fark etmiştim.

Gideon çabucak dantelli mendilini uzattı, bu kez onu aldım. "Onunla yüzünü silsen iyi olacak, yoksa annen ağladığını fark edebilir," dedi.

Bu sözü beni güldürebilirdi ama şu anda bu mümkün görünmüyordu. Ama en azından ağlamayı kesmiştim.

Şoför arabanın kapısını açtı, Bay George aşağı indi. "Onu kapıya kadar götüreyim, Gideon; bir dakika sürer."

"İyi geceler," diyebildim.

"İyi uykular," dedi Gideon gülümseyerek. "Yarın görüşürüz."

"Gwen! Gwenny!" Caroline uyandırmak için beni sarstı. "Hemen fırlamazsan geç kalacaksın."

İsteksizce yorganı başıma çektim. Uyanmak istemiyordum, hâlâ düş görmekte olduğum yarı uyku halinin bu huzurlu atmosferinden çıktığım takdirde korkunç anıların beni beklediğinin bilincindeydim.

"Ciddiyim, Gwenny! Saat çeyrek geçiyor!"

Boş yere gözlerimi kapadım. Çok geçti. Anılar içime sızmışlardı, tıpkı... şey... Atilla'nın... barbarlara... saldırdığı gibi miydi?

Tarih konusunda bir hiçtim. Son iki gün içinde olup bitenler gözümün önünden bir film şeridi gibi geçti.

Ama yatağa nasıl geldiğimi hatırlamıyordum; tek aklımda kalan, dün akşam bana kapıyı açan Bay Bernhard'dı.

"İyi akşamlar, Bayan Gwendolyn. İyi akşamlar, Bay George, efendim."

"İyi akşamlar, Bay Bernhard. Gwendolyn'i eve getirdim, planlanandan biraz daha erken. Lütfen Leydi Arista'ya selamlarımı iletin."

"Elbette, efendim. İyi akşamlar, efendim." Bay George'un ardından kapıyı kapatırken Bay Bernhard'ın yüzü her zamanki gibi ifadesizdi.

"Çok hoş elbise, Bayan Gwendolyn," demişti daha sonra. "18. yüzyıl dönemi mi?"

"Sanırım, evet." Merdivenlere kıvrılıp olduğum yerde uyuyabilecek kadar yorgundum. Yaşamım boyunca yatağımı gördüğüme hiç bu kadar sevinmemiştim. Yalnızca üçüncü kata giden yolda Glenda teyzenin, Charlotte'un ya da Leydi Arista'nın karşıma çıkıp suçlama, alay ve sorularla üzerime gelmelerinden korkmuştum.

"Ev halkı akşam yemeğini ne yazık ki siz olmadan yedi. Ama size mutfakta küçük bir atıştırmalık hazırladım."

"Bu gerçekten çok güzel, Bay Bernhard ama ben..."

"Yatağa gitmek istiyorsunuz," demişti Bay Bernhard yüzünde oluşan küçücük bir gülümsemeyle. "Size doğruca yatak odanıza gitmenizi öneriyorum; hanımların hepsi müzik odasında, bir kedi kadar sessiz yürürseniz sizi duyamazlar. Geldiğinizi annenize haber veririm ve yemeğinizi de yukarı o getirir."

Gösterdiği özene ve ilgiye şaşıramayacak kadar yorgundum. Yalnızca, "Çok teşekkürler, Bay Bernhard," diye mırıldanmış ve merdivenleri çıkmıştım. Yemeği ve annemle yaptığım konuşmayı hayal meyal hatırlıyorum çünkü yarı uykulu durumdaydım. Ama galiba bir çorba içmiştim.

"Ama bu çok güzel!" Caroline farbelalı iç eteğiyle birlikte sandalyenin üzerinde asılı duran elbiseyi görmüştü. "Bunu geçmişten mi getirdin?"

"Hayır, onu gitmeden önce giydim." Doğruldum. "Annem tuhaf şeyler olduğunu size de anlattı mı?"

Caroline başını salladı. "Fazla bir şey anlatmasına gerek yoktu. Glenda teyze öyle haykırdı ki, artık komşular bile biliyor. Annemin, zavallı Charlotte'un zaman yolcusu genini çalan alçak bir yalancı olduğunu söyledi."

"Peki, Charlotte?"

"Odasına gitti ve Glenda teyzenin tüm yalvarmalarına karşın bir daha dışarı çıkmadı. Glenda teyze, Charlotte'un tüm yaşamının altüst olduğunu, her şeyin suçlusunun annem olduğunu haykırdı. Büyükannem Glenda teyzeye bir hap alması gerektiğini, yoksa doktor çağıracağını söyledi. Maddy hala da kartaldan, safirden, üvez ağacından ve saat kulesinden söz edip durdu."

"Herhalde korkunçtu," dedim.

"Korkunç heyecanlıydı," dedi Caroline. "Nick ve ben, genin Charlotte yerine sende olduğuna sevindik. Glenda teyze bezelye kadar zekân ve iki tane sol ayağın olduğunu söylese de, her şeyi Charlotte kadar iyi becerebileceğine inanıyorum. Teyzem çok acımasız." Korsajın parlak kumaşını okşadı. "Elbiseyi bu akşam okuldan sonra benim için giyebilir misin? Ne dersin?"

"Elbette," dedim. "Ama istersen onu sen de deneyebilirsin."

Caroline kıkırdadı. "Bana çok büyük gelir, Gwenny! Şimdi gerçekten kalkman gerek, yoksa kahvaltıyı kaçıracaksın."

Ancak duşun altına girince tam olarak uyanabildim, saçlarımı yıkarken düşüncelerim sürekli önceki akşamdaydı. Daha doğrusu salya sümük ağlayarak Gideon'un kollarında geçirdiğim yarım saatte (hissedilen zaman).

Beni kendine çekip saçlarımı okşadığını hatırladım. Öylesine dağılmıştım ki, ansızın ne kadar yakınlaştığımızı düşünmemiştim. Şimdi ise bu yüzden daha çok utanıyordum. Özellikle her zamanki tavrına karşın, bana (acıdığı için bile olsa) gerçekten sevgi dolu davrandığı için. Bense bu arada yaşamımın sonuna dek ondan nefret etmeye karar vermiştim. "Gwenny!" Caroline banyo kapısını tıklattı. "Haydi, acele et! Sonsuza dek banyoda kalamazsın."

Haklıydı. Sonsuza dek burada duramazdım. Artık dışarı çıkmam gerekiyordu... Bir anda içine düştüğüm bu yeni ve tuhaf yaşama dönmeliydim. Sıcak su musluğunu kapattım, yorgunluğum bütünüyle bedenimden çıkıp gidene dek buz gibi suyun üzerime akmasına izin verdim. Okul üniformam Madam Rossini'nin dikiş atölyesinde kalmıştı. Diğer iki gömleğimse kirlideydi. Bu durumda bana biraz küçük gelen ikinci takımı giymek zorundaydım. Bluz göğsümün üzerinde gerildi, etekse biraz kısa kaldı. Fark etmezdi. Lacivert okul ayakkabıları da mabette kalmıştı, bu nedenle aslında yasak olan siyah spor ayakkabılarımı giydim. Müdür Gilles özellikle bugün sınıfları gezip ayakkabı kontrolü yapacak değildi herhalde.

Föne zamanım kalmamıştı, saçlarımı bir havluyla elimden geldiğince kuruladım ve bir kez taradım. Islak ve dümdüz bir biçimde omuzlarıma yayıldılar. Madam Rossini'nin önceki gün harikalar yarattığı yumuşak buklelerden eser kalmamıştı.

Bir süre aynada yüzümü inceledim. Pek uykulu göründüğüm söylenemezdi ama beklenenden daha iyiydim. Yanaklarıma ve alnıma annemin kırışıklık karşıtı kreminden biraz sürdüm. Annem hep krem sürmeye yeterince erken başlanmadığını söyleyip dururdu.

Kahvaltıyı seve seve kaçırabilirdim, yine de Charlotte ve Glenda teyzeyle er ya da geç karşı karşıya gelecektim. Yani bunu hemen arkamda bıraksam iyi olacaktı.

Birinci kata geldiğimde konuşmalarını duymaya başlamıştım bile, yemek odasına ulaşmadan çok uzun süre önce.

Büyük halam Maddy'nin, "Büyük kuş felaketin bir sembolü," dediğini duydum. Demek öyle! Genellikle saat ondan önce kalkmazdı. Tutkulu bir uykucuydu ve kahvaltıyı gün içinde yenen en gereksiz yemek olarak görürdü. "Herhangi birinin beni dinlemesini isterdim."

"Maddy, gerçekten! Hiç kimsenin vizyonlarınla uğraşacak hali yok. Bunu şimdiye dek en az on kez dinlemek zorunda kaldık." Bu, Leydi Arista'ydı.

"Doğru," dedi Glenda teyze. "Bir daha *safir yumurta* sözünü duyarsam çığlık atacağım."

"Günaydın," dedim.

Bunu, herkesin bana klon koyun Dolly'ymişim gibi şaşkınlıkla baktığı kısa bir sessizlik izledi.

"Günaydın, çocuğum," dedi Leydi Arista, "Umarım iyi uyumuşsundur."

"Evet, deliksiz uyudum, teşekkürler. Çok yorgundum."

"Elbette, bütün olanlar senin için biraz fazlaydı," dedi Glenda teyze yüksekten bakarak.

Aslında bu doğruydu. Tostuna hiç dokunmadığı belli olan Charlotte'un karşısındaki yerime çöktüm. Varlığım iştahını iyice kaçırmış gibi yüzüme baktı.

Bu arada annem ve Nick bana kurnaz bir gülücük atarken Caroline de mısır gevrekli ve sütlü kâseyi önüme itti. Pembe sabahlığı içindeki Maddy hala, masanın öbür ucundan bana el salladı. "Meleğim! Seni gördüğüme çok sevindim! Sonunda tüm bu karmaşayı aydınlatacaksın. Dün akşamki şamatada hiç kimse doğru dürüst bir şey anlamadı. Glenda yine, Lucy'nin şu yakışıklı De Villiers oğlanıyla kaçtığı zamanki eski hikâyeleri karıştırıp ortaya döktü. Grace onları birkaç gün yanında tuttu diye neden bu kadar yaygara kopartıldığını hiçbir zaman anlamadım. Bunun çoktan unutulduğunu sanmıştım. Ama hayır, ne zaman bir yerde ot bitse, devenin biri gelip onu tekrar yiyor."

Caroline kıkırdadı. Hiç şüphesiz Glenda teyzeyi deve yerine koymuştu.

"Burada olup bitenler televizyon dizisi değil, Maddy hala," diye tısladı Glenda teyze.

"Tanrıya şükür ki, değil," dedi Maddy hala. "Öyle olsaydı çoktan ne diyeceğimi şaşırırdım."

"Bu çok basit," dedi Charlotte soğuk bir sesle. "Herkes genin bende olduğunu düşündü ama aslında Gwendolyn'deymiş." Tabağını itip ayağa kalktı. "Bununla nasıl başa çıkacağını kendi görsün."

"Charlotte, bekle!" Glenda teyze onun odadan çıkmasına engel olamamıştı. Charlotte'un ardından koşmadan önce anneme kötü kötü baktı. "Utanmalısın, Grace!"

"Bu kadın toplum için gerçekten tehlikeli," dedi Nick.

Leydi Arista derin bir iç geçirdi.

Annem de öyle. "Şimdi işe gitmem gerek, Gwendolyn. Bugün seni okuldan alması için Bay George'la sözleştim. 1956 yılına, bodrumda güvenli bir odaya gönderilerek elapse olacaksın, orada rahatça ev ödevlerini yapabilirsin."

"Rezalet!" dedi Nick.

Ben de aynısını düşünüyordum.

"Sonra hemen eve geleceksin," dedi Leydi Arista.

"Sonra gün bitecek," dedim. Bundan sonraki günlerim hep böyle mi olacaktı? Okuldan sonra elapse olmak üzere mabede gidecek, orada sıkıcı bir bodrumda ödevlerimi yapıp sonra tekrar eve mi dönecektim? Bu nasıl bir kâbustu!

Büyük halam sabahlığının kolu tostunun üzerindeki marmelada süründüğü için kısık sesle sövdü. "İnsanın bu saatte yatakta olması gerek. Bunu hep söylerim."

"Çok doğru," dedi Nick.

Annem her sabah olduğu gibi onu, Caroline'i ve beni öperek vedalaştı. Sonra elini omzuma koyarak kısık sesle konuştu: "Tesadüfen babamı görecek olursan, lütfen onu benim için öp."

Leydi Arista bu sözlerle hafifçe irkildi. Sessizce çayından bir yudum aldı, sonra saate baktı: "Tam zamanında okulda olmak istiyorsanız, acele etmeniz gerek."

"Ne olursa olsun, ileride bir dedektif bürosu açacağım," dedi Leslie. Biraz önce Bayan Counter'ın coğrafya dersini asmıştık ve kızlar tuvaletinin bir kabininde karşılıklı oturmuş, laflıyorduk. Leslie tuvalet kapağının üzerine oturmuştu, dizlerinde kalın bir dosya vardı. Ben de sırtımı, üzerine tükenmez kalem ve *Edding*'le[21] yazılar yazılmış kapıya dayamıştım. *Jenny Adam'ı seviyor, Malcolm bir pislik* ve *Yaşam çok berbat* gibi şeyler yazılıydı. Elbette başka şeyler de vardı.

"Gizemleri araştırmak âdeta kanımda var," dedi Leslie. "Belki tarih okur, eski mitler ve yazılar konusunda uzmanlaşırım. Sonra

---

21 Bir kalem markası, (ç.n.)

da Tom Hanks'in *Da Vinci Şifresi*'ndeki gibi şeyler yaparım. Elbette ben ondan daha iyi görünüyorum ayrıca yanıma gerçekten harika bir asistan alırım."

"Yap bunu," dedim. "Gerçekten müthiş olur. Özellikle de ben, yaşantımın geri kalanını her gün 1956'da, penceresiz bir bodrum odasında geçirirken."

"Günde yalnızca üç saat," dedi Leslie. Olaylarla ilgili epey bilgi edinmişti. Görünüşe bakılırsa, tüm karmaşık bağlantıları benden daha çabuk ve iyi kavramıştı. Parktaki adamlarla ilgili hikâyeye dek anlattığım her şeyi dinlemişti, vicdan azabımla ilgili sonu gelmez sızlanmalarım da dâhil. Yorumu, "Pasta gibi kesilmektense kendini savunman çok daha iyi," şeklindeydi. Aslında bu konuşma bana garip bir biçimde Bay George ya da Gideon'un ikna çabalarından çok daha fazla yardımcı olmuştu.

"Bir de şöyle bak," dedi. "Ev ödevlerini bodrumda bir odada yapmak zorundaysan, en azından şu telekinezi gücü olan korkunç kontla karşılaşmak zorunda kalmazsın."

Telekinezi, kontun metrelerce uzakta olduğu halde beni boğma yeteneğine Leslie'nin bulduğu isimdi. Düşüncesine göre, telekineziyle hiç konuşmadan karşılıklı iletişim kurulabilirdi. Hemen bu öğleden sonra konuyu ayrıntılı olarak açıklayacağına dair söz vermişti.

Dün bütün gününü ve geceyarısını, internette Saint Germain Kontu'nu ve ona verdiğim diğer isimleri araştırarak geçirmişti. Teşekkürlerimi önemsemedi çünkü bütün bunlar ona çok eğlenceli geliyordu.

"Pekâlâ, şu Saint Germain Kontu denen adam geçmişi oldukça şüpheli görünen bir kişilik, doğum tarihi bile tam olarak bilinmiyor. Kökeni hakkında birçok söylenti var," dedi. Yüzü heyecandan alev alevdi. "Kimilerine göre yaptığı sözde büyü nedeniyle, kimilerine göre de dengeli beslendiği için yaşlanmıyormuş."

"O *yaşlıydı,*" dedim. "Kendine iyi bakmış olabilir ama yine de yaşlıydı."

"Eh, o zaman bunun aksi kanıtlanmış oldu," dedi Leslie. "Büyüleyici bir kişilik olsa gerek çünkü sayısız romanda ve belli ezoterik çevrelerde bir tür guru, yüksek bir kişilik olarak kabul ediliyormuş, artık her ne demekse. Masonların ve Gül Haçların yanı sıra birçok gizli derneğin üyesiymiş. Ayrıca mükemmel bir müzisyenmiş, keman çalarmış ve besteleri varmış. Bir düzine yabancı dili akıcı biçimde konuşuyormuş ve şimdi sıkı dur... iddiaya göre zamanda yolculuk yapabiliyormuş. En azından, imkânsız görünen birçok olayın içinde bulunduğunu iddia etmiş."

"Eh, herhalde doğru söylüyordu."

"Evet, delice. Ayrıca simyayla ilgileniyormuş. Almanya'da deneylerini gerçekleştirdiği bir simya şatosu varmış."

"Simya... Bunun Felsefe Taşı'yla bir ilgisi var, değil mi?"

"Doğru. Büyüyle de. Felsefe Taşı'nın bambaşka bir anlamı var. Bazıları yapay altın üretmek isterken, son derece garip gelişmelere neden olmuşlar. Krallar ve prensler simyacı olduklarını iddia eden kişilere çok meraklıymış çünkü altın en büyük tutkularıymış. Gerçi altın üretme denemelerinde başka şeylerin yanı sıra bazen porselen de ortaya çıkabiliyormuş ama çoğunlukla ortaya hiçbir şey çıkmadığından, simyacılar kâfir ve yalancı ilan edilerek hapse atılıyor ya da kafaları kesiliyormuş."

"Kendi suçları," dedim. "Kimya derslerinde daha dikkatli olsalarmış."

"Ama simyacıların asıl istediği altın değil. Bu, bir anlamda deneyleri için oluşturdukları bir tür kamuflaj. Felsefe Taşı daha çok ölümsüzlük için kullanılan bir deyim. Simyacılar doğru bileşimleri... Kurbağa gözü, bakire kanı, kara kedinin kuyruk tüyü... Ha ha... Hayır, şakaydı. Şey, yani doğru bileşimleri doğru kimyasal işlemlerle karıştırarak en sonunda ölümsüzlük kazandıracak iksiri elde edeceklerine inanıyorlardı. Kontun yandaşları onun bu formüle sahip olduğuna ve bu nedenle ölümsüzlüğü elde ettiğine inanıyorlarmış. Gerçi kaynaklar onun 1784'te Almanya'da öldüğünü söylüyor ama bazı kaynaklara göre yıllar sonra onunla capcanlı olarak karşılaştığını söyleyen insanlarla ilgili haberler de var."

"Hı hı," dedim. "Onun ölümsüz olduğuna inanmıyorum. Ama belki bunu istiyordu? Belki de sırrın ardındaki sır budur. Çember kapandığında gerçekleşecek olan şey..."

"Olabilir. Ama ezoterik komplo teorilerinin ateşli savunucularının bilgi kaynaklarını zorlayarak diledikleri gibi kullanmaları madalyonun yalnızca bir yüzü. Titiz gözlemciler Saint Germain Kontu'nun etrafında dönen gizemlerin çoğunun, hayranlarının ve kendisinin ustalıkla uydurduğu boş hayaller olduğunu varsayıyorlar." Leslie bütün bunları öylesine akıcı ve coşkulu bir tavırla anlatıyordu ki, gülmeden edemedim.

"Bay Whitman'a gidip bu konuda bir ev ödevi yazıp yazamayacağını sorsana," diye önerdim. "Bir kitap yazabilecek kadar fazla araştırma yapmışsın."

"Sincabın bu çabalarımı değerlendireceğini sanmıyorum," dedi Leslie. "Sonuçta o da Saint Germain'in hayranlarından biri... o da bir muhafız olmalı. Pekâlâ, bana göre bu hikâyede sincap kesinlikle kötü bir rolde, yani Saint Germain, Sincap değil. Seni tehdit etmiş ve boğmaya kalkmış. Bence annenin dediği gibi, ondan uzak durmalısın. Bana kalırsa annen anlattıklarından fazlasını biliyor. Bütün bunları şu Lucy'den öğrenmiş olabilir."

"Sanırım herkes söylediğinden fazlasını biliyor," diye iç geçirdim. "Ne olursa olsun, herkes benim bildiğimden fazlasını biliyor. Hatta sen bile!"

Leslie güldü. "Beni beyninin gelişmiş tarafı olarak gör. Kontun soyuyla ilgili hep büyük bir sır oluşturmuş. Adı ve unvanı zaten uydurulmuş. Büyük olasılıkla İspanya Kralı II. Karl'ın dul eşi olan Habsburglu Maria Anna'nın evlilik dışı oğlu. Baba olarak akla birçok isim gelebilir. Başka bir teoriye göre, İtalya'da, Medicilerin son dükünün yanında büyümüş bir Transilvanya prensinin oğluymuş. Öyle ya da böyle... bunların hiçbiri kanıtlanamaz. Bu yüzden de hiç kimse bir çözüme ulaşamıyor. Ama şimdi bizim yeni bir teorimiz var."

"Var mı?"

Leslie gözlerini devirdi. "Elbette var! Şimdi en azından anne ya da baba tarafının bir kolunun De Villiers ailesinden gelmesi gerektiğini biliyoruz."

"Peki, bunu nereden biliyoruz?"

"Ah, Gwen! İlk zaman yolcusunun soyadının De Villiers olduğunu ve bu nedenle kontun, bu ailenin yasal ya da yasadışı bir üyesi olması gerektiğini sen söyledin, bunu anlamıyor musun? Yoksa ondan sonra gelenler de bu adı alamazlardı."

"Şey, evet," dedim şüpheyle. Bu soy sop meselelerinden pek bir şey anladığım söylenemezdi. "Ama bana göre şu Transilvanya teorisine dikkat etmek gerek. Rakoczy'nin oralı olması rastlantı olamaz."

"Araştırmaya devam edeceğim," diye söz verdi Leslie. "Dikkat!" Ön taraftaki kapı açıldı, birisi kızlar tuvaletine girdi. Kız, en azından onun bir kız olduğunu varsayıyorduk, işini görmek üzere yanımızdaki kabine girdi. Tekrar çıkıp gidene dek sessizce bekledik.

"Ellerini yıkamadan gitti," dedi Leslie. "Puf. Kim olduğunu görmediğime sevindim."

"Kâğıt havluların hepsi bitmiş," dedim. Bacaklarım gittikçe uyuşmaya başlamıştı. "Ne dersin, bize kızarlar mı? Bayan Counter sınıfta olmadığımızı mutlaka fark etmiştir. Öyle olmasa bile, biri bizi ispiyonlar."

"Bayan Counter'e göre tüm öğrenciler aynı, hiçbir şeyden anlamaz. Beşinci sınıftan beri bana Lilly diyor, seni de Cynthia'yla karıştırıyor. Hem de onunla! Hayır, hayır senin durumun coğrafyadan çok daha önemli. Olabildiğince iyi hazırlanman gerek. İnsan rakibi hakkında ne kadar çok şey bilirse, o kadar iyidir."

"Bir de rakibimin kim olduğunu bilseydim."

"Hiç kimseye güvenemezsin," dedi Leslie tıpkı annem gibi. "Bir filmde olsaydık, hiç değilse kötü adam tahmin edilen kişi çıkardı. Bir filmde olmadığımız için, ben olsam seni boğmaya çalışan kişiye oynardım."

"Ama Hyde Park'taki adamları kim üzerimize gönderdi? Bu kesinlikle Kont olamaz! Diğer zaman yolcularının kanını alıp çemberi kilitlemesi için Gideon'a ihtiyacı var."

"Evet, bu doğru." Leslie düşünceli bir tavırla alt dudağını kemirdi. "Belki de bu filmde birden fazla kötü adam vardır. Lucy ve Paul de kötü olabilirler. Ne de olsa kronografı çalmışlar. Peki, on sekiz numaradaki siyahlı adama ne oldu?"

Omuzlarımı silktim. "Bu sabah her zamanki gibi orada duruyordu. Neden sordun, sence yakında o da mı kılıcını çekecek?"

"Hayır. Bana kalırsa, o da muhafızlardan ve orada kurallar gereği aptal aptal dolaşıp duruyor." Leslie yine dosyasına gömüldü. "Ayrıca muhafızlar hakkında pek fazla bir şey bulamadım, görünüşe bakılırsa çok gizli bir loca. Ama sözünü ettiğin birkaç isim, Churchill, Wellington, Newton... Hür masonların arasında da geçiyor. En azından iki locanın birbiriyle bağlantılı olduğu düşünülebilir. İnternette Robert White adında boğulmuş bir çocukla ilgili olarak hiçbir şey bulamadım ama kütüphanede Times ve Observer'in son kırk yıllık sayılarına bakılabilir. Orada bir şeyler bulabileceğime eminim. Neydi? Ah, evet, üvez ağacı, safir ve karga... Elbette bunların birçok anlamı da olabilir ama işin içine ezoterik konular girdiğinde güvenilir bir açıklama bulmak çok zor. Bu çarpıcı şeylerden çok, gerçeklere odaklanmalıyız. Daha fazla şey öğrenmelisin. Özellikle Lucy ve Paul'le ilgili, elbette kronografı neden çaldıklarıyla da. Görünüşe bakılırsa diğerlerinin bilmediği bir şeyi biliyorlardı. Kabul etmek istemedikleri bir şey de olabilir. Belki de yalnızca prensipte farklı görüşteydiler."

Kapı tekrar açıldı. Ayak sesleri bu kez tok ve enerjikti. Kararlı bir şekilde bizim kabine doğru geliyordu.

"Leslie Hay ve Gwendolyn Shepherd! Hemen dışarı çıkın ve dersinize geri dönün!"

Leslie ve ben şaşkınlıktan susup kaldık. İlk konuşan Leslie oldu; "Buranın *kızlar tuvaleti* olduğunu biliyorsunuz, değil mi Bay Whitman?"

"Üçe kadar sayıyorum," dedi Bay Whitman. "Bir..."

"Üç"e geldiğinde kapıyı açmıştık.

"Bu durum sınıf defterine kaydedilecek," dedi Bay Whitman. Tıpkı öfkeli bir sincap gibi bizi süzüyordu. "Beni hayal kırıklığına uğrattınız. Özellikle de sen, Gwendolyn. Kuzeninin yerini almış olman, dilediğini yapacağın anlamına gelmez. Charlotte okuldaki görevlerini hiçbir zaman aksatmamıştı."

"Evet, Bay Whitman," dedim. Bu otoriter pozlar ona hiç uymuyordu. Her zaman nazik birisi olmuştu, en fazla bazen alaycı olabilirdi.

"Şimdi doğruca sınıfa gidin."

"Burada olduğumuzu nereden bildiniz?" diye sordu Leslie.

Bay Whitman yanıt vermedi. Bunun yerine elini Leslie'nin dosyasına uzattı. "Ve *bunu* da saklamak üzere ben alıyorum."

"Ah hayır, olmaz." Leslie dosyayı göğsüne bastırdı.

"Onu bana ver, Leslie!"

"Ama ona ihtiyacım var... Ders için!"

"Üçe kadar sayıyorum..."

Bay Whitman "iki"ye geldiğinde Leslie dişlerini gıcırdatarak dosyayı uzattı. Bay Whitman'ın bizi sınıfa sokması son derece utanç vericiydi. Bayan Counter dersi asma girişimimizi üzerine almış olmalıydı ki, dersin geri kalanında bizi görmezden geldi.

"Yoksa sigara mı içtiniz?" diye sordu Gordon.

"Hayır, aptal şey," diye ona çıkıştı Leslie. "Yalnızca rahatça konuşmak istedik."

"Dersi birbirinizle konuşmak için mi astınız?" Gordon kafasına vurdu. "Pes doğrusu! *Kızlar* işte!"

"Bay Whitman şimdi dosyana bakacak," dedim Leslie'ye. "O zaman da sana her şeyi anlattığımı öğrenecek, elbette *muhafızlar* da. Bu kesinlikle yasak olmalı."

"Evet, mutlaka öyle olmalı," dedi Leslie. "Belki de hiç kimsenin bilmemesi gereken şeyleri öğrendiğim için bana da siyahlar içinde bir adam gönderirler. Ortadan kaldırmak için..." Bu durum onu keyiflendirmişti.

"Peki, ya gerçekten böyle bir şey olursa?"

"O zaman... Bu öğleden sonra sana ve kendime birer tane biber gazı alırım." Leslie omzuma vurdu. "Gel hadi! Sırtımızı yere getiremeyecekler."

"Hayır, hayır, buna izin vermeyeceğiz." Leslie'nin sarsılmaz iyimserliğini kıskanıyordum. Olaylara hep iyi tarafından bakıyordu. Elbette bir olay olduğu sürece.

Muhafızların Günceleri'nden

14 Ağustos 1949

Lucy ve Paul saat 15'ten 18'e dek elapse olmak üzere büroma geldiler. Kentin yeniden yapılanması, semtlerin restorasyonu ve Notting Hill'in kendi zamanlarında kentin en fazla rağbet edilen en şık semti olduğuna dair inanılmaz bir gerçek hakkında sohbet ettik. (Buna "trend" diyorlar.) Ayrıca bana 1950'den sonraki Wimbledon şampiyonlarının bir listesini getirdiler. Bahisten elde edeceğim kazançları çocuklarımın ve torunlarımın eğitimiyle ilgili bir vakıf kurmak için harcayacağıma söz verdim. Ayrıca Notting Hill'de birkaç harap bina satın almak niyetindeyim. Yine de emin değilim.

Rapor: Lucas Montrose, 3. Dereceden Usta

14.

Ders can sıkıcı biçimde yavaş geçti, öğle yemeği her zamanki gibi iğrençti (Yorkshire pudingi) ve iki saatlik kimya dersinden sonra sonunda eve gidebileceğimiz zaman geldiğinde hemen uyumaya hazırdım.

Charlotte bütün gün beni görmezden gelmişti. Teneffüste bir kez onunla konuşmaya çalıştığımda ise şöyle demişti: "Özür dilemek istiyorsan, unut gitsin!"

"Ne için özür dileyecekmişim?" diye öfkeyle sormuştum.

"Ah, bunu bilmiyorsan..."

"Charlotte! Şu aptal genin sende değil de bende olması konusunda yapabileceğim hiçbir şey yok."

Charlotte bana öfke kıvılcımları saçan gözlerle bakmıştı. "O *aptal bir gen* değil, o bir armağan. Çok özel. Senin gibi birisinin elinde harcanacak olan bir armağan. Ama bunu biraz olsun anlayamayacak kadar budalasın."

Sonra beni oracıkta bırakmış ve arkasını dönüp gitmişti.

Eşyalarımızı dolaptan alırken, "İleride düzelir," dedi Leslie. "Öncelikle artık farklı *birisi* olmadığına alışması gerekecek."

"Ama bu haksızlık," dedim. "Sonuçta ondan zorla bir şey almadım."

"Aslında öyle!" Leslie saç fırçasını bana uzattı. "İşte!"

"Bununla ne yapacağım?"

"Saçlarını tarayacaksın, daha ne olsun?"

Fırçayı yavaşça saçlarımda gezdirdim. Daha sonra, "Bunu neden yapıyorum ki?" diye sordum.

"Yalnızca Gideon'u tekrar gördüğünde biraz daha güzel görünmeni istiyorum. Neyse ki maskaraya ihtiyacın yok, kirpiklerin doğuştan müthiş biçimde siyah ve uzun..."

Gideon'un adı geçer geçmez kıpkırmızı olmuştum. "Belki de bugün onunla hiç karşılaşmam. Sonuçta yalnızca ev ödevlerimi yapmak üzere 1956 yılına gönderileceğim, bir bodrum katına."

"Evet ama belki öncesi ya da sonrasında karşına çıkar."

"Leslie, ben onun tipi değilim!"

"Öyle demek istememiştir," dedi Leslie.

"Hayır, öyle dedi!"

"Ne olmuş? Fikrini değiştirebilir. En azından, o *senin* tipin."

Ağzımı açtım ama hemen tekrar kapadım. Yalan söylemenin yararı yoktu. *O* benim tipimdi. Kendimi kandırmayı çok istesem de.

"Her kız ona bayılır," dedim. "En azından dış görünüş olarak. Ama beni sürekli öfkelendiriyor ve yönetmeye kalkıyor ve... İnanılmaz biçimde..."

"...Mükemmel mi?" Leslie bana gülümsedi. "Sen de öylesin, gerçekten! Sen şimdiye dek tanıdığım en harika kızsın. Belki benim dışımda. Ayrıca sen de onu yönetebilirsin. Şimdi yürü. Seni alacak olan limuzini mutlaka görmek istiyorum."

Nişin önünden geçerken James dik dik baktı.

"Bekle!" dedim Leslie'ye. "James'e bir şey sormam gerek."

Olduğum yerde kalınca James'in yüzündeki ilgisiz ifade hemen kayboldu, sevinçle gülümsedi. "Son konuşmamız üzerinde bir kez daha düşündüm," dedi.

"Öpücükle ilgili mi?"

"Hayır, variolayla ilgili. Galiba o hastalığa tutuldum. Ayrıca saçların bugün çok hoş parlıyor."

"Teşekkürler. James? Bana bir iyilik yapar mısın?"

"Umarım öpücükle ilgisi yoktur."

Gülmeden edemedim. "Aslında fena fikir değil," dedim. "Ama konu nezaket kuralları."

"Nezaket mi?"

"Sen her zaman nazik olmadığımdan yakınırsın. Kesinlikle haklısın. Bu nedenle bana nasıl davranılması gerektiğini öğretir misin? Senin zamanındaki gibi nasıl konuşulur, nasıl selam verilir, nasıl... Ah, ne bileyim işte?"

"...Yelpaze tutulur, dans edilir? Kral naibi salona girdiğinde nasıl davranılır?"

"Çok doğru!"

"Pekâlâ, bunları sana gösterebilirim," dedi James.

"Sen bir hazinesin," dedim ve gitmek için tekrar arkamı döndüm. "Ah, James? Kılıç kullanabilir misin?"

"Elbette," dedi James. "Övünmek gibi olmasın ama kulüpteki dostlarım arasında en iyi kılıç kullanan benim. Galliano benim kesinlikle tam bir yetenek olduğumu söylüyor."

"Süper!" dedim. "Sen gerçek bir dostsun."

"Hayaletin sana kılıç kullanmayı öğretmesini mi istiyorsun?" Leslie konuşmamızı ilgiyle izlemişti. Elbette sadece benim söylediklerimi. "Bir hayalet kılıç tutabilir mi?"

"Göreceğiz," dedim. "En azından 18. yüzyılı çok iyi biliyor. Sonuçta kendisi de o dönemden."

Gordon Gelderman merdivenlerde bize yetişti. "Yine nişle konuşuyordun, Gwendolyn. Bu kez net olarak gördüm."

"Evet, o en sevdiğim niş, Gordon. Onunla konuşmazsam kırılıyor."

"Tuhaf olduğunu biliyorsun, değil mi?"

"Evet, sevgili Gordon, bunu biliyorum. En azından sesim kalınlaşmıyor."

"*Bu* geçmişte kaldı," dedi Gordon.

"*Sen* de geçmişte kalsan ne güzel olurdu," dedi Leslie.

"Ah, siz ikiniz yine gizlice konuşacaksınız," dedi Gordon. Her zaman yapışkan biriydi. "Anlıyorum. İlk beş saat boyunca sürekli kafa kafaya verip durdunuz. Daha sonra sinemaya gitmek üzere buluşalım mı?"

"Hayır," dedi Leslie.

"Zaten gelemem," dedi Gordon girişe doğru bizi gölge gibi izlerken. "Mühür yüzükleriyle ilgili aptal bir kompozisyon yazmam gerek. Bay Whitman'dan nefret ettiğimi daha önce söylemiş miydim?"

"Evet, belki yüz kez," dedi Leslie.

Daha dışarı çıkmadan limuzinin okul kapısı önünde durduğunu gördüm. Kalbim biraz daha hızlı çarpmaya başlamıştı. Dün akşamdan hâlâ korkunç utanç duyuyordum.

"Vay canına! Bu ne biçim bir parça?" Gordon dişlerinin arasından hafif bir ıslık çaldı. "Madonna'nın kızının bizim okulda okuduğu hakkındaki dedikodular belki de doğrudur... Elbette sahte isim ve kimlikle."

"Doğru," dedi Leslie güneşte gözlerini kırpıştırarak. "Bu yüzden de okuldan limuzinle alınıyor, değil mki? Kimliği belli olmasın diye."

Birkaç öğrenci limuzine ağızları açık bakakaldı. Cynthia ve kız arkadaşı Sarah da merdivenlerde durmuş, şaşkınlıkla bakıyorlardı. Aslında gözlerini diktikleri yer limuzin değil, bir parça sağ tarafıydı.

"Ben de hep hırslı Charlotte'un erkeklerle ilgisi olmadığını düşünmüştüm," dedi Sarah. "Hele böyle değerli bir parçayla hiç."

"Belki de kuzenidir," dedi Cynthia. "Ya da erkek kardeşi."

Leslie'nin koluna yapıştım. Gideon okul avlumuzda durmuştu. Üzerinde oldukça sıradan bir blucin ve tişört vardı. Charlotte'la konuşuyordu.

Leslie hemen fark etmişti. "Saçlarının uzun olduğunu sanıyordum," dedi sitemle.

"Öyleler," dedim.

"*Yarı* uzunlukta," dedi Leslie. "Bu çok farklı. Çok harika."

"O eşcinsel, böyle olduğuna elli *pound*'una bahse girerim," dedi Gordon. Cynthia ve benim aramdan Gideon'a bakabilmek için kolunu omzuma dayadı.

"Ah Tanrım, Charlotte'a dokundu!" dedi Cynthia. "Onun elini tuttu!"

Charlotte'un gülümsemesi buradan bile görünüyordu. Pek sık gülümsemezdi (asık yüzlü *Mona Lisa Gülümsemesi* sayılmazsa) ama bunu yaptığında büyüleyici görünürdü. Hatta bir de gamzesi vardı. Bunu Gideon da görmüş ve kesinlikle sıra dışı bulmuş olmalıydı.

"Yanağını okşuyor!"

Ah Tanrım. Gerçekten! Duyduğum acı artık görmezden gelinecek gibi değildi. "Şimdi de onu öpüyor."

Hepimiz soluklarımızı tuttuk. Gerçekten de Gideon'un Charlotte'u öpmek istermiş gibi bir hali vardı.

"Ama yalnızca yanağından," dedi Cynthia rahatlamış bir ses tonuyla. "Onun kuzeni. Gwenny, lütfen onun kuzeni olduğunu söyle."

"Hayır," dedim. "Akraba değiller."

"Eşcinsel de değil," dedi Leslie.

"Bahse girelim mi? Şunun mühür yüzüğüne bakın!"

Charlotte, Gideon'a tekrar gülümsedi ve enerjik adımlarla oradan uzaklaştı. Keyifsiz hali buhar olup uçmuştu.

Gideon, bize doğru döndü. Nasıl bir manzara oluşturduğumuzu çok iyi biliyordum: Merdivenlerde bön bön bakarak kıkırdayan dört kız ve Gordon.

Senin gibi kızları tanırım.

Tam da beklendiği gibi. Eh harika.

"Gwendolyn!" diye bağırdı Gideon. "Geldin demek!"

Cynthia, Sarah ve Gordon aynı anda soluklarını tuttular. Doğruyu söylemek gerekirse ben de. Yalnızca Leslie soğukkanlılığını korumuştu. Dirseğiyle beni itti. "Biraz acele et. Limuzinin bekliyor."

Merdivenlerden aşağı inerken diğerlerinin bakışlarını üzerimde hissediyordum. Herhalde ağızları da açıktı. Özellikle de Gordon'unki.

"Merhaba," dedim Gideon'un yanına vardığımda. Daha fazla bir şey söyleyemedim. Gözleri güneş ışığında her zamankinden daha yeşildi.

"Merhaba." İnceler gibi bana baktı, belki biraz fazla detaylı. "Bir gecede büyüdün mü?"

"Hayır." Ceketimi göğsümün üzerine kapadım. "Okul üniformam küçüldü."

Gideon sırıttı. Sonra omuzlarımın üzerinden baktı. "Şu yukarıdakiler kız arkadaşların mı? Sanırım birisi birazdan bayılacak."

Ah Tanrım. "O Cynthia Dale," dedim arkamı dönmeden. "Yüksek östrojen hormonu salgılıyor. İlgilenirsen seve seve tanıştırabilirim."

Gideon'un gülümsemesi derinleşti. "Belki daha sonra düşünürüm. Haydi, bin şimdi! Bugün yapmamız gereken çok şey var."

Kolumdan tutup (merdivende yüksek sesli bir çığlık yükseldi) beni limuzine doğru çekiştirdi.

"Ev ödevlerimi yapmam gerek, 1956 yılında."

"Planlar değişti." Gideon arabanın kapısını açtı. (Merdivenden yükselen senkronize haykırışlar.) "Büyük büyükanneni ziyaret edeceğiz. Israrla seni sordu." Arabaya binmem için elini sırtıma koydu. (Merdivenden tekrar çığlıklar duyuldu.)

Arka koltuğa oturdum. Karşımda tanıdık, yuvarlak bir yüz duruyordu.

"Merhaba, Bay George."

"Gwendolyn, benim cesur kızım. Bugün nasılsın?"

Bay George'un yüzündeki ışıltı dazlak kafasıyla yarışır durumdaydı.

Gideon onun yanına oturdu.

"Şey, iyiyim... Teşekkürler." Dün akşam ne tür bir perişanlık tablosu çizmiş olabileceğim aklıma geldiği için kıpkırmızı kesildim. Ama en azından Gideon iğneleyici imalarda bulunmamıştı. Hiçbir şey olmamış gibi davranıyordu. "Büyük büyükannemle ilgili konu neydi?" diye aceleyle sordum. "Bir şey anlamadım."

"Evet, biz de pek bir şey anlamadık," dedi Gideon iç geçirerek.

Limuzin hareket etti. Arka pencereden arkadaşlarıma bakma isteğimi bastırmaya çalıştım.

"Kızlık soyadı Grand olan Margret Tilney, büyükannen Arista'nın büyükannesi, Lucy ve senden önceki son zaman yolcusuydu. Muhafızlar 1894'teki ikinci zaman sıçramasından sonra onu kronografa hiçbir sorun çıkmadan kaydedebildiler. Yaşamının geri kalanında (1944'te öldü) düzenli olarak kronografın yardımıyla elapse olabildi; günceler onu içten, işbirliğine yatkın bir kişi olarak tanımlıyor." Bay George gergin bir hareketle dazlak kafasını ovuşturdu. "İkinci Dünya Savaşı'nda Londra'nın bombalandığı sırada, kronograf ve bir grup muhafızla birlikte taşraya taşındı. Orada, altmış sekiz yaşında zatürreden öldü."

"Ne?.. Ah… Üzücü." Bu bilgiyle ne yapmam gerektiğini anlayamamıştım.

"Bildiğin gibi, Gideon on ikinin çemberindeki yedi kişiyi geçmişte ziyaret edip ikinci, yeni kronograf için kanlarını almıştı. İkizleri bir tek kişi sayarsak altı. Senin ve onun kanından başka, demek ki çemberde daha dört kişinin kanı eksik. Opal, yeşim, safir ve kara turmalin."

"Eliane Burghley, Margret Tilney, Lucy Montrose ve Paul de Villiers," diye tamamladı Gideon.

"Bu dört kişinin geçmişte ziyaret edilip kanlarının alınması gerek." Bunu anlamıştım, o kadar da aptal değildim ya.

"Doğru. Margret'le bir sorun yaşanabileceğini düşünmemiştik." Bay George koltuğuna yaslandı. "Diğerleri neyse ama Margret Tilney'in zorluk çıkarması için bir neden yoktu. Yaşamı muhafızlar tarafından en doğru biçimde kayda geçirildi. Yaşamının her gününde nerede olduğunu biliyoruz. Bu yüzden de onunla Gideon arasında bir buluşma ayarlamak çok kolaydı. Dün gece mabetteki evimizde Margret'i ziyaret etmek üzere 1937 yılına gitti."

"Gerçekten mi, dün gece? Tanrı aşkına, ne zaman uyudun?"

"Çok çabuk yapılması gerekiyordu," dedi Gideon. Kollarını göğsünde kavuşturdu. "Bu eylem için bir saat ayırmıştık."

Bay George devam etti: "Gideon ona durumu açıkladıktan sonra Margret, beklenenin tersine kanını vermeyi reddetti." Beklenti içinde bana baktı. Şimdi ne söylemem gerekiyordu?

"Belki... Şey... Anlamamıştır," dedim. Sonuçta tüm bunlar arapsaçı gibi bir hikâyeydi.

"Beni çok iyi anladı." Gideon başını iki yana salladı. "Çünkü ilk kronografın çalındığını ve ikincisi için kanını almak istediğimi önceden biliyordu."

"Ama bu olay henüz birkaç yıl önce olduysa bunu nasıl bilebilir? Geleceği mi görebiliyor?" Bu soruyu sorar sormaz neler olduğunu anlamıştım. Şu zaman yolculuğu konusunun içyüzünü yavaş yavaş özümsemeye başlıyordum.

"Birisi senden önce oraya gidip ona anlatmış, değil mi?" dedim.

Gideon takdir eder gibi başını salladı. "Elbette hiçbir şekilde kanını vermemesi konusunda onu ikna etmiş. Daha da garibi, benimle konuşmayı reddetmesiydi. Muhafızları yardıma çağırıp beni kendisinden uzak tutmalarını istedi."

"Bu kim olabilir?" Düşündüm. "Aslında akla yalnızca Lucy ve Paul geliyor. Zamanda yolculuk edebilir, çemberin kapanmasını engellemek isteyebilirler."

Bay George ve Gideon bakıştılar.

"Gideon geri döndükten sonra gerçek bir bilmeceyle karşı karşıya kaldık," dedi Bay George. "Gerçi ne olabileceğine dair birkaç belirsiz tahminimiz var ama kanıtlarımız eksik. Bu nedenle Gideon bu sabah bir kez daha geçmişe giderek Margret Tilney'i yeniden ziyaret etti."

"Günün epey dolu geçmiş, değil mi?" Gideon'un yüzünde yorgunluk izleri aradım ama hiçbir şey bulamadım. Tam tersi, çok dinç görünüyordu. "Kolun nasıl?"

"İyi. Bay George'un anlattıklarını dinle. Bu önemli."

"Gideon bu kez Margret'i 1894'te, inisiyasyon sıçrayışından neredeyse hemen sonra ziyaret etti," dedi Bay George. "Bu arada X faktörünün ya da zaman yolcusu geni dediğimiz genin ancak inisiyasyon sıçramasından sonra kanda belirlenebildiğini bilmelisin. Çünkü ilk sıçramayı yapmamış olan zaman yolcusundan alınacak olan kan, kronografa geçirilemiyor. Saint Germain Kontu kendi zamanında bununla ilgili birkaç deney yapmış ama neredeyse kronografı bozuyormuş. Bu nedenle, bazı şeyleri kolaylaştırabilecek olsa da, bir zaman yolcusunun kanını almak amacıyla çocukluğuna gitmenin hiçbir yararı yok. Anlıyor musun?"

"Evet," dedim yalnızca.

"Gideon genç Margret'le bu sabah resmi elapse programında buluştu. İlk zaman sıçramasından sonra hemen mabede gitmişti. Henüz kronografa geçirilme hazırlıkları sürerken hemen ikinci kez sıçrama yaptı, ki bu ölçümlere göre o zamana dek yapılmış olan en uzun kontrolsüz sıçramaydı. İki saat sürmüştü."

"Bay George, gereksiz konuları bir yana bırakın," diye öneride bulundu Gideon. Sesinde sabırsızlık seziliyordu.

"Evet evet. Nerede kalmıştım? Tamam, Gideon, Margret'i ilk elapse programında ziyaret etti. Ona yine çalınmış olan kronograftan söz etti. İkincisiyle her şeyi düzeltme şansı olduğundan da."

"Ha!" diye bağırdım aniden. "Demek yaşlı Margret, *bu yüzden* tüm hikâyeyi biliyordu. Gideon ona bizzat anlatmış!"

"Evet, bu bir olasılık," dedi Bay George. "Ama yine de genç Margret hikâyeyi ilk kez duymuyordu."

"O halde Gideon'dan önce orada başka birileri vardı. Lucy ve Paul. Margret'e er ya da geç birisinin ortaya çıkıp kanını almak isteyeceğini söylemek için çalıntı kronografla zamanda yolculuk yaptılar."

Bay George bir şey söylemedi.

"Kanını vermeye razı oldu mu?"

"Hayır," dedi Bay George. "Bu kez de kanını vermeyi reddetti."

"Hoş, on altı yaşındaki hali yaşlı hali kadar inatçı değildi," dedi Gideon. "Bu kez onunla biraz konuşabildim. Sonunda seninle görüşmeden bu konuda bir karar vermeyeceğini söyledi."

"*Benimle* mi?"

"Senin adını söyledi. Gwendolyn Shepherd."

"Ama..." Bay George ve Gideon dikkatle beni süzerlerken alt dudağımı kemirdim. "Paul ve Lucy'nin ben doğmadan önce ortadan kaybolduklarını sanıyordum. Adımı nasıl bilebilir ve şu Margret'e bundan söz edebilirler?"

"Evet, esas soru da bu zaten," dedi Bay George. "Biliyor musun, Lucy ve Paul kronografı senin doğduğun yılın mayıs ayında çaldılar. Önce onunla birlikte şimdiki zamanda saklandılar. Birkaç ay boyunca çeşitli hilelere başvurarak muhafızların dedektiflerinden ustalıkla kaçmayı becerdiler. Sık sık şehir değiştirip kronografla birlikte tüm Avrupa'yı dolaştılar. Sonra, konakladıkları yerlerin çevresindeki çemberi gittikçe daraltmaya başladık. Sonunda bizden ancak kronografla birlikte geçmişe kaçtıkları takdirde kurtulabileceklerini anladılar. Ne yazık ki pes etmeyi hiç düşünmediler. Ödün vermeden yanlış ideallerini savundular." İç geçirdi. "Çok genç ve hırslıydılar..." Bakışları hayallere dalmış gibi buğulandı.

Gideon öksürünce Bay George boşluğa bakmaya son vererek devam etti: "Şimdiye dek bu adımı senin doğumundan birkaç hafta önce Londra'da attıklarını sanıyorduk."

"Ama o zaman adımı bilmeleri imkânsız!"

"Doğru," dedi Bay George. "Bu nedenle bu sabahtan beri onların senin doğumundan sonra kaçmış olabilecekleri üzerinde duruyoruz."

"Nedenini bilmiyoruz," diye tamamladı Gideon.

"Açıklanması gereken bir başka soru da, Lucy ve Paul'ün senin adını ve doğacağın tarihi nereden bildikleri. Öyle ya da böyle, Margret Tilney her türlü işbirliğini reddetti."

Düşündüm. "Peki şimdi, onların kanını nasıl alacağız?" Ah Tanrım! Bunu söyleyen ben miydim? "Şiddet kullanmayacaksınız, değil mi?" Hayalimde Gideon'u, elinde eter, kelepçeler ve kocaman bir şırıngayla canlandırdım. Hemen ardından bu görüntüyü aklımdan atmaya çalıştım.

Bay George başını iki yana salladı. "Muhafızların on iki altın kuralından biri de şiddete ancak tüm diğer yollar -tartışma ve uzlaşma- işe yaramadığı takdirde başvurmaktır. Bu durumda önce Margret'in önerisine kulak vereceğiz: Seni ona göndereceğiz."

"Onu ikna etmem için mi?"

"Niyetini ve muhbirlerin kim olduğunu anlayabilmemiz için. Seninle konuşacak, bunu kendisi söylemiş. Sana neler anlatacağını bilmek istiyoruz."

Gideon iç geçirdi. "Gerçi bundan hiçbir şey çıkmayacak ama sabahtan beri duvarlara konuşuyorum."

"Evet. Bu arada Madam Rossini sana 1912 için şık bir yaz elbisesi hazırlamakla meşgul," dedi Bay George. "Büyük büyükannenle tanışacaksın."

"Neden özellikle 1912?"

"Bu tarihi rastgele seçtik. Gideon yine de bir tuzağa düşebileceğinizi düşünüyor."

"Tuzağa mı?"

Gideon bir şey söylemedi, yalnızca bana baktı. Gerçekten de endişeli görünüyordu.

"Bu mantık yasalarına göre olanaksız," dedi Bay George.

"Neden biri bizi tuzağa düşürmek istesin?"

Gideon bana doğru eğildi: "Bir düşün... Lucy ve Paul kronografın gücüne sahipler, şu ana dek on iki zaman yolcusundan onunun kanını kronografa geçirdiler. Çemberi kapamak ve sırra erişmek için ikimizin kanına ihtiyaçları var."

"Ama... Lucy ve Paul çemberin kapanmasını ve sırrın ortaya çıkmasını engellemek istiyorlardı," dedim.

Bay George ve Gideon bir kez daha bakıştı.

"Bu, annenin inandığı gerçek," dedi Bay George.

Bu, benim de şimdiye dek inandığım şeydi. "Peki, siz buna inanmıyor musunuz?"

"Bir de başka açıdan bak. Ya Lucy ve Paul sırrı yalnızca kendileri için istiyorlarsa?" diye sordu Gideon. "Ya kronografı bunun için çaldılarsa? O zaman Saint Germain Kontu'nu alt etmeleri için eksik olan tek şey, bizim kanımız."

Sözlerin etki etmesi için biraz bekledim. Sonra yanıtladım: "Diyorsun ki, bizimle yalnızca geçmişte buluşabilecekleri için kanımızı almak üzere bize bir yerde tuzak kuracaklar, öyle mi?"

"Kanımızı ancak şiddet kullanarak almak zorunda kalacaklarını düşünebilirler," dedi Gideon. "Tıpkı bizim de kendi kanlarını isteyerek vermeyeceklerini bildiğimiz gibi."

Dün Hyde Park'ta bize saldıran adamları düşündüm.

"Doğru," dedi Gideon, sanki düşüncelerimi okumuş gibi. "Bizi öldürselerdi, istedikleri kadar kan alabilirlerdi. Geriye orada olacağımızı nereden bildiklerini açıklamak kalıyor."

"Lucy ve Paul'ü tanırım. Bu onların tarzı olamaz," dedi Bay George. "Muhafızların on iki altın kuralıyla büyüdüler ve herhalde kendi akrabalarını öldürtmeye kalkmazlar. Onlar da tartışma ve uzlaş..."

"Lucy ve Paul'ü *tanırdınız*, Bay George," dedi Gideon. "Aradan geçen zamanda ne hale geldiklerini gerçekten bilebilir misiniz?"

İkisinin yüzlerine baktım. "Yine de büyük büyükannemin benden ne istediğini öğrenmek ilginç olur," dedim. "Ayrıca ziyaret edeceğimiz zaman dilimini kendimiz seçersek nasıl tuzak kurabilirler ki?"

"Ben de öyle düşünüyorum," dedi Bay George.

Gideon pes etmiş gibi iç geçirdi. "Bu konuda zaten çoktan karar verilmiş..."

Madam Rossini, bileklere dek uzanan, ekose desenli ve bahriye yakalı beyaz bir elbiseyi üzerime geçirdi. Belinde açık mavi saten bir kuşak, yakayla düğmelerin birleştiği yerde yine aynı kumaştan bir de fiyonk vardı.

Kendimi aynada gördüğümde biraz düş kırıklığına uğramıştım. Çok uslu görünüyordum. Biraz St. Luke'taki çömez rahibelere benzemiştim. Bazen Pazar günleri dini görevimizi yerine getirmek üzere oraya giderdik.

Madam Rossini deri düğmeli çizmeleri bana uzatırken, "1912 modası elbette Rokoko döneminin savurganlığıyla kıyaslanamaz," dedi. "Kadınların cazibesini öne çıkarmaktan daha çok gizlediğini söyleyebilirim."

"Bence de öyle."

"Şimdi sıra saç modelinde." Madam Rossini beni yavaşça sandalyeye oturtarak saçımı epey derin bir şekilde ortadan ayırdı. Sonra tüm saç tutamlarımı ensemde topladı.

"Bu biraz... şey... kulaklarımın üzerindeki saçım fazla *kabarık* değil mi?"

"Böyle olmalı," dedi Madam Rossini.

"Ama bu model bende pek de iyi durmadı, sizce de öyle değil mi?"

"Sende her şey güzel durur, küçük kuğu boyunlum. Ayrıca güzellik yarışmasına katılmıyoruz. Önemli olan..."

"...Özgünlük. Biliyorum."

Madam Rossini güldü. "İyi o halde."

Bu kez beni bodrumda saklı kronografa götürmek üzere Doktor White geldi. Her zamanki gibi son derece suratsız bir ifadeyle bana baktı ama hayalet çocuk Robert sevinçle gülümsedi.

Ben de ona gülümsedim. Sarı bukleleri ve gamzeleriyle gerçekten çok tatlıydı. "Merhaba!"

"Merhaba, Gwendolyn," dedi Robert.

"Abartılı selamlaşmalar için bir neden göremiyorum," dedi Doktor White, kara bir bez parçasını gözlerime bağlamaya çalışırken.

"Ah hayır, yine mi?"

"Sana güvenmek için bir nedenimiz yok," dedi Doktor White.

"Ah! Verin şunu, sizi kaba adam!" Madam Rossini, doktorun elindeki bez parçasını çekip aldı. "Bu kez hiç kimse saç modelimi mahvedemeyecek."

Çok yazık. Madam Rossini son derece dikkatli hareketlerle gözlerimi bağladı. Bu arada saçımın bir tek teli bile bozulmadı.

"Bol şans, küçüğüm," dedi Madam, Doktor White beni dışarı çıkarırken. Körlemesine elimi salladım. Boşlukta adım atmak yine içimde huzursuz bir duygu yaratmıştı. Buna karşın yürüdüğümüz yol bana gittikçe tanıdık gelmeye başlamıştı. Ama bu kez Robert beni sürekli uyardı. "İki basamak daha var, şimdi gizli kapının yanından sola dön. Dikkat, eşikten atla. On adım daha kaldı, sonra büyük merdivenler başlayacak."

"Gerçekten harika bir eşlikçisin, çok teşekkürler."

"Alay etmek yok," dedi Doktor White.

"Neden sen beni duyabilirken o duyamıyor?" diye üzgün bir tavırla sordu Robert.

"Ne yazık ki bunu ben de bilmiyorum," derken neredeyse yüreğim dayanamayacaktı. "Ona bir şey söylemek ister misin?"

Robert sustu.

Doktor White, "Glenda Montrose haklıymış. Gerçekten kendi kendine konuşuyorsun," dedi.

Ellerimle duvarı yokladım. "Ah, bu nişi tanıyorum. Şimdi bir basamak geliyor, işte. Şimdi yirmi dört adım sonra sağa döneceğiz."

"Adımları saymışsın!"

"Can sıkıntısından. Neden bu kadar şüphecisiniz, Doktor White?"

"Hiç de öyle değilim. Sana kesinlikle güveniyorum. *Şu anda.* Çünkü şu anda bir ölçüde iyi kalplisin, en fazla annenin tuhaf fikirleriyle kışkırtılmış olabilirsin. Ama hiç kimse daha sonra ne olacağını bilemez. Bu yüzden kronografın yerini bilmeni hoş karşılamıyorum."

"Bu bodrum o kadar da büyük olamaz," dedim.

"Hiçbir şey bilmiyorsun", dedi Doktor White. "İçinde insanları bile kaybettik."

"Gerçekten mi?"

"Evet." Sesinden ince bir alay seziliyordu, şaka yaptığını anlamıştım. "Diğerleri çıkış yolunu bulana dek günlerce geçitlerde dolanıp durdular."

"Ona üzgün olduğumu söylemek isterdim," dedi Robert.

"Ah." Zavallı yavrucak. Olduğum yerde durup onu kollarıma almayı çok isterdim. "Ama bunun için yapabileceğin bir şey yok."

"Bundan emin misin?" Anlaşılan Doktor White bodrumda kaybolan insanlar konusuna takılı kalmıştı.

Robert burnunu çekti. "O sabah tartıştık. Ondan nefret ettiğimi ve babamın başka birisi olmasını istediğimi söyledim."

"Ama bunu kesinlikle ciddiye almamıştır. Asla."

"Hayır, aldı. Şimdi de onu sevmemiş olduğumu düşünüyor ve ben böyle olmadığını artık ona söyleyemiyorum." Şimdi belirgin biçimde titremeye başlayan sesi kalbimi parçalamıştı.

"Bu nedenle mi hâlâ buradasın?"

"Onu yalnız bırakmak istemiyorum. Gerçi beni görüp duyamıyor ama belki burada olduğumu hissediyordur."

"Ah... *Canım.*" Artık dayanacak gücüm kalmamıştı. Olduğum yerde durdum. "Onu sevdiğini mutlaka biliyordur. Her baba çocuklarının bazen istemeden kötü şeyler söyleyebildiğini bilir."

"Şüphesiz," dedi Doktor White. Sesi boğuk çıkmıştı. "Yalnızca bisikletlerini yağmurda bıraktılar diye çocuklara iki gün televizyon yasağı verilirse, bağırıp çağırmalarına ve hiç düşünmedikleri şeyler söylemelerine şaşmamak gerek."

Beni tekrar itti.

"Bunu söylemenize sevindim, Doktor White."

"Ben de!" dedi Robert.

Yolun geri kalanında ikimizin de keyfi yerindeydi. Ağır bir kapı itildi ve sonra tekrar ardımızdan kapandı.

Göz bağım çözüldüğünde ilk gördüğüm şey, Gideon'un kafasındaki silindir şapka oldu. Hemen yüksek sesli bir kahkaha attım. Hah! Bu kez şapkalı aptal oydu!

"Kendisi bugün pek neşeli," dedi Doktor White. "Hiç durmadan kendi kendine konuştu." Sesi bu kez, her zamanki gibi iğneleyici değildi.

Bay De Villiers de kahkahama eşlik etti. "Ben de tuhaf buldum," diye güldü. "Tıpkı sirk müdürüne benziyor."

"İyi eğlendiniz bakıyorum," dedi Gideon.

Silindir şapkası sayılmazsa çok yakışıklı görünüyordu. Uzun, koyu renk pantolon, koyu renk frak, beyaz gömlek... biraz düğüne gider gibi bir havası vardı. Beni tepeden tırnağa süzerken yapacağı herhangi bir karşı atak için soluğumu tutup bekledim. Onun yerinde olsam, aklıma kılığımla ilgili söylenecek en az on tane iğneleyici söz gelirdi.

Ama hiçbir şey söylemedi, yalnızca güldü.

Bay George kronografla meşguldü. "Gwendolyn tüm talimatları aldı mı?"

"Sanırım," dedi Bay De Villiers. Madam Rossini kostümü hazırlarken benimle yarım saat boyunca "Yeşim operasyonu" hakkında konuşmuştu. *Yeşim operasyonu!* Kendimi biraz gizli ajan Emma Peel gibi hissetmiştim. Leslie ve ben Uma Thurman'ın bu filmine bayılıyorduk. *The Avengers.*[22] Gideon'un tuzağa düşebileceğimize dair inatçı teorisinin üzerinden hâlâ tam anlamıyla geçememiştim.

---

22 İntikamcılar – Bir Türk televizyonunda 1970'li yıllarda Tatlı Sert adıyla oynayan dizinin filmi, (ç.n.)

Margret Tilney ısrarlı bir şekilde benimle konuşmak istediğini söylemiş ama bunun için herhangi bir zaman belirlememişti. Beni tuzağa düşürmek niyetinde olsa bile, yaşamının hangi gün ve saatinde karşısına çıkacağımızı nereden bilecekti?

Ayrıca Lucy ve Paul'ün bizi tam olarak aynı zaman dilimi içinde beklemeleri olasılık dışıydı. 1912 yılının Haziran ayı tamamen rastgele seçilmişti. Margret Tilney o zaman otuz beş yaşındaydı, kocası ve üç çocuğuyla birlikte Belgravia'daki bir evde yaşıyordu. Biz de onu tam orada ziyaret edecektik.

Yukarı bakınca Gideon'un bakışlarının üzerime çevrilmiş olduğunu gördüm. Tam olarak dekolteme. Bu çok ayıptı!

"Hey, yoksa göğüslerime mi bakıyorsun?" diye öfkeyle çıkıştım.

Sırıttı. "Doğrudan değil," diye fısıldadı.

Aniden ne demek istediğini anladım. Rokoko tarzında, dantellerin arasına bir şey saklamak çok kolay olmuştu, diye düşündüm.

Ama ne yazık ki Bay George'un dikkati üzerimizde toplanmıştı.

Öne doğru eğildi. "Yoksa bu cep telefonu mu?" diye sordu. "Geçmişe bizim zamanımızdan hiçbir şey götüremezsin!"

"Nedenmiş? Çok yararı dokunabilir! (Ayrıca Rakoczy ve Lord Brompton'un fotoğrafları harika çıkmıştı!) Önceki gidişimizde Gideon'un yanında işe yarar bir tabanca olsaydı, işimiz çok kolaylaşırdı."

Gideon gözlerini devirdi.

"Cep telefonunu geçmişte kaybettiğini bir düşünsene," dedi Bay De Villiers. "Onu bulan kişi herhalde ne yapacağını bilemezdi.

Belki de bilirdi. Böylece cep telefonu geleceği değiştirmiş olurdu. Bir tabanca da öyle! İnsanlığın gelişmiş silahları daha erken zamanlarda kullanmaya başladığı takdirde neler olacağını düşünmek bile istemiyorum.

"Ayrıca bu eşyalar sizin ve bizim varlığımız için birer kanıt olurdu," dedi Doktor White. "Küçük bir yanlışlık yüzünden her şey değişebilir ve süreç tehlikeye girerdi."

Biber gazımı 18. yüzyılda kaybettiğim takdirde bunun insanlığın geleceğini ne dereceye kadar değiştirebileceğini düşünürken alt dudağımı kemirdim. Doğru kişinin eline geçerse, bu belki iyi yönde bir değişim olabilirdi...

Bay George elini uzattı. "Sen yokken ona göz kulak olurum."

İç geçirerek dekolteme el attım ve cep telefonunu ona verdim. "Ama daha sonra onu hemen geri isterim!"

"Hazır mıyız?" diye sordu Doktor White. "Kronograf kalkışa hazır."

Hazırdım. Karnımda hafif bir karıncalanma vardı ve sıkıcı bir yılın bodrumunda ev ödevlerimi yaparak pineklemek yerine burada olmaktan mutlu olduğumu itiraf etmeliydim.

Gideon bana yoklar gibi bir bakış attı. Belki de başka neler saklamış olabileceğimi düşünüyordu. Masum bir tavırla ona baktım... Biber gazını ancak bir dahaki sefere yanıma alabilecektim. Bu üzücüydü.

"Hazır mısın, Gwendolyn?" diye sordu sonunda.

Ona gülümsedim. "Sen hazırsan, ben de hazırım."

"Zaman, çatlaklardan oluşan lanetli kader parçacıkları, düzeltmek için dünyaya geldiğim."

Hamlet

William Shakespeare

(1564 - 1616)

15.

Muhafızların faytonu bizi mabetten aldı ve Thames Nehri boyunca süren bir yolculuktan sonra Belgravia'ya ulaştık. Bu kez bana tanıdık gelen Londra'yı alıcı gözle seyredebilmiştim. Güneş, Big Ben'i ve Westminister Katedrali'ni aydınlatıyordu. Şapkalı ve şemsiyeli insanların benimkine benzer açık renk giysiler içinde geniş bulvarlarda dolaştığını sevinçle gördüm. Park ilkbahar yeşilliği içinde parlıyordu, caddeler düzgün biçimde taş döşeliydi ve biraz çamurluydu.

"Tıpkı bir müzikal kulisine benziyor!" dedim. "Ben de böyle bir şemsiye istiyorum."

"İyi bir gün yakaladık," dedi Gideon. "Ayrıca iyi bir yıl." Silindirini bodrumda bırakmıştı ve onun yerinde olsam aynısını yapacağım için bu konuda tek söz etmedim.

"Neden Margret'le mabede elapse olmaya geldiğinde görüşmedik?"

"Bunu iki kez denedim. Muhafızları iyi niyetim konusunda ikna etmek pek kolay olmadı, hem de parolaya ve mühür yüzüğe rağmen. Geçmişteki muhafızların tepkisini tahmin etmek hep zor oluyor. Gelecekten gelen ve çok az ya da hiç tanımadıkları ziyaretçilerden şüphelendikleri için, daha çok tanıdıkları ve korumakla yükümlü oldukları zaman yolcularına yardımcı olmaya meyilliler. Tıpkı dün gece ve bu sabah yaptıkları gibi. Belki onu evinde ziyaret edersek daha başarılı oluruz. Hem kesinlikle daha şaşırtıcı..."

"Bizim ortaya çıkmamızı bekleyen birisi tarafından gece gündüz korunuyor olamaz mı? Aslında bunu bekliyor olmalı. Yıllardan beri, değil mi?"

"Muhafızların güncelerinde fazladan bir özel korumadan söz edilmiyor. Yalnızca her zaman yolcusu adayının evinin yakınlarında nöbet tutan zorunlu bir mürit olmalı."

"Kara adam," diye bağırdım. "Bizim evin önünde de böyle biri duruyor."

"Herhalde hiç göze çarpmıyordur, değil mi?" Gideon sırıttı.

"Hayır, hem de hiç. Küçük kız kardeşim onun büyücü olduğunu düşünüyor." Bu arada aklıma gelmişti. "Senin kardeşin var mı?"

"Küçük bir erkek kardeşim var," dedi Gideon. "Gerçi, artık o kadar da küçük sayılmaz. On yedi yaşında."

"Peki ya sen?"

"On dokuz," dedi Gideon. "Aşağı yukarı."

"Artık okula gitmiyorsan... Ne yapıyorsun? Geçmişe yolculuk yapmanın dışında, elbette." Keman çalmanın ve daha başka her ne yapıyorsa onun dışında...

"Resmi olarak Londra Üniversitesi'ne kayıt yaptırdım," dedi. "Ama sanırım bu sömestr donduracağım."

"Hangi bölüm?"

"Fazla meraklı olduğun söylenebilir mi?"

"Yalnızca sohbet ediyorum," dedim. Bu cümleyi James'ten öğrenmiştim. "Pekâlâ, ne okuyorsun?"

"Tıp." Sesi biraz utangaç çıkmıştı.

"Ah!" dedim. Şaşkınlığımı belli etmemeye çalışarak yine pencereden bakmaya koyuldum. Tıp. İlginç. İlginç. İlginç.

"Bugün okuldaki erkek arkadaşın mıydı?"

"Ne? Kim?" Ona şaşkınlıkla baktım.

"Arkandaki, elini omzuna koyan çocuk." Sesi son derece sıradan bir şeyden söz ediyormuş gibiydi, neredeyse ilgisizdi.

"Gordon Gelderman'dan mı söz ediyorsun? Ah, yüce Tanrım."

"Eğer erkek arkadaşın değilse, neden sana dokunmasına izin veriyorsun?"

"Öyle bir izni yok. Doğruyu söylemek gerekirse, bunu yaptığını fark etmedim bile." Ayrıca Gideon ve Charlotte'un birbirlerine sırnaşmalarını izlemekle meşguldüm. Bunu hatırlayınca kan beynime sıçradı. Onu öpmüştü.

"Neden kızardın? Gordon Gallahan yüzünden mi?"

"Gelderman," diye düzelttim.

"Her neyse. Bir aptala benziyordu."

Gülmeden edemedim. "Öyle sayılır," dedim. "Hem berbat öpüşüyor."

"Bu kadar ayrıntılı öğrenmek istememiştim." Gideon aşağı eğilip ayakkabılarının bağcıklarını yeniden bağladı. Tekrar doğrulduğunda kollarını göğsünde kavuşturdu. "Belgravia Caddesi'ne geldik, bak! Büyük büyükanneni göreceğin için heyecanlı mısın?"

"Evet, hatta çok heyecanlıyım." Ne hakkında konuştuğumuzu çabucak unutmuştum. Her şey ne kadar garipti. Birazdan ziyaret edeceğim büyük büyükannem, annemden yalnızca birkaç yaş büyük haliyle karşımda olacaktı.

İyi bir evlilik yapmış olmalıydı çünkü faytonun önünde durduğu Eaton Place'deki ev yüksek sınıfa özgüydü. Ayrıca bize kapıyı açan uşak da öyle. Bay Bernhard'dan çok daha soylu bir görünümü vardı. Hatta beyaz eldiven bile giymişti!

Gideon ona kartını verip sürpriz bir çay ziyaretine geldiğimizi söyleyince, bizi oldukça şüpheli bir bakışla süzdü. Eski kız arkadaşı Leydi Tilney, Gwendolyn Shepherd'ın ziyarete geldiğini duyunca kesinlikle çok sevinecekti.

Uşak kartı alıp uzaklaşırken, "Sanırım seni yeterince nazik bulmadı," dedim. "Böyle şapkasız ve favorisiz."

"Ve sakalsız," dedi Gideon. "Lord Tilney'in sakalı bir kulağından diğerine dek uzanıyor. Gördün mü? Şurada bir portresi var."

"Ah, Tanrım," dedim. Büyük büyükannemin erkekler konusunda oldukça tuhaf bir zevki vardı. Bu sakal geceleri bigudiyle sarılabilecek cinstendi.

"Ya bizi reddederse?" diye sordum. "Belki de seninle tekrar görüşmek istemiyordur."

"Bence böyle bir şey olmaz. Son görüştüğümüzden bu yana 18 yıl geçti."

"O kadar uzun zaman oldu mu?" Merdivende bir kadın duruyordu. İnce ve uzun boyluydu, kızıl saçlarını benimkine benzer bir saç modeliyle ensesinde toplamıştı. Leydi Arista'ya benziyordu, ondan otuz yaş gençti. Dik yürüyüşünün noktasından virgülüne dek Leydi Arista'ya benzediğini görünce hayrete düştüm.

Önümde durunca sustuk, ikimiz de birbirimizi incelemeye dalmıştık. Büyük büyükannemin anneme de biraz benzediği söylenebilirdi. Leydi Tilney'in bende neyi ya da kimi gördüğünü bilmiyordum ama görünüşüm hoşuna gitmiş gibi başını sallayarak gülümsedi.

Gideon bir süre bekledikten sonra konuştu: "Leydi Tilney, talebim on sekiz yıl öncekiyle aynı. Biraz kanınıza ihtiyacımız var."

"Ben de hâlâ on sekiz yıl önce söylediğim şeyi söyleyeceğim. Kanımı alamayacaksın." Ona döndü. "Ama size çay ikram edebilirim. Bunun için biraz erken olsa da. Bir fincan çayla gevezelik etmek daha hoş oluyor."

"O halde yine de bir fincan çay içelim," dedi Gideon nazikçe.

Merdivenden çıkarak caddeye bakan odalardan birine doğru yürürken büyük büyükannemi izledik. Pencere önünde üç kişilik yuvarlak bir masa hazırlanmıştı. Tabaklar, fincanlar, çatal bıçak, ekmek, tereyağı, marmelat, ortada bir tabak dolusu salatalık turşulu sandviç ve çörek.

Gideon odada çevresine ayrıntılı biçimde bakınırken, "Sanki neredeyse bizi bekliyormuşsunuz gibi görünüyor," dedim.

Tekrar gülümsedi. "Evet, değil mi? Gerçekten böyle de düşünülebilir. Ama aslında başka konuklar bekliyorum. Oturun."

"Hayır, teşekkürler; bu şartlar altında ayakta durmamız daha iyi," dedi Gideon, aniden son derece gerginleşmişti. "Sizi fazla rahatsız etmesek daha iyi olur. Yalnızca birkaç yanıt almamız bizim için yeterli."

"Peki, sorunuz nedir?"

"Adımı nereden biliyorsunuz?" diye sordum. "Benden size kim söz etti?"

"Gelecekten gelen bir ziyaretçim oldu." Gülümsemesi derinleşti. "Bana sık sık olur."

"Leydi Tilney, son gelişimde ziyaretçinizin sizi tamamen yanlış bilgilendirdiğini size açıklamaya çalıştım," dedi Gideon. "O insana güvenmekle büyük bir hata yapıyorsunuz."

"Bunu ona ben de hep söylüyorum," dedi bir erkek sesi. Kapıda kayıtsızca bize yaklaşmakta olan genç bir adam belirmişti. "Margret, yanlış adama güvendiğin takdirde büyük bir hata yapacağını sana hep söylüyorum. Bunlar çok lezzetli görünüyor. Bizim için mi?"

Gideon derin bir soluk alarak bileğimi kavradı.

"Bir adım daha yaklaşma," dedi boğuk bir sesle.

Diğer adam bir kaşını kaldırdı. "Sakıncası yoksa bir sandviç alacağım."

"Rahatına bak." Büyük büyükannem odadan çıkarken uşak eşikte belirdi. Beyaz eldivenlerine karşın şimdi ünlü kulüplerin kapısında duran korumalara benziyordu.

Gideon kısık sesle sövdü.

"Millhouse'tan korkmayın," dedi genç adam. "Daha önce bir adamın boynunu kırdığı söylense de. Yanlışlıkla olmuş, değil mi Millhouse?"

Ona bakakalmıştım, elimden başka bir şey gelmiyordu. Gözleri Falk de Villiers'inkiyle aynıydı, kehribar gibi sapsarı. Tıpkı bir kurt gibi.

"Gwendolyn Shepherd!" Bana gülümseyince Falk de Villiers'e daha çok benzemişti. Yalnızca ondan en az yirmi yaş gençti ve kısa kesilmiş saçları simsiyahtı. Bakışları beni korkutmuştu; dostçaydı ama içinde anlayamadığım bir şeyler daha vardı. Belki öfke? Yoksa acı mıydı?

"Seni tanımak bir onur." Sesi bir an için boğuklaştı. Elini bana doğru uzattı ama Gideon beni iki koluyla sararak kendine çekti.

"Ona dokunma!"

Kaşlar yine yukarı kalktı. "Neden korkuyorsun, ufaklık?"

"Ondan ne istediğini çok iyi biliyorum!"

Gideon'un kalbinin sırtımda attığını hissediyordum.

"Kan mı?" Adam küçük, incecik sandviçlerden bir tane alıp ağzına attı. Sonra avuç içlerini bize göstererek devam etti: "Şırınga yok, neşter yok, gördün mü? Şimdi kızı rahat bırak. Onu incitiyorsun." Garip bakışları yine üzerimdeydi. "Adım Paul. Paul de Villiers."

"Bunu tahmin etmiştim," dedim. "Siz kuzenim Lucy'yi kronografı çalma konusunda kışkırtan kişisiniz. Bunu neden yaptınız?"

Paul de Villiers'in ağzı hafifçe çarpıldı. "Bana siz diye hitap etmen tuhafıma gidiyor."

"Benim tuhafıma giden de beni tanıyor olmanız."

"Onunla konuşmayı kes," dedi Gideon. Elini biraz gevşetmişti, tek koluyla sıkıca bana sarılırken boş kalan eliyle arkasındaki kapıyı açarak yan odaya bir göz attı. Bir başka eldivenli adam orada dikilmişti.

"Bu Frank," dedi Paul. "Millhouse gibi güçlü ve iriyarı olmadığı için bir tabancası var, gördün mü?"

"Evet," diye homurdandı Gideon kapıyı kapatarak.

Gerçekten haklı çıkmıştı. Tuzağa düşmüştük. Ama bu nasıl mümkün olurdu? Margret Tilney yaşamının her günü bizim için masa hazırlayamazdı, yine tabancalı bir adamın da yan odada bekleyemeyeceği gibi.

"Bugün burada olacağımızı nereden biliyordunuz?" diye Paul'e sordum.

"Şey. Bunu hiç bilmediğimi, aksine rastlantı eseri uğradığımı söylesem herhalde bana inanmazdın, değil mi?" Bir çörek alarak sandalyelerden birine oturdu. "Sevgili anne baban nasıllar?"

"Kapa çeneni!" dedi Gideon.

"Ama ailesinin nasıl olduğunu sorabilirim, değil mi?"

"İyi," dedim. "En azından annem. Babam öldü."

Paul korkuyla irkildi. "Öldü mü? Nicholas dağ gibi adamdı, çok güçlü ve sağlıklıydı!"

"Lösemisi vardı," dedim. "Ben yedi yaşındayken öldü."

"Ah, Tanrım. Buna çok üzüldüm." Paul bana ciddi ve üzgün bir yüzle baktı. "Babasız büyümek zorunda kalmak senin için korkunç olmuştur."

"Onunla konuşmayı kes," dedi Gideon tekrar. "Takviye gelene dek bizi oyalamak istiyor."

"Hâlâ kanınızın peşinde olduğumu mu sanıyorsun?" Sarı gözleri tehlikeli bir şekilde parladı.

"Kuşkusuz," dedi Gideon.

"Hem Millhouse, Frank ve benim tabancayla birlikte senin hakkından gelemeyeceğimizi mi sanıyorsun?" diye sordu Paul alayla.

"Şüphesiz," dedi Gideon tekrar.

"Sevgili erkek kardeşimin ve diğer muhafızların seni gerçek bir savaş makinesi haline getirmek için her şeyi yaptıklarından eminim," dedi Paul. "Sonuçta ortaya çıkan kötü durumu düzeltmek senin işin. Hatta belki de kronografı geri almak. Bizim gibiler yalnızca gelenek olduğu için biraz kılıç öğrendi, biraz da zorunlu olarak keman. Ama bahse girerim, sen tekvando ve buna benzer şeyler de biliyorsundur. İnsan geçmişe yolculuk edip insanların kanını almak istiyorsa, bütün bunları bilmeli."

"İnsanlar şimdiye dek kanlarını gönüllü olarak verdiler."

"Yalnızca bunun neye mal olacağını bilmediklerinden!"

"Hayır! Çünkü muhafızların yüzyıllardan beri araştırıp gözettikleri ve üzerinde çalıştıkları şeyi mahvetmek istemediler!"

"Hepsi safsata! Hayatımız boyunca beynimiz bu dokunaklı laflarla dolduruldu. Ama *biz* Saint Germain Kontu'nun gerçek niyetini biliyoruz."

"Peki, gerçek neymiş?" diye ağzımdan çıkıverdi aniden.

Merdivenlerde ayak sesleri duyuldu.

"İşte takviye de geldi," dedi Paul dönüp bakmadan.

"Gerçek, ağzını açar açmaz yalan söylemesi," dedi Gideon.

Uşak yana çekilerek kızıl saçlı, narin bir kızın içeri girmesine izin verdi, Leydi Tilney'in kızı olmak için biraz büyüktü.

"Buna inanamıyorum," dedi kız. Sanki daha önce benden daha tuhaf hiçbir şey görmemiş gibi baktı.

"Rahatlıkla inanabilirsin, Prenses!" dedi Paul. Sesi yumuşak ve biraz endişeliydi.

Kız olduğu yere çakılmış gibi eşikte durdu.

"Sen Lucy'sin," dedim. Ailedeki benzerlik göz ardı edilecek gibi değildi.

"Gwendolyn," dedi Lucy. Aslında ağzından yalnızca solumaya benzer bir ses çıkmıştı.

"Evet, bu Gwendolyn," dedi Paul. "Sanki en sevdiği oyuncak ayısıymış gibi ona sarılmış olan da yeğenim... ya da her ne deniyorsa. Ne yazık ki sürekli gitmekten söz edip durdu."

"Lütfen gitmeyin!" dedi Lucy. "Sizinle konuşmamız gerek."

"Bir başka zaman seve seve," dedi Gideon. "Belki çevrede daha az yabancı varken."

"Bu çok önemli," dedi Lucy.

Gideon güldü. "Evet, mutlaka öyledir."

"Sen rahatlıkla gidebilirsin, ufaklık," dedi Paul. "Millhouse seni kapıya dek geçirir. Ama Gwendolyn biraz daha kalacak. İçimde onunla daha iyi konuşulabileceğine dair bir his var. Henüz beyni yıkanmamış... Ah, lanet olsun!"

Sövgü, Gideon'un ansızın elinde beliren siyah renkli bir tabanca içindi. Soğukkanlılıkla namlusunu Lucy'ye çevirmişti.

"Gwendolyn ve ben, şimdi sakin bir şekilde bu evden çıkıp gideceğiz," dedi. "Lucy kapıya dek bize eşlik edecek."

"Sen... aşağılık bir herifsin!" dedi Paul kısık sesle. Ayağa kalktı ve kararsızlık içinde Millhouse'a, Lucy'ye ve bize baktı.

"Otur yerine," dedi Gideon. Sesi buz gibiydi ama nabzının deli gibi attığını hissediyordum. Serbest olan koluyla beni kendine sarmaya devam ediyordu. "Siz Millhouse, siz de oturun. Burada daha epey sandviç var."

Paul tekrar oturarak yan kapıya baktı.

"Frank'a tek söz edersen tetiği çekerim," dedi Gideon.

Lucy kocaman açılmış gözlerle ona baksa da korkmuş görünmüyordu. Paul kadar değil. O Gideon'un ciddi olduğuna gerçekten inanmış gibiydi.

"Ne diyorsa yap," dedi Millhouse'a. Eşikteki nöbetine son veren uşak bize kötü bir bakış atarak masaya oturdu.

"Onunla karşılaştın, değil mi?" Lucy doğrudan Gideon'un gözlerine baktı. "Saint Germain Kontu'yla karşılaştın."

"Üç kez," dedi Gideon. "Niyetinizin ne olduğunu biliyor. Arkanı dön." Tabancayı Lucy'nin başının arkasına dayadı. "Yürü!"

"Prenses..."

"Her şey yolunda, Paul."

"Ona lanet olası bir otomatik Smith&Wesson vermişler. Bunun on iki altın kurala aykırı olduğunu sanıyordum."

"Yola çıkınca onu serbest bırakacağız," dedi Gideon. "Ama daha önce herhangi biriniz yerinden kıpırdarsa, Lucy ölür. Gel, Gwendolyn. Kanını almayı başka zaman denemeleri gerekecek."

Tereddüt ettim. "Belki yalnızca konuşmak istiyorlardır," dedim. Lucy ve Paul'ün söyleyeceklerini duymak için yanıp tutuşuyordum. Öte yandan... Dedikleri gibi gerçekten zararsızlarsa, o halde neden o korumalar odada nöbet tutuyordu? Hem de silahlı olarak? Aklıma yine parktaki adamlar geldi.

"Yalnızca konuşmak istemedikleri çok belli," dedi Gideon.

"Yararı yok," dedi Paul. "Onun beynini yıkamışlar."

"Bunu yapan Kont," dedi Lucy. "Biliyorsun, çok ikna edici olabilir."

"Tekrar görüşeceğiz!" dedi Gideon. Bu arada merdivenin başına gelmiştik.

"Yoksa bu bir tehdit mi?" diye bağırdı Paul. "Tekrar *görüşeceğiz*. Bundan emin olabilirsin!"

Gideon sokak kapısına varana dek tabancayı Lucy'nin başından ayırmadan yürümeye devam etti.

Şu Frank'ın diğer odadan üzerimize çullanmasını bekliyordum ama hiçbir şey olmadı. Üstelik büyük büyükannem de ortalarda görünmüyordu.

"Çemberin kapanmasına izin vermemelisiniz," dedi Lucy ısrarla. "Asla kontu geçmişte görmeye gitmeyin. Özellikle Gwendolyn onunla hiç karşılaşmamalı!"

"Onu dinleme!" Gideon bir eliyle tabancayı Lucy'ye doğrultmuşken, diğer eliyle kapıyı açıp sokağa göz atmak için beni serbest bıraktı. Yukarıdan mırıldanmalar duyuluyordu. Korkuyla merdivenlere baktım. En üst basamakta üç adam ve bir tabanca bir araya gelmişlerdi ama orada kalmaları gerekiyordu.

"Onunla pek çok kez karşılaştım," dedim Lucy'ye. "Dün..."

"Ah hayır!" Lucy'nin yüzü ansızın bir ton beyazlaştı. "Büyünü biliyor mu?"

"Hangi büyü?"

"Karganın büyüsü," dedi Lucy.

"Karganın büyüsü bir efsane." Gideon kolumu tutarak beni sokağa inen merdivene doğru çekti. Faytonumuz ortalarda görünmüyordu.

"Bu gerçek olamaz! Kont da bunu biliyor."

Gideon tabancayı Lucy'nin başına doğrultmaya devam ederken bakışları ansızın zemin kattaki pencerelere kaydı. Şu Frank herhalde tabancasıyla birlikte orada duruyordu. Hâlâ sundurmanın siperindeydik.

"Bekle," dedim Gideon'a. Lucy'ye baktım. Kocaman gözlerine yaşlar dolmuştu ve ona inanmamak nedense bana zor gelmişti.

"Gerçeği söylemediklerinden nasıl bu kadar emin olabiliyorsun, Gideon?" diye kısık sesle sordum.

Bir an şaşkınlıkla bana baktı. Gözleri parlıyordu. "Eminim işte," diye fısıldadı.

"Ama kulağa öyle gelmiyor," dedi Lucy. Sesi yumuşaktı. "Bize güvenebilirsiniz."

Bunu gerçekten yapabilir miydik? İmkânsızı başararak bizi nasıl burada beklemişlerdi?

Gölgeyi yalnızca göz ucuyla fark ettim.

"Dikkat et!" diye haykırdığım an Millhouse birden yanımızda bitiverdi. İri yarı uşak vurmak için elini kaldırdığı sırada, Gideon ansızın arkasını döndü.

"Millhouse, hayır!" Bu, merdivende duran Paul'ün sesiydi.

"Koş!" diye haykırdı Gideon. Saniyenin onda birinde kararımı verdim.

Düğmeli çizmelerin elverdiği ölçüde hızla koştum. Her adımda bir silah sesi bekliyordum.

"Büyükbabanla konuş," diye bağırdı Lucy arkamdan. "Ona yeşil atlıyı sor!"

Gideon ancak bir sonraki köşede bana yetişti. Tabancayı tekrar yerine koyarken, "Teşekkür ederim," dedi soluk soluğa. "Onu burada kaybetseydim, işim zordu."

Çevreme bakındım. "İzleniyor muyuz?"

"Sanmam," dedi Gideon. "Yine de acele etmemiz gerek."

"Şu Millhouse nereden çıktı? Merdivenleri göz hapsine almıştım."

"Herhalde evde başka bir merdiven daha var. Bu benim de aklıma gelmedi."

"Faytonlu muhafız nereye gitti? Bizi beklemesi gerekiyordu."

"Ne bileyim!" Gideon soluk soluğaydı. Kaldırımdaki insanlar koşarak önlerinden geçerken yabancı gözlerle bize baktılar ama bu duruma artık alışmıştım.

"Yeşil atlı da kim?"

"Bilmiyorum," dedi Gideon.

Gittikçe göğsüme sancı girmeye başlamıştı. Bu tempoda uzun süre dayanamayacaktım. Gideon dar bir ara sokağa saptı ve sonunda bir kilisenin kapısı önünde durdu.

Levhadaki *Holy Trinity* yazısını okudum.

"Burada ne yapacağız?" dedim soluk soluğa.

"Günah çıkaracağız," dedi Gideon. Ağır kapıyı itmeden önce etrafa bakındı, sonra beni içerinin karanlığına çekerek kapıyı kapadı.

Sessizlik, yoğun tütsü kokusu ve kiliseye giren herkesi sarmalayan o ağır hava hemen etrafımızı kuşattı.

Burası, renkli vitray pencereleri, açık renk kumtaşından duvarları ve sunağında her biri dua ya da iyi bir dilek için sessizce yanmakta olan mumlarıyla güzel bir kiliseydi.

Gideon, beni yan sahanlıktan geçirerek eski bir günah çıkarma kabinine doğru götürdü.

"Ciddi olamazsın," diye fısıldadım.

"Ciddiyim, evet. Ben rahip tarafında oturacağım ve zamanımıza geri sıçrayana dek burada bekleyeceğiz."

Şaşkınlıkla sandalyeye oturdum. Gideon perdeyi çekti. Bir saniye sonra yan taraftaki kafesli küçük pencere açıldı. "Rahat mı?"

Soluğum gittikçe yavaşlamış ve gözlerim karanlığa alışmıştı.

Gideon yapmacık bir ciddiyetle bana baktı. "Evet, kızım! Tanrı'nın koruyucu evi için dua edelim."

Ona baktım. Böyle bir anda nasıl böylesine gevşek ve neredeyse neşeli olabiliyordu? Daha biraz önce büyük bir gerilim altındaydı, Tanrım, kuzenimin kafasına bir tabanca dayamıştı! Bunu soğukkanlılıkla yapmış olamazdı!

"Nasıl hâlâ şaka yapabiliyorsun?"

Utanmış gibiydi. Omuzlarını silkti. "Aklına daha iyi bir şey geliyor mu?"

"Evet! Örneğin; biraz önce olanlarla ilgili olarak yorumda bulunabiliriz! Neden Lucy ve Paul, senin beyninin yıkandığını söylediler?"

"Nereden bileyim?" Saçlarının arasından geçirdiği ellerinin titrediğini gördüm. Demek ki göründüğü gibi soğukkanlı değildi. "Güvenimizi sarsmak istiyorlar."

"Lucy büyükbabama sormam gerektiğini söyledi. Herhalde onun öldüğünü bilmiyor." Lucy'nin gözyaşlarıyla dolan gözlerini düşündüm. "Zavallı. Gelecekte kalan tüm ailesini bir daha göremeyecek olması çok korkunç olmalı."

Gideon bir şey söylemedi. Bir süre sustuk. Perdenin aralığından dışarıdaki sunağa baktım. Sivri kulaklı, tuhaf kertenkele kuyruklu, en fazla dizime kadar gelebilecek küçük bir gargoyle bir sütunun gölgesinden sıçrayarak ortaya çıktı ve bize doğru baktı. Hemen gözlerimi kaçırdım. Onu gördüğümü fark edecek olursa kesinlikle sakız gibi yapışırdı. Gargoyle hayaletler çok ısrarcı olabiliyordu, bunu deneyimlerimden biliyordum.

Gargoyle yakına doğru sıçrarken, "Saint Germain Kontu'na güvenebileceğinden emin misin?" diye sordum.

Gideon derin bir soluk aldı. "O bir deha. Onun keşfettiği şeyler insanlığın... Evet, ona güveniyorum. Lucy ve Paul ne düşünürse düşünsün... Hatalılar." Göğüs geçirdi. "En azından kısa zaman öncesine dek bundan kesinlikle emindim. Her şey mantıklı görünüyordu."

Küçük gargoyle anlaşılan bizi sıkıcı bulmuştu. Sütunlardan birine tırmandı ve org balkonunun üzerinde gözden kayboldu.

"Artık görünmüyor mu?"

"Yalnızca, sen ortaya çıkana dek her şeye hâkim olduğumu biliyorum!" dedi Gideon.

"Hayatında ilk kez herkesin senin keyfine göre davranmamasından beni mi sorumlu tutuyorsun?" Kaşlarımı ondan öğrendiğim gibi iyice yukarı kaldırdım. Bu gerçekten harika bir duyguydu! Neredeyse sırıtacaktım, kendimle gurur duyuyordum.

"Hayır!" Başını iki yana sallayarak inledi. "Gwendolyn! Neden her şey seninle Charlotte'la olduğundan çok daha karmaşık?" Öne doğru eğildi. Bakışlarında daha önce hiç görmediğim bir şey vardı.

"Ah. Bugün okulun avlusunda bu konuda mı konuştunuz?" diye öfkeyle sordum.

Lanet olsun. Şimdi ona hassas tarafımı göstermiştim. Acemilik!

"Kıskandın mı?" dedi hemen ve genişçe sırıttı.

"Hiç de değil!"

"Charlotte her zaman dediğimi yapardı. Sen bunu yapmıyorsun. Bu çok yorucu ama nedense eğlenceli ve çok tatlı." Bu kez aklımı başımdan alan yalnızca bakışları değildi.

Utangaç bir tavırla yüzüme düşen perçemi geriye ittim. Maratonumuz sırasında aptal saç modelim tamamen dağılmıştı, tel tokalarla Eaton Place'ten kiliseye dek ardımda iz bırakmış olmalıydı.

"Neden mabede geri dönmüyoruz?"

"Burası daha rahat. Geri döndüğümüzde yine şu bitmez tükenmez tartışmalar başlayacak. Hem doğruyu söylemek gerekirse, Falk amcanın zorlamalarından bu kez vazgeçebilirim."

Hah! Şimdi sıra yine bendeydi. "Pek hoş bir duygu olmasa gerek, değil mi?"

Başını iki yana salladı. "Hayır. Aslında değil."

Dışarıdan, kilise sahanlığından bir ses geldi. Yerimden sıçrayarak perdeden dışarıyı gözetledim. Yalnızca bağış sandığının önünde mum yakmakta olan yaşlıca bir hanımdı. "Hemen geri sıçrarsak ne olur? Bir şeyin... şey yani... rahip çömezinin kucağına düşmek istemem... Ayrıca rahibin de bundan pek etkileneceğini düşünmüyorum."

"Endişelenme." Gideon kısık sesle güldü. "Bizim zamanımızda bu günah çıkarma kabini hiçbir zaman dolu olmaz. Daha doğrusu burası bize ayrılmıştır. Rahip Jakobs buraya *Yeraltı dünyasının asansörü* der. Elbette o da locanın bir üyesidir."

"Sıçramamıza daha ne kadar zaman var?"

Gideon saatine baktı. "Daha zamanımız var."

"O halde onu amacına uygun kullanmalıyız." Kıkırdadım. "Günah çıkarmak istemez misin, oğlum?" Bu söz ağzımdan ansızın kaçıvermişti ve aynı anda burada ne yapmakta olduğumun farkına varmıştım.

Eskiden kusmuk topağı olarak adlandırdığım Bay Gideon'la bir önceki yüzyıldaki bir günah çıkarma kabininde oturmuş, flört ediyordum. Hem de son derece sıradışı biçimde! Tanrım! Leslie neden bana bu konuyla ilgili talimatlar içeren bir dosya hazırlamamıştı?

"Sen de bana günahlarını itiraf edersen."

"Bunu çok isterdin herhalde." Konuyu değiştirmek için acele ettim. Bu, kesinlikle kaygan bir zemindi. "Ayrıca tuzak konusunda haklıydın. Lucy ve Paul bugün orada olacağımızı nasıl bildi?"

"En küçük bir fikrim bile yok," dedi Gideon. Ansızın bana öylesine yaklaştı ki, burunlarımız arasında birkaç santim kalmıştı. Alacakaranlıkta gözleri koyulaşmıştı. "Belki *sen* biliyorsundur."

Şaşkınlıkla gözlerimi kırpıştırdım (Hem soru yüzünden hem de ansızın bana bu denli yakın durmasından dolayı şaşkınlığım iki kat artmıştı). "Ben mi?"

"Lucy ve Paul'e buluşma noktamızı sen söylemiş olabilirsin."

"Ne?" Herhalde yüzümde son derece ahmakça bir ifade oluşmuştu. Ne saçma! Bunu ne zaman yapacaktım? "Daha kronografın nerede olduğunu bile bilmiyorum. Ayrıca hiç kimsenin bana..." Ağzımdan daha fazla bir şey kaçırmamak için sustum.

"Gwendolyn, gelecekte neler yapabileceğinden haberin yok."

Bunu önce hazmetmem gerekiyordu.

"Bu kişi sen de olabilirsin," dedim sonra.

"Elbette ki bu da mümkün." Gideon günah kabininde tekrar kendi tarafına çekildi. Dişleri karanlıkta parlıyordu. Gülümsedi. "Sanırım gelecek günlerimiz oldukça heyecanlı geçecek."

Bu cümle midemde sıcak bir karıncalanmaya neden oldu. Gelecekteki maceraların görüntüsünün olasılıkla beni korkutması gerekirdi ama o anda bana mutluluk duygusundan başka hiçbir şey vermiyordu.

Evet, çok heyecanlı *olacaktı.*

Bir süre sustuk. Sonra Gideon sessizliği bozdu: "Yakın zamanda faytondayken karganın büyüsü hakkında konuşmuştuk... Hatırladın mı?"

Elbette hatırlamıştım. Her sözcüğünü hem de.

"Sıradan bir kız olduğum için böyle bir büyü yeteneğim olamayacağını söylemiştin. Yığınla tanıdığın şu kızlardan biri olduğum için. Hep gruplar halinde tuvalete giden ve Lisa'nın..."

Dudaklarımın üzerinde bir el hissettim. "Ne dediğimi biliyorum." Gideon kabinin kendi tarafındaki bölümünden bana doğru iyice eğildi. "Çok üzgünüm."

Ne? Yıldırım çarpmış gibiydim. Hareket edemiyor ya da soluk alamıyordum. Parmakları dikkatle dudaklarıma dokundu, çenemi okşadı ve yanaklarımdan şakağıma doğru devam etti.

"Sen sıradan değilsin, Gwendolyn," diye fısıldadı saçlarımı okşamaya başlarken. "Hiçbir şekilde sıradan değilsin. Bence özel birisi olmak için karganın büyüsüne de ihtiyacın yok." Yüzü bana doğru yaklaştı. Dudakları dudaklarıma dokunurken gözlerimi kapadım.

Tamam. Artık bayılabilirdim.

Muhafızların Günceleri'nden

24 Haziran 1912

Hava sıcaklığı gölgede 23 derece.
Leydi Tilney saat tam dokuzda elapse olmak üzere geldi.

Şehir trafiği, kadınların seçim hakkı için protesto yürüyüşü yapan bir grup çılgın kadın tarafından engellendi. Bunun gerçekleşmesindense Ay'da koloniler kurulmasını tercih ederiz.
Bunun dışında başka bir olay olmadı.

Rapor: Frank Mine, İç Çember

Son bölüm

Hyde Park, Londra

24 Haziran 1912

"Bu güneş şemsiyeleri gerçekten çok pratik," diyerek elindeki şemsiyeyi döndürdü. "Neden modası geçti, anlamıyorum."

"Herhalde burada aralıksız yağmur yağmasındandır." Yan yan bakıp güldü. "Ama bu şeyleri çok hoş buluyorum. Beyaz dantelli yazlık elbiseler sana çok yakışıyor. Uzun eteklere de gittikçe alışmaya başladım. Üzerinden çıkardığında manzara çok daha güzel görünüyor."

"Artık pantolon giyemeyecek olmaya asla alışamayacağım," diye yakındı genç kız. "Kot pantolonumu her gün canımı acıtacak kadar özlüyorum."

Canını acıtacak kadar özlediği tek şeyin kot pantolonu olmadığını çok iyi biliyordu ama bunu söylemekten sakındı. Bir süre sustular.

Park yaz güneşinde huzur verici görünüyordu, ardında uzanan şehir sanki sonsuza dek var olacakmış gibiydi. İki yıl sonra Birinci Dünya Savaşı'nın başlayacağını ve Alman zeplinlerinin Londra üzerine bombalar atacağını düşündü. Belki bir süreliğine taşraya taşınmaları iyi olurdu.

"Tıpkı sana benziyor," dedi genç kız birden.

Kimden söz ettiğini hemen anlamıştı. "Hayır, sana benziyor, Prenses! Yalnızca saçlarını benden almış."

"Ya o, bir şey düşünürken başını yana eğiş biçimi."

"Çok güzel, değil mi?"

Genç kız başını salladı. "Çok tuhaf. İki ay önce onu yeni doğmuş bir bebek olarak kollarımızda tuttuk, oysa şimdi on altı yaşında, benden uzun ve yalnızca iki yaş küçük."

"Evet, bu çılgınca."

"Ama onun iyi olması beni fazlasıyla rahatlattı. Yalnızca Nicholas... Neden bu kadar erken ölmek zorundaydı sanki?"

"Lösemi. Bu hiç aklıma gelmezdi. Zavallı kız, babasız büyümesi kötü oldu." Öksürdü. "Umarım şu çocuktan uzak durur. Şey... Şu, yeğenimden... Ya da her kimse. Bu akrabalık ilişkilerini çok karıştırıyorum."

"Bu çok da zor değil: Senin büyük büyükbaban ve onun büyük büyükbabası ikiz kardeşti. Böylece senin büyük büyük büyükbaban aynı zamanda onun da büyük büyük büyükbabası." Onun anlamsız bakışlarını fark edince güldü. "Sana bir şemasını çizerim."

"Dedim ya, hiç anlamıyorum. Ne olursa olsun, o heriften hoşlanmadım. Onu nasıl koruduğunu görmedin mi? Neyse ki ona pek fazla kapılmamış."

"Ona âşık."

"Değil."

"Evet, âşık. Henüz bilmiyor."

"Peki, sen nereden biliyorsun?"

"Ah, o çocuğa karşı koymak olanaksız. Ah Tanrım, gözlerini görmedin mi? Bir kaplanınki gibi yemyeşil. Bana öfkeyle baktığında sanırım biraz dizlerim titredi."

"Ne? Ciddi olamazsın! Ne zamandan beri yeşil gözlerden hoşlanıyorsun?"

Genç kız güldü. "Endişelenme. Seninkiler hâlâ en güzeli. En azından benim için. Ama sanırım *o* yeşilden hoşlanıyor..."

"O kendini beğenmiş herife asla âşık olmaz."

"Hayır, âşık. Hem çocuk tıpkı senin önceki haline benziyor."

"Nasıl? O!.. Bir parça bile bana benzemiyor. *Ben* hiçbir zaman seni yönetmeye kalkmadım, asla!"

Genç kız güldü. "Yaptın."

"Yalnızca gerektiğinde." Şapkasını ensesine doğru itti. "Onu rahat bıraksa iyi olur."

"Kıskanıyorsun."

"Evet," diye itiraf etti. "Bu normal, değil mi? Bir dahaki karşılaşmamızda pençelerini ondan çekmesini isteyeceğim!"

"Sanırım önümüzdeki zamanlarda yolumuz ikisiyle de sık sık kesişecek," dedi. Artık gülümsemiyordu. "Kılıç antrenmanlarına yeniden başlasan iyi edersin. Yakında bir şeyler olacak."

Genç adam gezinti bastonunu havaya atarak ustaca yakaladı. "Ben hazırım. Ya sen, Prenses?"

"Sen hazırsan, ben de hazırım."

Önemli kişilerin listesi

Şimdiki zamanda:

Montroselar:

Gwendolyn Shepherd, Onuncu sınıf öğrencisiyken bir gün aniden zamanda yolculuk yapabildiğini keşfeder;

Grace Shepherd, Gwendolyn'in annesi;

Nick ve Caroline Shepherd, Gwendolyn'in küçük kardeşleri;

Charlotte Montrose, Gwendolyn'in kuzeni;

Glenda Montrose, Charlotte'un annesi, Grace'in ablası;

Leydi Arista Montrose, Gwendolyn'in ve Charlotte'un büyük- annesi, Grace ve Glenda'nın annesi;

Madeleine (Maddy) Montrose, Gwendolyn'in büyük halası, merhum Lord Montrose'un kız kardeşi;

Bay Bernhard, Montroselar'ın hizmetkârı.

Saint Lennox Lisesi:

Leslie Hay, Gwendolyn'in en iyi kız arkadaşı;

James August Peregrin Pimplebottom, Okulun hayaleti;

Cynthia Dale, Öğrenci;

Gordon Gelderman, Öğrenci;

Bay Whitman, İngilizce ve tarih öğretmeni.

Mabetteki muhafızların karargâhı:

Gideon de Villiers, Gwendolyn gibi zamanda yolculuk edebiliyor;

Falk de Villiers, Gideon'un ikinci dereceden amcası, Saint Germain Kontu'nun *Muhafızlar* adı verilen locasının büyük üstadı;

Thomas George, Locanın iç çemberdeki üyesi;

Dr. Jake White, Doktor ve locanın iç çemberdeki üyesi;

Bayan Jenkins, Muhafızların sekreteri;

Madam Rossini, Muhafızların terzisi.

Robert White, Hayalet Çocuk, Dr. Jake White'in oğlu

Geçmişte:

Saint Germain Kontu, Zaman yolcusu ve Muhafızların kurucusu;

Miro Rakoczy, Kontun ruh ikizi ve dostu, diğer adı *Siyah Leopar;*

Lord Brompton, Kontun yakını ve destekçisi;

Margret Tilney, Zaman yolcusu, Gwendolyn'in büyük büyük büyükannesi, Leydi Arista'nın büyükannesi;

Paul de Villiers, Zaman yolcusu, Falk de Villiers'in küçük kardeşi

Lucy Montrose, Zaman yolcusu, Grace'in kuzeni, Grace ve Glenda'nın ağabeyleri Harry'nin kızı.

Sevgili Okurlarım,

Yakut Kırmızı'yı yazarken ne gibi zorluklar yaşadığımla ilgili çok fazla soru alıyorum. Cevabım şu: Aslında hiçbir zorluk yaşamadım. Neyi kullanıp neyi kullanmayacağım konusunda pek çok seçeneğim oldu ve her gün yeni bir karar aldım.

Örneğin, hikâyeyi sadece Gwendolyn'in gözünden anlatınca ne yazık ki okurun aklına diğer karakterlerin neler düşündüğü takılabiliyor. Bu yüzden bu kitapta size, Gideon'un Hyde Park'ta faytona yapılan saldırı sırasında neler hissettiğini anlatan sahneler de sunabildiğim için mutluyum...

Hepinize iyi eğlenceler dilerim...

Küçük inatçı keçi tek kelime etmemişti. Rengi eskisinden de daha fazla sararmıştı ve dalgın dalgın altı dudağını ısırıyordu. Aslında şimdiye kadar oldukça iyi idare etmişti ama şimdi aşırı derecede şaşkındı. Buna şüphe yok.

"Her şey yolunda mı? Hayalet görmüş gibisin." Ceketimi kenara koydum. Madam Rossini'nin "pelerin" olarak adlandırdığı, üç katlı fırfırlı bir yakası olan korkunç bir parçaydı. Madam Rossini'ye göre sözüm ona Rokoko dönemi erkeğinin olmazsa olmaz bir aksesuarıymış. Gwendolyn kısa bir an başını kaldırıp bana baktı ama sonra tekrar bakışlarını kendi ellerine çevirdi.

"Eylül ayına göre hava oldukça sıcak," dedim. Ortada emin olmadığınız bir konu varsa havadan konuşmak her zaman daha sakinleştiriciydi. Zaten Gwendolyn'in de "Korkman çok normal," gibi sakinleştirme amaçlı bir cümleye karşı alerjik reaksiyonu olduğu da belliydi.

"Hayalet falan yok," diye mırıldandı, sesi biraz titriyordu. "Gördüğüm, yalnızca Saint Germain Kontu ve onun *hüner*lerinden biriydi."

Kontla ilk karşılaşmamı hâlâ çok net hatırlıyordum ve üzerimde gerçekten büyük bir etki bırakmıştı. Gerçi benimki, Gwendolyn'inkinden çok daha dostane bir havada geçmişti –ama konta da hak veriyordum: O ana dek yanlış kızı eğitmiş olmaları gerçekten sinir bozucuydu. Eğer benim kararım olsaydı, konta bu haberi bizzat verirdim. Şüphesiz bu Gwendolyn için de daha iyi olurdu. Küçük faytonu doğrudan nehrin soğuk sularına yönlendirmek muhafızların dikkatsizliğiydi. Bu konuda üzgündüm. "Sana karşı pek de nazik değildi. Zaten bu beklenen bir şeydi. Anlaşılan seni başka türlü hayal etmişti."

Şimdi onun dikkatini çekebilmiştim, beklenti dolu gözlerle bana bakıyordu. Bebek mavisi gözleri koyu renk saçlarıyla kontrast oluşturuyordu. Bu, bu görüntünün beni ilk kendimden geçirişi değildi. Kendimi toparladım. "Kehanetlerde on ikinci zaman yolcusu hep biraz farklı tanımlanmıştı. *Karganın büyü yeteneğini alan.* Her ne demekse. Kont sıradan bir öğrenci olduğun konusunda bana inanmak istemedi."

Bu sözlerin Gwendolyn'in yüz ifadesini nasıl değiştirdiğini inanamayarak izledim. Bir an çaresiz ve korkmuşken, bir an sonra; dudaklarını ısırmaya devam ederek gözleri öfkeyle parlamış ve yanakları kızarmıştı. Sıradan olarak tanımlanmak istemediği belli oluyordu.

"Gwendolyn?"

"Ne?" diye homurdandı.

Tanrım! Kızlar! Sürekli bir şeylere kızarlar. Onlarla konuşmak mayın tarlasında sürünerek ilerlemek gibiydi. "Bu bir hakaret değil. Sıradan sözcüğünü *basit* anlamında kullanmadım, daha çok ortalama demek istedim, anladın mı?"

Bu durumu daha da kötüleştirdi. Eğer birini sadece bir bakışla öldürmek mümkün olsaydı, çoktan ölmüş olurdum.

"Tamam, hakkımda ne düşündüğün umurumda değil!" dedi. Sonra kollarını göğsünde kavuşturdu.

"Bunun için yapabileceğin bir şey yok," dedim olabildiğince arkadaşça bir tavırla.

"Beni hiç tanımıyorsun!"

Bu konuda haklıydı. "Olabilir," dedim, fayton bir taşın üstünden geçip konuşmamızı böldüğü sırada. "Ama senin gibi yığınla kız tanıyorum. Hepiniz aynısınız."

Bu elbette mantıksızdı ama bir şekilde onu kızdırmak hoşuma gidiyordu. Ama kendimi şu konuda savunabilirdim: Bu kanıya varmam zaman almıştı çünkü dış görünüş olarak farklı -sarışın, esmer, zayıf, şişman, küçük ya da büyük- görünseler de karakter açısından hepsi aynıydı.

Gwendolyn ayağa kalkmış ve çenesini öfkeli bir biçimde kaldırmıştı "Yıınla kız mı? Hah!" dedi. 'Hah!' kelimesini daha vurgulu söylemeye çalışmış bunu da başarmıştı.

Charlotte'un Gwendolyn'in karakterini nasıl tanımladığı aklıma geldi ve şöyle dedim, "Senin gibi kızlar, yalnızca saç modelleri, giysiler, filmler ve popstarlarla ilgilenir. Sürekli kıkırdaşıp gruplar halinde tuvalete gidersiniz. Bir de *Marks and Spencer*'dan beş *pound*'luk tişört aldığı için Lisa'nın dedikodusunu yaparsınız."

Bir an için Gwendolyn'in gözleri şaşkınlıkla kocaman açıldı, ardından beni çok şaşırtan bir kahkaha attı. "Tanıdığın tüm kızların *Marks and Spencer*'dan tişört alan Lisa'nın dedikodusunu mu yapıyormuş?"

Kendimi biraz köşeye sıkışmış gibi hissettim. "Ne demek istediğimi pekâlâ anladın," dedim.

"Evet, biliyorum. Charlotte gibi olmayan kızların hepsinin yüzeysel ve aptal olduğunu sanıyorsun. Sürekli gizem ve eskrim dersleri almak yerine yalnızca normal bir çocukluk geçirdiğimiz için. Gerçekte normal bir kızla tanışmaya zamanın olmamış. Bu yüzden kendine bu acınacak önyargıları hazırlamışsın," dedi.

Lanet olsun! Çok haksız da sayılmazdı! Küçük fayton kısa bir dönüş yaptı. "Hey, baksana! Ben de senin gibi liseye gittim."

"Evet, elbette," diye homurdandı. "Ömrünün yarısını Charlotte gibi zaman yolcusu olmak üzere hazırlanmakla geçirmişsen, o zaman ne erkek ne de kız arkadaşın olmuştur ve ortalama kızlarla ilgili düşüncelerin okul avlusunda tek başına dururken edindiğin gözlemlere dayalı demektir. Peki bana yatılı okuldaki arkadaşlarının hobilerini, yani Latince, Gavot dansı ve at arabası sürmeyi harika bulduklarını mı anlatacaksın?"

Sırıtışımı güçlükle bastırdım. "Keman çalmayı unuttun," dedim ve başıma bir şey fırlatmasını beklerken, arkama yaslayıp kollarımı göğsümde kavuşturdum. Ama herhangi bir nedenden dolayı bunu yapmadı. Artık öfkeli de görünmüyordu. Bunun yerine mavi gözlerinde acımaya benzer bir şeyler okudum.

"Keman mı? Gerçekten mi?"

AŞK TÜM ZAMANLARIN İÇİNDEN GEÇER

Serinin ikinci...

...ve üçüncü kitabıyla çok yakında sizlerle!